Der goldene Apfel

Wenn in diesem Roman von „Türken" die Rede ist, so entspricht das dem westlichen Sprachgebrauch, der alles nach dem Kernland des Reiches, der „Turchia", benannte. Tatsächlich aber bestand das Osmanische Reich, seine Verwaltung und seine Armee, aus zahlreichen Völkerschaften; die ethnische Herkunft spielte keine große Rolle, und Türke zu sein, war im Allgemeinen weder eine Voraussetzung noch eine Empfehlung.
Den Nationalismus in Form des „Türkentums" entdeckte erst der moderne Staat.

Ich habe mich bemüht, so nahe an den historischen Fakten zu bleiben wie es bei einem Roman nur möglich ist. – Wie viele der Wiener Bürger 1683 zur Kapitulation neigten, lässt sich wohl nicht mehr klären; jedenfalls gab es bei der Jubiläumsfeier 1883 deswegen einen handfesten Historikerstreit.

Der Autor

Dr. Peter Lukasch mit Dank zugeeignet.

Bibliografische Information der Deutschen Nationalbibliothek:
Die Deutsche Nationalbibliothek verzeichnet diese Publikation in der Deutschen
Nationalbibliografie; detaillierte bibliografische Daten sind im Internet über
http://dnb.dnb.de abrufbar.

© 2013 Harald Lacom
Neuauflage 2019
Für die Gestaltung des Covers wurde ein Gemälde des Niederländers Gerard
ter Borch d. Jüngere (1617-1681) verwendet.

Herstellung und Verlag: BoD – Books on Demand, Norderstedt

ISBN: 9783735791399

Harald Lacom

Der goldene Apfel

Ein barocker Spionageroman

Ein Janitschar
Christoph Weigel der Ältere (1654 - 1725)

Einleitung

Heidelberg, am 12.9.2012

Sehr geehrte Gnädige Frau,

Sie haben mir ein aus Familienbesitz stammendes Konvolut von 39 Briefen aus der Zeit von Juni bis Oktober 1686 zur Übertragung und Begutachtung vorgelegt.

Als Adressatin sämtlicher Briefe scheint eine Gräfin Henningsdorf auf. Es dürfte sich dabei um Henriette v. Henningsdorff handeln (geb. um 1640, verst. 1703 in Schwetzingen), eine Randerscheinung der deutschen Literaturgeschichte. Sie war Hofdame jener Prinzessin, die als Liselotte von der Pfalz bekannt wurde, und hat vermutlich durch diese zum Schreiben gefunden. Aus ihrer Feder stammt unter anderem der längst vergessene historische Roman „Die Römische Castalia" in sechs Bänden, der zu seiner Zeit großes Aufsehen erregte, denn Kaiser Nero war darin unschwer als Ludwig XIV. zu erkennen, Tigellinus als Turenne, die Christen als Hugenotten und so weiter.

Absender ist in allen Fällen ein gewisser Wenzel Eugen/Eugenius Wohlfahrt, offenbar ein Neffe der Gräfin und Advokat in Wien. Er beschreibt darin in chronologischer Reihenfolge, was er während der Belagerung der Stadt, drei Jahre zuvor, erlebt hat. Frau v. Henningsdorff dürfte sich von den Briefen Stoff für einen Roman erhofft haben; falls er je geschrieben wurde, so ist nichts davon erhalten. Umgekehrt scheint sie dem Neffen als künftige Erbtante vorgeschwebt zu sein, nachdem sie ihm bereits sein Studium finanziert hatte.

Die Briefe sind in einem frühen Kurrent geschrieben, wobei nur Eigennamen und Fremdworte in Fraktur stehen, so etwa „reverendo" oder

7

„salvo honore" bei Ausdrücken, die für anstößig galten, wozu übrigens auch Füße und Schuhe gehörten.

Nun sind derartige „Relationes" sehr häufig, und ich darf Ihnen versichern, dass der Schreiber kein Literat war und nichts zu berichten weiß, was den Historiker überraschen könnte; schließlich war er nur einfacher Soldat im Studenten-Corps. Das dürfte auch der Grund sein, warum die Briefe nie veröffentlicht wurden. Anders wäre es, wenn es sich um jene Briefe handelte, die Liselotte aus Versailles an ihre ehemalige Hofdame schrieb! – doch die sind leider verschollen, ebenso wie die Briefe der Gräfin an ihren Neffen, deren Inhalt – Fragen, aber auch Kritik – nur aus seinen Antworten erschlossen werden kann.

Meine Beurteilung soll Ihnen jedoch nicht die Freude am Besitz dieser Familiendokumente nehmen; und immerhin fanden sich in dem Konvolut ja auch zwei Autographe Ihrer Ahnin.

Beiliegend der Volltext der Briefe und Autographe in der Reihenfolge ihrer Datierungen, wobei lediglich Orthographie und Zeichensetzung heutigem Gebrauch angepasst wurden. Immer wiederkehrende Höflichkeitsfloskeln habe ich (außer beim 1. Brief) weggelassen, obsolete Ausdrücke durch zeitgemäße ersetzt oder mittels Fußnoten erklärt, usw., kurzum, ich habe den Text lesbar gemacht. Meine Honorarnote ist angeschlossen.

Hochachtungsvoll
Dr. Karl-Heinz Junge, Dozent,
Institut für Germanistik der Ruprecht Karls-Universität Heidelberg

I.

NOTIZ DER GRÄFIN HENNINGSDORFF

Briefe meines neveu Wenzel Eugen

über den Wiener Türkenrummel von 683.

Ob zu brauchen, sei dahingestellt.

Hbg. im Januarius 687

II.

DIE BRIEFE DES WENZEL EUGEN WOHLFAHRT

1.

Wien, im Juni 1686

Hochverehrte Tante,

Gerne will ich Eurem Verlangen nachkommen und Euch in allen Einzelheiten berichten, was ich in den denkwürdigen Tagen der Belagerung Wiens durch den Erbfeind erlebt habe, als die Wellen des Heidentums gegen die Mauern der Christenheit brandeten etc. Habt nur die Güte, mir mitzuteilen, woran Ihr besonders interessiert seid. Wollt Ihr von heldenmütigen Taten hören oder von der christlichen Caritas des Kardinal Kollonitsch, von anmutigen Vorfällen, die es ja auch gegeben hat, oder Erbauliches von befreiten Gefangenen und bekehrten Türken? Dann will ich gern die Feder des Advokaten aus der Hand legen und den ehernen Griffel der Klio ergreifen!

Es grüßt Euer gehorsamer Neffe Wenzel Eugenius Wohlfahrt!

2.

Ich fürchte, ich habe mir schon jetzt Euren Unmut zugezogen. Euer Schreiben sub 28. Juni hat mich in tiefe Verwirrung gestürzt, ganz besonders die Stelle, wo es heißt, ich solle mir den precieusen Stil, der Sie kotzen mache, abgewöhnen oder in den Hintern stecken und den ehernen Griffel der Klio gleich dazu (das Bild steht mir ohne Unterlass vor Augen!). Stattdessen möge ich die ganze Geschichte so erzählen, wie ich sie als Student Kommilitonen erzählt hätte, die nicht dabei waren.

Liebste Tante, Ihr wisst ja nicht, was Ihr da verlangt. Studenten sind nicht vornehm, auch wenn sie aus vornehmer Familie stammen; sie sind fast so schlimm wie Soldaten, und ich bin das eine wie das andere gewesen. Beider Professionen Rede ist ein einziges Schimpfen und Fluchen und Gotteslästern, ein Potzsapperment! und ein Ventre bleu! und dass die bösen Franzosen[1] über dich kommen! etc., etc. Und erst, wenn es um Liebesabenteuer geht – und auch davon habe ich zu berichten. Ich müsste an vielen oder wenigstens an einigen Stellen vor Scham vergehen. Aber Euer Wunsch ist mir Befehl, und so werde ich nichts verschweigen oder umschreiben, wohl aber an geeigneter Stelle ein *reverendo* oder *salvo honore* einfügen, so dass Ihr rechtzeitig die Augen schließen oder, falls Ihr eine Vorleserin habt, dieser das Wort entziehen könnt.

Leider! habe ich damals das eherne Schwert des Mars ergreifen müssen – Oh Tante, verzeiht die Allegorie und befehlt mir nicht, dieses Schwert dahin zu stecken, wo schon der Griffel der Klio steckt, — ich wollte damit nur sagen, dass ich den Krieg erlebt, habe, Gottlob nur für einige wenige Wochen.

---

[1] Bezeichnete venerische Krankheiten

11

Ihr habt mich auch ermahnt, bei der Wahrheit zu bleiben. Das will ich gern tun und das Romanschreiben anderen überlassen. Es mag sein, dass es damals glorreiche Taten und Heldenmut gab. Wenn es so war, habe ich wenig davon gesehen, aber viel in den Memoires und Relationen gelesen, die heutzutage ein jeder schreibt, der dabei war oder auch nur in der Nähe. In diesen Büchern gibt es Stellen, bei denen mich gefragt habe, ob ich vielleicht in einer anderen Stadt und in einer anderen Belagerung gewesen bin als der Autor. Wollt Ihr mehr über die Belagerung wissen, als ich Euch erzählen kann, so empfehle ich die Bücher von Feigius, Ruess und, vor allem, jenes von Hocke, der damals Stadtsyndikus war. Aber auch einige Osmanen haben ihre Erinnerungen mit großer Offenheit. niedergeschrieben, höre ich. Was meine Erlebnisse betrifft, so werde ich versuchen, mich sine ira et studio zu erinnern, und Euch die Geschichte in der richtigen Reihenfolge zu berichten und ein Datum anzugeben, wenn ich mich daran erinnere oder es ausrechnen kann.

Was Ihr daraus machen wollt, weiß ich nicht. Ich habe keine fremden Länder bereist, ich war auf keinen Inseln der Südsee und auch nicht im Königreich Pegu, ich war während der ganzen Belagerung in der Stadt und bin nur einmal bis Oberlaa gekommen, ein anderes Mal bis Fünfhaus und zweimal auf die Wieden, den letzten Ausfall nicht gerechnet. Dafür habe ich eine ganze Reihe von Dummheiten begangen, die man nicht an die große Glocke hängen sollte.

Aber ich will Eurem literarischen Geschmack vertrauen!

Und so beginne ich, wenn es Euch recht ist, mit dem Siebenten des Monats Juli im Jahre des Herrn 1683, jenem Tag, an dem der Wienerstadt ihr Schicksal klar vor Augen stand. Bis zu diesem Tag hatte niemand eine rechte Vorstellung davon, was der Türk eigentlich wollte. Manche sagten wohl, er werde Wien belagern; andere aber wollten davon nichts hören und meinten, er habe ja gar kein schweres Geschütz mitgenommen, also werde es auf eine der Grenzfestungen gehen, Raab oder Neuhäusel etwa, oder gar auf Venedig … Wieder andere meinten, er werde Wien allerdings belagern, aber seine Macht sei so gering, dass man ihn nicht zu fürchten brauche.

Dann aber, am Siebenten, – es war früher Nachmittag, und wir hörten gerade die Vorlesung von Pater Ignacius SJ über die Pandekten – wurde auf der Gasse geschrien: Der Türk wär schon da, am Vormittag habe er die Kaiserlichen bei Petronell oder bei Regelsbrunn vernichtend geschlagen und würde gerade in die Stadt eindringen. Wir sind alle an die Fenster, auch der Pater, und haben hinuntergeschaut. Die Kleine Schulerstraße[2] war voll von Menschen, aber man konnte sie kaum sehen, weil sie Sachen auf den Schultern oder Köpfen mit sich schleppten, Ranzen, Truhen und Bettzeug. Und als die vorbei waren, kamen die Karossen, Kutschen, Leiterwagen, ja Scheibtruhen, bis die Gasse verstopft war und keiner vor oder zurück konnte, worauf ein Jammern und Fluchen los ging, dass es zum Erbarmen war. So drängte die Menge zu den Stadttoren, vor allem zum Rotenturmtor, um über die Donau zu gehen, wohin ihnen die Türken, so dachten sie wohl, nicht folgen könnten. Türken waren nicht zu sehen.

Unser Professor hat gemeint, wir sollten jetzt wieder auf unsere Plätze gehen, denn er wolle die Vorlesung weiter halten, und es sei ihm verwunderlich, wie die türkische Armee, die doch mehrere Hunderttausend zählte, unbemerkt bis an die Wiener Stadttore kommen hätte sollen. Und so

---

[2] Die Vorlesung fand offenbar in der „Juristenschule" statt, die in der Kleinen Schulerstraße (heute Domgasse) war.

13

war es auch nicht, schon der nächste Bote hatte bessere Nachricht: Nicht die türkische Armee, nur eine Partie von „Rennern und Brennern" war es gewesen, die unsere Reiter auf dem Weg nach Wien angegriffen hatte; die Kürassiere hatten sie mit geringer Mühe zurückgeschlagen, während die Dragoner und Husaren sich nicht gerade mit Ruhm bedeckt sondern eher in die Hosen geschissen hatten. Dem Prinzen von Savoyen, Obrist eines Dragoner-Regiments, allerdings hatte sein eigenes Pferd bei einem Sturz die Brust eingedrückt, ein Arenberg hatte den Kopf oder wenigstens ein Stück desselben verloren. Ein paar Hundert Gemeine waren auch geblieben, und ein Teil des Trains war geraubt worden, leider gerade der mit dem Silbergeschirr der Offiziere.

3.

Liebe Tante, Ihr wisst wohl nicht, wer die „Renner und Brenner" sind. Erlaubt mir, dass ich es Euch erkläre: Wenn der türkische Großherr in den Krieg zieht, müssen die Völker, die ihm untertan sind, folgen. Viele tun es nur ungern, denn sie sind Christen, wenngleich solche von der Ostkirche, so etwa die Walacher. Bei anderen wiederum braucht es keinen Zwang, denn sie führen ohnehin ständig Krieg, das heißt sie plündern und rauben Menschen, die sie dann als Sklaven verkaufen. Das sind die Tataren von der Krim. Sie sind Muselmanen und reden eine Art Türkisch, sind aber viel wilder und grausamer als diese. Sie reiten der türkischen Armee voraus und zur Seite, verwüsten alles und setzen die Menschen in Angst und Schrecken, dass sie flüchten, ohne auch nur einen Schuss getan haben. Sie sind schnelle Reiter, und sie zünden alles an, was sie nicht stehlen können, daher ihr Name. Dem Sultan oder Großwesir gehorchen sie nur, wenn es ihnen gerade passt.

In der Nacht vom Siebenten auf den Achten ist auch der Hof ausgerückt, samt Kaiser Leopold und der Kaiserin, die sehr in stato interessante[3] war. Das Volk, vor allem jenes, das bleiben musste, hat sich das Maul zerrissen; es waren keine Hochrufe, die den Auszug des Kaiserpaares begleitet haben. Großen Beifall fand der Schmähruf: Bei gutem Wetter kann ein jeder Kaiser sein! und ich muss gestehen, dass er auch mir gut gefallen hat. Manche vom Gefolge wollten sogar auf die Leute Feuer geben lassen, aber der Kaiser, der ein guter wenngleich nicht schöner Mensch ist, hat es verboten. Die zweihundert Kürassiere, die Eskorte gemacht haben, hätte man in Wien auch dringender gebraucht. Aber es ging das Gerücht, dass die Tataren es auf die

---

[3] schwanger

Majestäten persönlich abgesehen hätten, weshalb diese sich nicht in Linz, sondern erst in Passau sicher gefühlt haben und dort auch die ganze Belagerung über verblieben sind.

Ich wohnte damals, dank Eurer Großzügigkeit, nicht in einer Burse, sondern hatte ein Zimmer im „Goldenen Lamm" in der Leopoldstadt. Es stand jedoch fest, dass mir im Falle einer Einschließung das Zimmer nichts nützen würde, denn die Leopoldstadt liegt außerhalb der Bastionen, und dass der Türk gerade das „Goldene Lamm" verschonen würde, wollte ich nicht recht glauben. (Obwohl er guten Grund dafür gehabt hätte, denn hier hatten seit jeher die türkischen und tatarischen Gesandtschaften Unterkunft genommen.) So begann ich in den nächsten Tagen ein Quartier in der Inneren Stadt zu suchen. Ich fand auch eines, doch nicht für lange, wie ich später berichten werde.

Am folgenden Tag rückte auch die Armee des Herzogs von Lothringen in guter Ordnung beim Rennweg in die Stadt, und jeder konnte sich überzeugen, dass sie keine vernichtende Niederlage erlitten hatte. Es waren nur Reiter — ein paar Dragonerregimenter, dann die Kürassiere von den Regimentern Dünewald, Caraffa, Rabatta, die beim Volk immer das höchste Ansehen genießen und bejubelt wurden. Mit Recht, denn anders als die Dragoner waren sie bei dem Gefecht vom Siebenten nicht davongelaufen. Auch die Kroaten (damit sind bei uns Husaren gemeint) von Ricciardi waren dabei. Die Musketiere und die Artillerie hatten sich bei Raab auf die Schüttinsel (die liegt zwischen Großer und Kleiner Donau) zurückgezogen und marschierten jetzt am anderen Donauufer nach Wien. Warum der Herzog seine Armada aufgeteilt hatte, weiß ich nicht, so wenig wie ich weiß, warum er die letzten

16

zwei Monate vor Eintreffen der Türken zwischen Kittsee, Neuhäusel und Raab herummarschiert war, wo doch jeder wusste, dass er ohne die Verbündeten gegen den Großwesir nichts ausrichten konnte. (Kittsee ist ein Ort an der ungarischen Grenze, wo im Mai die große Truppenschau gewesen ist, Neuhäusel ist eine Festung in Oberungarn, also nördlich der Donau, und gehörte damals den Türken, und Raab lag an der Grenze zum Osmanischen Ungarn, das jetzt, dank der göttlichen Hilfe und dem Prinzen Eugen von Savoyen immer kleiner wird.)

Die Reiter zogen an der Stadt vorbei, zum Rotenturmtor, und setzten dort über den Donauarm, um auf der Praterinsel in Stellung zu gehen. Die Infanterie unter General Leslie ist in die Stadt eingerückt und hat ihr Lager entlang der Kontereskarpe aufgeschlagen, also am äußeren Rand des Stadtgrabens.

Am Abend ist dann auch der Stadtkommandant eingelangt, Rüdiger Graf von Starhemberg; eigentlich hätte er Kommandant von Raab werden sollen, doch hat man ihn zurückberufen. Jetzt hat die Stadt spät aber doch angefangen, sich auf eine Belagerung einzurichten.

Da war es ein Ende mit den Vorlesungen, dafür halfen wir Studenten mit bei den Arbeiten an den Fortifikationen. Denn schon am nächsten Tag mussten die Bürger, das heißt, von jedem Haushalt einer, schanzen gehen. Der Bürgermeister, der Liebenberg, ist mit gutem Beispiel vorangegangen und hat eigenhändig die ersten Scheibtruhen geführt.

4.

Ihr habt mich gebeten, ich möge Euch auch mit technischen und militärischen Dingen nicht verschonen, für welche Damen von Stand gemeiniglich wenig Neigung zeigen. Nun gut, ich werde auch in dieser Hinsicht keine Zurückhaltung üben.

Wien ist sicherlich eine der festesten Burgen der Christenheit, und die Mauern rund um Euer Städtchen, liebe Tante, sind damit nicht zu vergleichen. So eine senkrechte Steinmauer mit vielen Türmen hatte Wien auch einmal, aber bei der vorigen Belagerung, anno 1529, hat nicht viel gefehlt, und die Stadt wäre gefallen. Gott sei Dank war das Wetter so schlecht, dass die Türken es nicht ausgehalten haben und krank geworden sind. Jetzt haben wir Mauern, wie sie in Frankreich Sébastien Vauban baut; sie sind aus Ziegeln, die man leicht ersetzen kann, wenn sie getroffen sind, in ihrem Inneren sind Erde und Steine, und sie sind schräg, damit die Kugeln abgewiesen werden. Auch verlaufen sie im Zickzack, so dass der Angreifer nicht nur von vorne sondern auch von der Seite beschossen werden kann. Der Stadtgraben, der bei Euch, wenn ich mich recht erinnere, als Misthaufen und Gemüsegarten dient, ist in Wien eine weite Wiese, auf der noch weitere Befestigungen stehen. Die heißen Ravelins, und auch von ihnen aus kann man einen Angreifer unter Feuer nehmen. Dazu ist der Stadtgraben durch Quermauern in Abschnitte eingeteilt, so dass der Feind, wenn er eindringt, einen Abschnitt erobert, aber nicht den gesamten Graben. Wer eine so befestigte Stadt im Sturm nehmen will, muss wahrhaftig lebensmüde sein!

Dabei ist das nur der innere Verteidigungsring. Im Graben und auf der Kontereskarpe (das ist der äußere Grabenrand). sind Palisaden, also

18

Holzpfähle. Die stecken mit einem Drittel ihrer Länge im Boden und verrotten allmählich, wie es allem ergeht, was in der Erde liegt. Deshalb mussten wir damals die verfaulten Stämme herausziehen und neue einsetzen. Das Holz kam von den Lagerplätzen an der Donau, nach Beginn der Beschießung aber auch vom kaiserlichen Operntheater, das abgerissen wurde, weil es eben aus Holz war und allzu nahe an der Bastei stand. Ihr würdet nicht glauben, was für schön geschnitzte und bemalte Pfosten wir damals in die Erde versenkt haben!

Mit Vorräten war die Stadt gut versehen, und es ist bis zum Ende keiner verhungert, auch wenn dann schon mancher mit Dachhasen vorliebnehmen musste. Und schon gar nicht konnte man verdursten. Der Türk hat uns zwar das Wasser überall abgeschnitten, aber in der Stadt gibt es Brunnen genug, und dann war da noch ein ungeheurer Vorrat an Wein, der für zwei oder drei weitere Belagerungen gereicht hätte. Fast jedes Haus in Wien hat unter der Erde so viele Stockwerke Weinkeller wie es Stockwerke über der Erde hat. Wer durstig war, trank halt mehr Wein als Wasser, aber darin war kein großer Unterschied zur Friedenszeit zu erkennen.

5.

Jhr möchtet wissen, was ich in diesen Tagen gedacht und empfunden habe, und was Dachhasen sind. Letzteres ist leicht zu beantworten: Es sind Katzen. Sie sollen ganz gut schmecken, wenn man das süßliche Fleisch stark würzt, aber ich habe nie von diesem Leckerbissen gekostet, jedenfalls nicht wissentlich. Sollte das Wiener Katzenregiment dadurch Ausfälle gehabt haben, so ist es, dem Geschrei auf den Dächern nach zu urteilen, heute wieder auf seinem vollen Stand.

Ich war in der Woche vor der Belagerung so munter als ob ich am Antonius-Feuer gelitten hätte, und meinen Kommilitonen ist es nicht anders ergangen. Dass die Universität uns mustern und ein Corps aufstellen wird, war von Anfang an sicher, und alle wollten dabei sein oder wenigstens nicht als Feiglinge gelten. So haben wir uns in unserem Lieblings-Wirtshaus, der „Goldenen Weintraube" am Tiefen Graben, gegenseitig Mut gemacht, vor allem, wenn die Menscher dabei waren.

Menscher, liebe Tante, nennt man hierzulande ledige Mädchen, wenn sie von niederer Abkunft oder nicht ehrbar sind. Sie gelten als die natürlichen Gefährtinnen der Studenten. Denn auch wenn sie einem gewissen Gewerbe nachgehen, wünschen sie sich doch einen Liebsten und haben so zarte Empfindungen wie das keuscheste Bürgermädchen. Leider nützen viele Studenten das aus und behandeln sie nicht wie Menschen sondern eben als Menscher.

In diesen Tagen haben wir nur selten und nur wenig geschlafen, obwohl wir von der Arbeit im Stadtgraben und später vom Drill hundemüde waren. Die ledigen Menscher haben so ausgeschnittene Kleider getragen, dass nichts von ihrem ſ.v. Busen geheim geblieben ist, und sie haben ihre Amanten noch rascher gewechselt als sonst, so als ob uns nicht mehr viel Zeit bleiben würde, und für einige von uns war es ja wirklich so.

Wer Angst hatte oder Geld, ist geflüchtet. Auch ich habe, um der Wahrheit die Ehre zu geben, mit dem Gedanken gespielt, nach Olmütz zu gehen und abzuwarten. Aber ich habe in der Stadt keine Verwandten mehr, die Jesuitenschule ist mir keine liebe Erinnerung, und es war auch zu besorgen, dass der Türk oder Kuruzze früher dort sein möchte als ich.

Ihr müsst wissen: Kuruzzen sind die ungarischen Rebellen und Parteigänger des Emmerich Tököly. Das ist der magyarische Graf, mit dem die Türken ein Jahr vor der Belagerung ein Affentheater aufgeführt haben, das seine Krönung zum König oder Fürsten von Oberungarn vorstellen sollte. Seit dem unglücklichen Ausgang des Unternehmens ist er ein General im Dienste des Sultans; die Türken möchten ihn aber gerne loswerden und dem Kaiser ausliefern, wenn sie dafür den Frieden bekämen. Seine Kuruzzen-Streitmacht ist unbedeutend; die Kuruzzen in Ungarn aber, die jetzt stillhalten, sind sehr zahlreich und werden dem Kaiser noch viel Sorge bereiten, wenn sie einmal einen neuen Anführer haben.

So wie die Bäcker, die Schusterbuben und überhaupt die ledigen Handwerksburschen hat also auch die Universität ein eigenes Corps aufgestellt, siebenhundert Mann in drei Kompanien – Studenten, aber auch Buchhändler und Drucker. Obrist war natürlich der Rector Magnificus, der Lorenz Grüner; Obrist-Rittmeister, also sein Vertreter, war ein Freiherr von Welz, der Schwiegersohn des Grafen Starhemberg, und Obrist-Wachtmeister war ein Mediziner, Dr. Paul de Sorbait, vormals Rektor und Leibarzt der Kaiserwitwe Eleonora, der sich in der Pest von 1679 große Verdienste erworben hat. Dass er auch als Soldat etwas leisten kann, haben wir zuerst nicht geglaubt; er hat es aber bewiesen.

Zunächst wurden wir gemustert, vor dem Dr. Sorbait und einigen Offizieren des Starhemberg. Da ich meine Gliedmaßen in der vorgeschriebenen Anzahl besaß, meine Ohren einen Befehl hören und meine Augen den Feind erkennen konnten, wurde ich für tauglich befunden. Ich kam in die Kompanie des Dr. Sorbait, welche die Zweite war (als er aber später beim Stab war, trat einer mit einem italienischen Namen an seine Stelle). Die Hauptleute und Fähnriche waren sämtlich Studiosi, großenteils solche beider Rechte, und auch der Regiments-Schultheiß, also unser Militärrichter, sowie der Regiments-Sekretär waren Juristen, aber schon absolvierte.

Die Universität hat gleich das Gewehr an uns verteilt, und wir haben erfahren, dass wir drei Ravelins, nämlich die beim Kärntner-, beim Schotten- und beim Neuen Tor, zu verteidigen hätten. Die beiden letzteren sind unten beim Donaustrom, weit weg vom Schlachtfeld, aber das Kärntner-Ravelin liegt dafür neben der Burg-Bastei, wo es dann auch am heißesten zugegangen ist.

Viel Zeit für das *exercitium* hatten wir nicht mehr. Unser Drillmeister war ein abgedankter Musketier, dem die Türken bei Mogersdorf und die Franzosen im Elsass einiges weggeschossen hatten, so dass bei ihm die meisten jener Körperteile, die nach Gottes Plan paarweise angeordnet sind, nur mehr in einfacher Ausfertigung vorhanden waren. Obgleich er also auf einem Bein lahmte und nur einen Arm, ein Auge und ein unversehrtes Ohr besaß, hetzte uns dieser Zyklop im Stadtgraben gewaltig umher, fuchtelte mit der Krücke und war dermaßen fürchterlich, dass keiner zu fragen wagte, ob wenigstens seine *reverendo* Testikel vollzählig waren, weshalb wir in dieser Hinsicht nur Vermutungen anstellen konnten. Besonders übel gelaunt war er, wenn ihn just jener Arm juckte, der bei Mogersdorf geblieben war. Für uns hieß das, dass wir am nächsten Tag Regen haben würden.

Immerhin lernten wir bei ihm, wie man seine Röhre lädt und abschießt, wie man marschiert und sich formiert, und wie man den Degen gebraucht. Viele der Studenten konnten ohnehin schon fechten und hatten am Fechtboden oder bei ihren Raufhändeln in dieser Kunst die höheren Weihen erlangt; manche waren auch Jäger und konnten schießen, aber Euer Neffe war bei allem recht ungeschickt und hat sich an der Lunte nicht nur einmal die Finger verbrannt. Auch ist er des Öfteren Aug in Aug mit seinem Nebenmann gestanden, wenn doch für beide gleichermaßen Rechtsum! kommandiert war. – Es gab auch schlimmere Vorkommnisse, so etwa, wenn einer sein Haar nicht ganz unter dem Hut versteckt hatte, so dass es Feuer fing. Oder wenn einem Körnchen vom Schießpulver ins Gesicht sprangen etc., aber davon blieb ich verschont.

Sold hat es für uns Freiwillige natürlich nicht gegeben, nur eine Halbe Wein pro Tag und zwei Pfund Brot. Die Offiziere bekamen nicht einmal das und mussten sich selbst verpflegen.

6.

Am zweiten oder dritten Tag meines Soldatendaseins kam der Befehl: Wer eine fremde Sprache kann, solle sich melden. Wir mussten antreten, und einer vom Geheimen Deputierten-Kollegium nahm die Namen auf. Nun, es gab viele aus Ungarn oder Böhmen, auch Italiener oder Franzosen, und Latein konnten die meisten. Aber es gab nur einen, der Türkisch konnte, und das war Euer Neffe!

Am gleichen Tag noch hieß es, ich müsse mich nach Dienstschluss in die Burg verfügen, zu einem Rittmeister Garelli. In der Burg ging es zu wie in einem Ameisenhaufen, es war jetzt viel Militär da, jeder zweite hat einen Kürass getragen, und man musste schon gut achthaben, dass man nicht über einen Degen oder Pallasch gestolpert ist. Hofbedienstete, also Lakaien etc., sah man nur wenige, die sollten in Kürze ihr eigenes Corps aufstellen und machten schon *exercitium*. Ich brauchte eine Weile, bis ich die Kanzlei von Rittmeister Garelli fand, und dann ließ man mich noch fast eine Stunde antichambrieren. Was aber recht kurzweilig war, denn in der Zeit gab es beim Rittmeister Garelli ein ständiges Kommen und Gehen. Ich sah den Goltschitzky, den ich von Konstantinopel her kannte und der später so berühmt werden sollte, und einmal kam Graf Starhemberg in höchsteigener Person den Gang herunter, geharnischt und einen staubigen Hut am Kopf, finster dreinblickend wie ein Mars mit Bauchgrimmen.

Dann werde ich hereingerufen und stehe vor Rittmeister Garelli; ein paar Schreiber sitzen herum, aber mir wird kein Sitz angeboten. Wenn einer den Titel Rittmeister führt, dann ist er Kürassier, überall sonst wäre er ein Hauptmann. Und damit das jeder gleich merkt, hat Garelli seinen Pallasch an die Wand gehängt, eine Waffe, die nur die Kürassiere führen. Also ist er stolz darauf, und ich frage mich, warum er dann hinter einem Schreibpult sitzt und nicht vor einer Schwadron reitet. Und auch, warum er bei dem warmen Wetter eine französische Perücke trägt.

Wer ich wäre, und warum ich behaupte, Türkisch zu können? fragt er.

Ich berichte, dass mein Vater Faktor der Orientalischen Handels-Compagnie in Konstantinopel gewesen ist, weswegen ich dort aufgewachsen und erst mit sechzehn ins Gymnasium zu Olmütz gekommen bin. Item, dass meine Eltern beide an der Pest von 1679 verstorben sind und ich nur dank Eurer und der Großzügigkeit der Compagnie die Schule und jetzt die Universität besuchen konnte. Dass ich eigentlich auch für den Dienst in der Compagnie bestimmt gewesen wäre, dass mir aber der Kriegsausbruch einen Strich durch die Rechnung gemacht habe, indem derzeit für die Faktorei in Konstantinopel nur ganz wenige Leute benötigt würden, die aber in erster Linie für die Kaiserlichen spionierten, wie Herr Rittmeister wohl wissen dürften.

Die ganze Zeit mustert er mich so argwöhnisch, dass ich schon ein schlechtes Gewissen bekomme. Alle haben jetzt Angst vor Spionen der Türken oder – eher noch – der Kuruzzen, weil ja am 7. Juli und danach zwar viele geflüchtet sind, andererseits aber eine solche Menge Menschen in die Stadt gekommen sind, dass man sie nicht alle registrieren hat können. Es ist schon vorgekommen, dass Unschuldige von der Volksmenge zerrissen worden sind, weil man sie für Spione gehalten hat. Aber würde ein Spion zugeben, dass er Türkisch sprechen kann, frage ich mich.

Nach längerer Betrachtung meiner Person sagt er:

„Möchte der Herr als Sprachknabe arbeiten?" (So nennt man hier die beamteten Dolmetscher.)

25

„Ja, warum nicht", sage ich, „aber ich bitte den Herrn Rittmeister zuvor um nähere Auskunft."

Er erklärt mir, dass in nächster Zeit zweifellos Gefangene gemacht werden oder Überläufer kommen, die verhört werden müssen. Daher also die Not an Dolmetschern. Sie brauchen auch welche für die moldauische, walachische, griechische, raitzische Sprache und noch viele andere, denn wenn wir auch immer nur von Türken reden, so besteht die türkische Armee so wie das ganze Osmanische Reich doch nur zum geringen Teil aus Türken, zum mehreren aber aus vielen Vasallen-Völkern.

Er gibt einem der Schreiber ein Zeichen, einem jungen Burschen, der aufsteht und mir eine Reverenz macht. Dann redet er mich auf Türkisch an – dass er Cleronome heiße und angehender Dolmetscher sei, wer ich denn sei, und so weiter. So freundlich, als ob wir gerade auf der Landstraße ein Stück zusammen wandern würden.

Ich bin überrascht, aber ich antworte ihm auf Türkisch. Er beginnt zu grinsen.

Was daran so spaßig wäre? will ich wissen. Darauf er, sehr rasch und leise: „Wo hast du denn dein Türkisch gelernt? Du redest ja wie eine Kellerratte."

„Ich bin in Galata aufgewachsen, bis ich sechzehn war", sage ich ebenso heimlich, „und ich habe immer türkische Freunde gehabt, die nicht aus den besten Familien waren. Daheim und in der Schule bei den Franziskanern habe ich nur Deutsch gesprochen. Verrate mich nicht, Cleronome, ich bitte dich."

„Keine Angst", sagt er, „ich werde so tun, als ob du die Sprache eines Osmanli hättest. Wir brauchen dich hier. Aber sei vorsichtig, wenn du einen echten Osmanli verhörst!" (Osmanli nennt man die vornehmeren Türken.)

Und damit wendet er sich dem Rittmeister zu und bestätigt ihm, dass ich das beste Türkisch reden würde. Garelli geht ein paar Mal vor mir auf und ab, wobei er sich eines spanischen Rohrs bedient, und eröffnet mir schließlich, dass ich ihm ab nun als Hilfs-Sprachknabe zugeteilt sei; ich würde daher an gewissen Tagen meinen Dienst nicht auf den Ravelins machen sondern in der Hofburg und gefangene Türken examinieren oder türkische Schriftstücke übersetzen, wenn man welche findet; das würde ich täglich bei Dienstantritt erfahren. Garelli erlaubt mir jetzt auch einen Sitz.

Ich sage dem Rittmeister nicht, dass ich die arabische Schrift, mit der ja das Türkische geschrieben wird, nicht lesen kann, bis auf ein paar Worte, die ich als Kind in Galata und Kassim-Pascha heimlich an die Hauswände zu schreiben pflegte und die wahrscheinlich auch den aztekischen und botokudischen Kindern vertraut sind, also: Arsch, Fut, und: Wer das liest ist ein Esel. Aber das braucht er nicht zu wissen. Sollten Schriftstücke auftauchen, dann muss dafür eben einer von denen her, die so wie Cleronome ihre Sprachen in einer Schule studiert haben und deren Väter schon denselben Beruf gehabt haben.

7.

Ihr habt gefragt, was die raitzische Sprache ist. Raitzisch nennt man auch Servisch, es ist eine Sprache der Slawen, und man spricht sie im Königreich Servien, das jetzt unter Oberhoheit des Sultans steht.

Bekanntlich hat die Belagerung am 14. Juli begonnen. Davor hat Starhemberg die Vorstädte niederbrennen lassen, damit der Feind darin keinen Unterschlupf und keine Deckung findet. Ich muss aber sagen, dass die Häuser fast alle so gut gebaut waren, dass auch die Brandruinen den Türken noch gute Dienste geleistet haben.

Am Elften oder Zwölften haben wir gehört, was die türkische Vorhut in Hainburg angerichtet hat. Das ist eine Stadt donauabwärts, kurz vor Preßburg, sehr schön und gut befestigt, aber eben so, wie es zu Zeiten der alten Ritter Mode war. Die Bürger haben sich eine Weile stark gewehrt und dabei etwas angestellt, was den Großwesir so erbittert hat, dass er nach der Einnahme fast alle Männer hat köpfen lassen. Wie die Türken über die Mauern in die Stadt gelangt sind, weiß noch keiner. – Auch in Ödenburg, in Ungarisch-Altenburg, in Neusiedl hat es Massaker gegeben.

Man sollte meinen, dass wir durch solche Nachrichten ängstlich oder vorsichtig geworden wären, aber die Aussicht auf Kampf und Tod hat uns damals geradezu toll gemacht, und wir sind auf die verrücktesten Unternehmungen verfallen. Eine davon will ich Euch beschreiben, denn dabei habe ich Andras kennen gelernt.

Es war gegen Abend des Dreizehnten, wie ich glaube; ich hatte dienstfrei und war mit anderen auf der Bastei, wo wir uns das traurige Spektakel der brennenden Vorstädte angesehen haben. Die Basteien waren damals schon für das gewöhnliche Volk gesperrt, aber wir waren ja Soldaten. Einer von den Ungarn, ein gewisser Andras mit einem elendslangen Adelsnamen, meint, es sei eigentlich schade um den Wein, der da draußen lagert.

Das ist nun ein rechter Unsinn, denn gerade an Wein ist in der Stadt kein Mangel, und das sage ich ihm auch.

„Ja", erwidert Andras, „Sauerampfer haben wir genug, aber den besten Wein rund um die Stadt findet man in Oberlaa. Heute ist der Weg frei, morgen nicht mehr. Wer kein Feigling ist, geht mit mir hinaus, guten Wein besorgen!"

Auf der Stelle haben sich ein paar ihm angeschlossen. Da juckt es mich und ich sage: „Ich halte dagegen. Wer mit mir geht, wird früher zurück sein und mehr Wein heimbringen. Wer ist dabei?"

Und bevor ich bis drei zählen kann, habe ich eine Gefolgschaft wie er. Ein Mädchen, das schon bei seinen Leuten war, kommt herüber und stellt sich zu mir.

„Wahrhaftig", sagt der Andras, „wenn wir zu mehreren auf Partei gehen und einen Wettstreit veranstalten, ist das lustiger." (Liebe Tante, auf Partei gehen, heißt, dass ein paar Leute eine Unternehmung durchführen, um daraus Gewinn zu ziehen, also beispielsweise einen Konvoi überfallen oder eben Wein stehlen.)

Jetzt gibt's kein Zurück. Andras und ich schütteln einander die Hände, wir besorgen uns ein paar Laternen und Fackeln und verlassen die Stadt durch das Stubentor, wo welche vom Hofbefreiten-Corps auf Schildwache stehen und nicht so scharf hinsehen. Denn es ist bereits verboten, ohne Erlaubnis hinauszugehen, und wer hereinwill, wird zuvor gründlich examiniert.

Wir, das heißt meine Leute und ich, sind vielleicht eine Stunde lang durch die Dunkelheit gelaufen und haben dabei die Partei von Andras ganz aus den Augen verloren.

Das Mädchen, das zuerst bei Andras war, hält sich bei mir und sagt mir, dass ich sie Marusch nennen darf.

„Warum bist du zu meiner Partei gekommen, Marusch?" frage ich.

„Ich glaube, dass es bei dir lustiger sein wird. Der Andras, der macht immer solche Dinge, aber dich kenne ich noch nicht. Vielleicht bist du ein Feigling, dann gibt's was zu lachen."

Das ist ja sehr schmeichelhaft, denke ich.

„Und Andras ist kein Feigling?"

„Andras ist dumm, deshalb fürchtet er sich vor nichts. Wenn ihm seine Familie einmal eine Leutnantsstelle gekauft hat, wird er eine Menge Leute umbringen, vor allem seine eigenen, und dann berühmt werden … Ein dummer Held und ein kluger Feigling – wir werden sehen, wer mehr Wein erbeutet."

Dann sind wir in Oberlaa und suchen den Weinkeller, wo es den besten Wein gibt. Zu dem Thema hat jeder seine eigene Ansicht, und wir streiten viel und lachen herzlich. Aber ob wir wollen oder nicht – es zieht uns immer wieder den Blick nach Süden, wo der Himmel von Feuerbränden rot und gelb leuchtet.

Wir sind nicht die einzigen im Ort – da und dort sieht man Menschen, die heimlich und verstohlen in die Häuser hineingehen. Oberlaa liegt zu weit vor den Mauern, als dass der Türk dort Geschütz aufstellen könnte, und deshalb hat der Stadtkommandant hier nichts abgebrannt. Die Leute gehen in die Häuser, entweder weil sie dort wohnen und etwas darin vergessen haben, oder weil es Hyänen sind, also Plünderer wie wir. Aber wenn wir den Wein nicht stehlen, tun es gewiss die Tataren oder die Ungarn, und so ist es eigentlich gar kein Diebstahl und keine Sünde.

Plötzlich sehen wir einen Lichtstrahl aus einem Weinkeller und wir hören Flüstern. Wir erkennen auch die Stimmen – das ist die andere Partei, die von Andras. Ich habe den Einfall, sie zu schrecken; ich stelle mich vor der Kellertür auf und rufe auf Türkisch etwas wie:

„Jetzt wollen wir den ungläubigen Hunden die Kehlen durchschneiden!"

Und dann auf Deutsch: „Kommt sofort heraus!"

Drinnen im Keller wird es ganz still, und ein paar haben sicherlich ihre Hosen beziehungsweise den Estrich angefeuchtet. Wir auf der Kellergasse biegen uns vor Lachen – bis wir aus nächster Nähe in grobem Türkisch hören:

„Brüder, lasst uns ein paar von den Deutschen übrig!"

Zugleich ertönt Pferdegetrappel. Pech für uns, denn das sind jetzt die echten Türken! Sie reiten in der nächsten Gasse, und wenn sie zu einer Quergasse kommen, werden sie einbiegen und uns erblicken.

In so einer Kellergasse gibt es keinen Ausweg. Uns bleibt nur eines – hinein in den Keller. Als wir die Treppe hinunterstolpern, bekomme ich fast einen Degen in den Leib, denn Andras ist schon hinter der Tür gestanden, um den ersten Türken willkommen zu heißen.

„Gib den Bratspieß weg, Kollega", sag ich zu ihm, „die Renner und Brenner sind noch draußen!"

Zuerst glaubt er, ich wolle ihn weiter zum Narren halten, aber dann hört auch er die Pferde. Einer löscht die Laterne.

Die Reiter verhalten vor der Kellertür. Durch einen Spalt kann ich sie sehen. Es sind keine Türken sondern Tataren, drei oder vier, sie hocken auf kleinen Pferden und sind so besoffen, dass sie ihre Lanzen nicht mehr gerade halten können. Ich habe davor Krim-Tataren nur einmal gesehen, in Konstantinopel, als der Sohn ihres Khans eingezogen ist, weil er Geisel beim Sultan sein musste. Das ist so üblich, weil die Tataren-Khane äußerst unbotmäßig sind und machen, was sie wollen. Damals waren der Prinz und sein Gefolge in kostbarste Seide und Zobelpelze gekleidet. Die hier tragen zottelige Lammfelle und stinken dermaßen, dass wir sie sogar durch die Kellertür riechen können.

„He, Mirza", sagt einer, „hier muss es gewesen sein, hier hab ich Türkisch reden gehört."

Er spricht denselben rauen Dialekt, den ich schon vorhin gehört habe, wahrscheinlich reden sie so in der Tartaria[4]. Mirza heißen bei ihnen die Offiziere.

„Na wenn schon", sagt ein anderer, „dann waren eben Türken hier, denen schmeckt der Wein so gut wie uns. Los, weiter, wir haben uns schon zu lange mit Saufen aufgehalten."

Und damit traben sie langsam die Kellergasse hinunter, auf Leopoldsdorf zu. Wir warten noch eine Weile, bis wir keinen Hufschlag mehr hören, dann packen wir ein paar Körbe voll mit Flaschen und machen uns auf den Heimweg. Da ist es aber viel stiller zugegangen als am Herweg, denn wir haben dauernd Ausschau gehalten und gehorcht, bis wir in Sicherheit waren. Als wir am Glacis waren, fiel uns ein, dass keiner von uns die Parole vom heutigen Tag wusste. Zu unserem Glück hatten Studenten Wache, die uns kannten, sonst hätten wir die Nacht im Stadtgraben verbringen müssen. Wir haben uns dann oben auf der Bastei niedergesetzt, und ich glaube, wir haben noch in dieser Nacht den ganzen Wein ausgetrunken und waren am Ende besoffener als die Tataren. Wer von uns jetzt die Wette gewonnen hat, davon war nicht mehr die Rede. Die Marusch ist neben mir auf der Bank gesessen,

---

[4] Gemeint die Krim und die angrenzenden tatarischen Gebiete

noch ganz aufgeregt von unserem Abenteuer. Plötzlich hat sie mich gepackt und abgeküsst wie wild.

„Na", habe ich gefragt, „wer ist dir jetzt lieber – der Held oder der Feigling?"

„Das muss ich mir noch überlegen", hat sie gesagt. Dann ist sie ganz rot geworden und bald nach Hause gegangen. Wäre sie eine von den Menschern gewesen, hätte ich Gesellschaft für die Nacht gehabt; sie war aber eine Bürgerstochter.

Am nächsten Tag haben wir erfahren, dass wir unsere Medizin in der Mohren-Apotheke bekommen, und auch wo wir unsere Verwundeten versorgen lassen können, und wo wir unsere Gefallenen beerdigen müssen. Für diesen Zweck haben sie auf der Freyung eine große Grube ausgehoben, so wie vor vier Jahren in der Pest, und wir haben uns ausrechnen können, dass ein paar von uns in diese Grube übersiedeln werden, bevor die Belagerung zu Ende ist.

Durch diese Geschichte habe ich mich mit Andras angefreundet. Weil ich im „Lamm" nicht bleiben konnte, ohne in türkische Gesellschaft zu geraten, hat er mir angeboten, sein Quartier mit ihm zu teilen. Er bewohnte eine schöne Schlafkammer in der „Goldenen Weintraube", hatte also nicht weit zum Saufen und von dort wieder zurück ins Bett, und wir haben ausgemacht, dass derjenige, der gerade ein Mensch bei sich hat, hinter sich zusperren darf, aber nicht länger als eine Stunde. Bei ihm war das oft der Fall, bei mir leider nur selten.

Am Vierzehnten also hat die Belagerung begonnen. Die Türken und ihre Hilfsvölker haben ihre Lager rund um die Stadt aufgeschlagen und auch auf der Praterinsel. Man konnte aber deutlich sehen, dass sie ihren Hauptangriff auf die Basteien vor der kaiserlichen Burg richten, wo es schon der Große Soliman in der ersten Belagerung versucht hat. Es ist ihnen auch nicht viel anderes übriggeblieben, denn gegen den Wienfluss und die Donau zu bestand die Gefahr, dass ihnen bei Regen die Minengänge und Laufgräben absaufen.

Die Türken haben sofort Geschützstellungen gebaut und mit dem Graben der Approchen begonnen. So nennt man ihre Laufgräben, die sie sehr gut und geschickt machen und dann mit Balken oder Tierhäuten decken, so dass man ihnen keine Handgranaten hineinschmeißen kann. Diese Kunst hatten sie bei der Belagerung von Candia zur höchsten Perfektion gebracht, aber auch wir hatten Leute, die damals auf der venezianischen Seite dabei waren, so der oberste Ingenieur, Rimpler, und der Kardinal Kollonitsch, ein Malteserritter.

Wir Studenten hatten eine eigene Fahne und sind von der Universität feierlich durch die Stadt und dann oben auf den Bastionen an unsere Einsatzorte gezogen, eine besondere Ehre, da es im Angesicht des Feindes geschah und die Musik dazu spielte. Ich glaube, diese Kühnheit hat die Türken in Confusion versetzt, denn obwohl sie ihre Geschütze an manchen Stellen nur 200 Schritt von der Mauer entfernt aufgestellt hatten, haben sie nicht geschossen. Dafür aber haben sie eine Janitscharenmusik veranstaltet, um die unsrige zu übertönen, und da zu allem Überfluss noch unsere Regimentstrommel geschlagen wurde, gab es einen gewaltigen Radau.

Damals wusste ich noch nichts vom Kriegshandwerk, außer dass das Handwerkszeug recht gewichtig ist. Als Musketier trägt man eine Muskete auf der rechten Schulter, in der linken Hand hält man die Gabel samt Lunten wie einen Pilgerstab, an der linken Seite baumelt der Degen, und quer über die Brust hängt einem wie eine Schärpe das Bandelier mit den Zwölf Aposteln – so nennt man die hölzernen Pulverbehälter. Andras, der neben mir marschiert ist, hätte von Herzen gerne auf die Türken losgebrannt, aber Pulver und Blei bekamen wir erst, als es ernst wurde, zusammen mit dem Bajonett. Das Bajonett ist ein langes Messer, das man vorne in die Röhre steckt. Hat man Glück, bleibt es dort fest stecken, und man kann damit den Pikenier machen, falls es zum Nahkampf kommt oder wenn Kavallerie angreift. Ich habe meines nie gebraucht, Gott sei Dank.

An diesem Tag oder am Tag davor haben zwei türkische Reiter aus vollem Galopp die Aufforderung zur Kapitulation bei unseren vordersten Linien hingeworfen. Es war eine bloße Formsache, wie sie von der Religion der Türken gefordert wird; in dem lateinischen Schreiben stand, wie üblich, dass keinem ein Haar gekrümmt werde, der sich ergeben würde, etc. etc.

Wer scharfe Augen hatte, konnte zur selben Zeit beobachten, wie die Türken dieses Versprechen in St. Ulrich bekräftigten, indem sie alle Bewohner niedermachten oder in die Sklaverei führten, wenigstens solange bis der Markgraf von Baden mit seinen Dragonern in den Brandruinen über sie hergefallen ist und viele von ihnen erschlagen hat, wonach er ohne Verluste in die Stadt einrückte.

Vielleicht wollten die Türken auch damit den Ort auf ihre Art weihen, denn der Großwesir hat sich dort, im Trautson'schen Garten, ein festes Blockhaus bauen lassen, wo er vor den Kugeln der Kaiserlichen sicher war. Dieser Unterstand ist sein zweites Hauptquartier geworden, und er hat sich in seiner gepanzerten Sänfte oft von dort in die Laufgräben tragen lassen, um sie zu inspizieren.

8.

Und nun will ich Euch von meinem ersten, aber leider nicht einzigen Gefecht erzählen, weil dieses Ereignis alle anderen verursacht und so mein Schicksal bestimmt hat. Es war der dreiundzwanzigste Juli, und meine Kompanie hatte Wachdienst am Kärntner-Ravelin. Der Feind hat an diesem Morgen ein paar Mal in die Stadt hereingeschossen, das Feuer aber dann ganz eingestellt, so dass wir mit einer ruhigen Wache gerechnet haben.

Da plötzlich springt am Gedeckten Weg vor der Löbel-Bastei eine Mine. Wir sehen Erdreich und Palisadenstämme durch die Luft fliegen, gleich darauf hören wir einen dumpfen Knall, dann setzt Musketenfeuer ein und das Allahu-Gebrüll, das wir mittlerweile nur zu gut kennen.

Ich muss Euch dazu erklären: Der „Gedeckte Weg" oder auch „Gedeckte Gang" ist die vorderste Verteidigungslinie von Wien. Wie ich schon erwähnt habe, ist am äußeren Rand des Stadtgrabens ein Bohlenweg, so breit, dass dort vier Musketiere hintereinander stehen können. Davor sind Palisaden, weswegen er „gedeckt" heißt, und vor diesen ist Erde aufgeschüttet bis zur Höhe der Schießscharten. Wenn man dort eine Muskete hinausstreckt, liegt sie fast auf der aufgeschütteten Erde. Die Türken hatten ihre Approchen, also die Laufgänge ihrer Gräben, schon bis auf fünf Schritt an die Palisaden heran gegraben. Wie schon gesagt, konnten wir sie nicht mit Handgranaten vertreiben, weil die Gänge mit Balken und Tierhäuten gedeckt waren. Von diesen Gängen aus versuchten sie immer wieder, Minen unter den Grabenrand und den Gedeckten Weg zu graben. Wenn sie eine Mine springen ließen, flogen sie bisweilen selber in die Luft oder verhalfen ein paar christlichen Soldaten zur Himmelfahrt, oft auch beides. Im günstigsten Fall –

für die Türken – sprengten sie eine Bresche in die Kontereskarpe und drangen in den Graben ein. Die ersten waren immer die Janitscharen; ihnen folgten dann gleich Lastträger mit Sandsäcken, Balken und ähnlichem Zeug, mit dem sie eine Art Bastion errichten wollten. Bisher waren sie jedes Mal nach blutigen Gefechten wieder aus dem Graben hinausgeworfen worden.

Während wir noch versuchen, im Staub und Pulverdampf am Gedeckten Weg etwas Sicheres zu erkennen, gibt's Getrommel und Trompeten, und der Dr. Sorbait (der damals schon um die Sechzig war) kommt höchstpersönlich gelaufen und bringt uns den Befehl, wir müssten geradewegs an diese Stelle; die Besatzung habe allzu große Verluste erlitten. Also angetreten und auf die Holzbrücke hinaus, quer über den Stadtgraben, und von dort auf den Gedeckten Weg! Dann durch das Tor in der Holzwand, welche die Abschnitte trennt, und zum ersten Mal in meinem Leben bin ich auf einem Schlachtfeld.

Du lieber Himmel, wie sieht es da aus! Das Gefecht ist zwar vorbei, kaiserliche Musketiere vom Regiment Dupigny haben die Janitscharen zurückgeworfen, aber es hat auf beiden Seiten viele Gefallene gegeben, und wir müssen aufpassen, dass wir nicht im Blut ausrutschen, das auf den Bohlen steht, die noch übrig sind. Die Palisaden sind auf zwei Klafter eingerissen, der Boden ist ebenso breit eingebrochen, und in der Grabenwand ist eine tiefe Scharte, aus der immer noch Pulverdampf ausströmt, dass uns die Augen rinnen. Unsere Arbeiter sind schon daran, sie schütten die Scharte wieder zu, sie schleppen Baumstämme herbei, legen neue Bohlen und setzen neue Palisaden ein. Die Verwundeten hat man weggebracht, was jetzt noch hier liegt, braucht keinen Feldscher mehr, ja es ist oft kein ganzer Mensch sondern nur ein Stück davon. Im Graben stehen Musketiere über einen verwundeten Janitschar gebeugt, der vor Schmerzen brüllt wie ein Stier, und ich glaube in meinem Unverstand, dass sie ihm helfen wollen. Ja, sie helfen ihm wohl, sie verhelfen ihm zum mahometanischen Paradies, und das auf eine Art, deren Beschreibung ich Euch ersparen möchte.

Als der gesprengte Abschnitt wieder notdürftig hergerichtet ist, bekommen wir Befehl, uns rottenweise an den Schießscharten aufzustellen. Die Schießscharten sind nichts anderes als Lücken zwischen den Palisadenstämmen. Als Schütze steht man dann dort, die geladene Muskete auf der Gabel, vor sich die glimmende Lunte, und schaut hinaus auf die Laufgräben des Feindes. Hinter einem stehen drei andere Schützen, und diese Reihe heißt Rotte. Kommt Feuerbefehl, schießt man und geht dann ganz nach hinten, um zu laden, während der Zweite jetzt der Erste wird. Das nennt man Kontermarsch, und weil jeder von uns zwölf Schuss im Bandelier hat, kann jede Rotte 48 Kugeln abfeuern, bevor neue Munition gebracht werden muss. Wenn einer aber ein besonders guter Schütze ist, bleibt er vorne, und die anderen reichen ihm nur die geladenen Musketen zu.

So stehen wir also und haben mit unserer Kompanie vielleicht zwölf oder fünfzehn Schießscharten besetzt. An den anderen stehen die Dupigny-Musketiere, die den Angriff überlebt haben. Unser Hauptmann hat uns versichert, dass wir bald von der Stadtguardia abgelöst werden, dem Wiener Stadtregiment. Bis dahin haben wir nichts zu tun, als der Lunte am Hahn beim Glosen zuzusehen und unter unseren Hüten zu schwitzen. In den türkischen Laufgräben tut sich nichts. Ich bin der Erste in meiner Rotte. Neben mir steht Feige, seit kurzem Feigius genannt, ein Schlesier, der schon damals den Plan hatte, den ganzen Türkensturm dereinst in einem Versgedicht zu besingen;

38

daran arbeitet er, und ich höre, wie er seine Verse daher murmelt und stockt, wenn er nicht gleich einen Reim findet[5]. Das ist meine ganze Unterhaltung.

Dann aber, vielleicht nach einer Stunde, sehen wir eine seltsame Prozession, die von St. Ulrich daherkommt. Die Leute gehen nicht in den Gräben sondern auf dem Erdreich dazwischen, obwohl sie ebenso gut unten gehen könnten, wie es die Janitscharen und die Erdarbeiter tun. Wenn sie näherkommen, werden wir feuern müssen.

Damit schließe ich für heute, damit Ihr meinen nächsten Bericht mit umso größerer Spannung erwartet.

---

[5] Daraus wurde das Epos „Wunderbahrer Adlers-Schwung [...]" (Wien 1694)

9.

Ihr habt mich gefragt, was ich über das Schinden denke, das ich im Wiener Stadtgraben mitangesehen habe. Ich glaube, dass der Krieg jeden Mann und so manche Frau in eine Bestie verwandeln kann, weshalb man kein Volk der Erde nach dem beurteilen sollte, was es im Krieg macht. – Die Musketiere, deren Werk ich bewundern durfte, erklärten später, sie hätten ja nicht mit diesen Bestialitäten angefangen, das seien die Türken gewesen oder – eher noch – ihre Verbündeten, die Tataren; sie aber würden nur Revanche dafür üben und solches im Grunde verabscheuen. Und sicher hätten die Türken und Tataren dasselbe von den Kaiserlichen behauptet, wären sie danach gefragt worden.

Übrigens blieben diese Gräuel nicht auf die Musketiere der regulären Regimenter beschränkt, die durchwegs niederster Abkunft und gänzlich ungebildet waren. Auch Studenten haben derlei verübt, und manche von ihnen haben sich noch damit gebrüstet. Ich habe später auch mit anderen geredet, die nicht gerade stolz auf ihre Taten waren. Es war eben so, dass diesen Dingen immer ein Kampf mit bloßer Waffe vorangegangen war. Mir ist es ja erspart geblieben, mit dem Degen oder der Pike zu kämpfen, aber die weniger Glück hatten, haben mir erzählt, dass sie im Gefecht von einem wütenden Blutdurst befallen worden seien, der sie zu wahren Berserkern gemacht und ihnen sicherlich das Leben gerettet habe. Nur einer, ein Herkules von Gestalt und seltener Meister der Fechtkunst, vom Dussak[6] bis zur Langen Stange, hat behauptet, er sei auch im Gefecht so gelassen geblieben wie am Fechtboden und habe keinen Gegner massakriert, wenn es nicht nötig war.

---

[6] Eigtl. Dussack, eine Trainings- und Wettkampfwaffe

Die meisten anderen aber wurden erst ein oder zwei Stunden nach dem Gefecht wieder zu menschlichen Wesen, sagten sie.

Diese Bestialität geht also vorüber, und Ihr kennt sicher die Geschichten von diesem oder jenem Türken oder Tataren, der sich vollgesoffen hatte und von Bauern schlafend in einem Weinkeller aufgefunden wurde. Manche dieser Geschichten sind wahr. Wenn es nicht gerade kurz zuvor ein Gefecht gegeben hatte, so wurde dem Mann in aller Regel kein Haar gekrümmt, ja viele wurden aufgenommen, haben geheiratet und nennen sich heute Türk oder, in Ungarn, Török.

Verzeiht mir diesen Exkurs – ich bin schon wieder am Gedeckten Weg. Was sich da also zwischen den Laufgräben unseren Palisaden nähert, sind keine Janitscharen und keine Azappi. Es sind Frauen und Kinder, je zu viert oder fünft an den Hälsen aneinandergefesselt, und auf jeden dieser Trupps hat ein Türke Obacht. Der geht aber hübsch vorsichtig, so nämlich, dass die Gefangenen immer zwischen ihm und unseren Musketen bleiben. Die Gefangenen kommen jetzt so nahe, dass man ihre Gesichter erkennen kann. Auch wenn sie in Fetzen gehen und verdreckt sind, kann man sehen, dass es noch vor kurzer Zeit schöne und gutgekleidete Menschen waren.

Als sie an eine Stelle kommen, wo man in die Laufgräben hinuntersteigen kann, legt einer der Wächter die Hände an den Mund und schreit in ganz passablem Deutsch zu uns herüber:

„Da seht, was wir mit euren Frauen und Kindern machen!"

Damit löst er der ersten Frau den Halsring und stößt sie hinunter in den Graben, aus dem Jubelgeschrei ertönt. Was danach kommt, können wir nicht sehen, aber es ist nicht schwer zu erraten. Von Zeit zu Zeit nämlich dürfen die

Türken in den Gräben mit den Frauen und Kindern *reverendo* treiben, was sie wollen, sei als Belohnung für einen Sturmangriff, sei es als Rache für einen Fehlschlag, oder allgemein als Ausgleich für ihr elendes Dasein. Das ist Kriegsrecht, aber ich will hoffen, dass gesittetere Völker wenigstens die Kinder davon ausnehmen.

Bei uns sind schon mindestens ein halbes Dutzend Musketen auf den Türken gerichtet, und ein guter Schütze würde ihn wohl erlegen können, ohne die Gefangenen zu treffen, aber da donnert unser Hauptmann: „Wer schießt, kommt in Eisen!"

Und ein paar Finger, die schon krumm waren, werden wieder gerade. Unsere Offiziere wollen den Feind nicht provozieren, denn der weiß bis jetzt nicht, dass am Gedeckten Weg nur Soldaten-Lehrlinge stehen, doch wenn es zum Gefecht kommt, wird er es bald merken. So kann der Wärter ungehindert eine Gefangene nach der anderen in den Graben stoßen.

Aber da reißt sich eins der größeren Kinder los, rennt zu uns her und will den Erdwall vor unseren Palisaden herauf kriechen. Es ist eine Jungfer, vielleicht vierzehn Jahre alt und zaundürr. Sie hat bestimmt seit Tagen nichts mehr gegessen, und sie weint und heult:

„Helfts mir, helfts mir!"

Die Türken im Graben haben sie an den Füßen gepackt und zerren sie zurück. Ich habe das Mädchen im Visier, und wer weiß, ob ich nicht abgedrückt hätte, um den Türken den Spaß zu verderben und ihr das Weitere zu ersparen. Aber während das Mädchen sich im Erdreich festkrallt, schreit es:

„I bin die Thallingerin Mitzi aus Petersdorf. Sagt's es meinen Eltern, dass i no leb!"

42

Ich erschrecke dermaßen, dass ich fast die Muskete fallen lasse. Und jetzt haben die Türken die kleine Thallingerin schon bei den Zöpfen, und sie verschwindet über den Grabenrand. Die im Graben schreien: Hamdullilah! was so viel heißt als: Gott sei es gedankt! Und dann ist bei ihnen ein Juchezen losgegangen, dass man das Weinen und Heulen der Frauen und Kinder fast nicht mehr hören hat können. Hätte man uns jetzt einen Ausfall befohlen, wir würden das Gesindel in Stücke gerissen haben, mit oder ohne Waffen. Aber der Dr. Sorbait hat keinen Ausfall befohlen sondern Ruhe.

Und jetzt schließe ich. In meinem nächsten Brief will ich erklären, was dieser Vorfall für mich bedeutet hat und warum ich erschrocken bin. Dazu aber muss ich in die Vergangenheit zurückgehen, durch die alles Spätere verständlich wird.

10.

Ihr müsst wissen, dass Petersdorf eigentlich Perchtoldsdorf heißt. Für uns hatte dieser Ort eine besondere Bedeutung. An Feiertagen oder wenn sonst vorlesungsfrei war, haben wir Wagen oder Reitpferde gemietet und sind hinausgefahren, weil es dort guten Wein und gutes Essen gegeben hat, und das ganz besonders im Wirtshaus Thallinger. Die hatten eine Tochter, eben diese Mitzi, die war in dem Alter, dass sie im vorigen Jahr noch mit ihrer Puppe gespielt, aber beim heurigen Kirtag schon sehnsüchtig auf die Musik gehorcht und dabei ein paar hübsche Tanzschritte gemacht hat. Um sie waren immer ein paar andere Mädchen gleichen Alters. Für uns waren sie zu jung, auch wenn die meisten recht wohlgestaltet waren; sie aber haben immer aus ihrer Ecke in der Wirtsstube oder im Garten zu uns herübergeschaut, wenn sie gemeint haben, dass wir es nicht merken. Obwohl also die Mädchen noch halbe Kinder waren, haben wir im Spaß mit ihnen angebandelt, worauf es bei ihnen immer eine ungeheure Heiterkeit und Kichern ohne Ende gegeben hat. Einmal, als Mitzi uns Wein gebracht hat, hat einer von uns sie gebeten, ihn zu heiraten, sobald sie das Alter dazu hätte, denn es war abzusehen, dass sie recht hübsch werden würde. Mitzi hat ganz ernsthaft gesagt: „Wenn der Herr bis dahin etwas vom Wirtsgeschäft versteht, gern, weil ich muss einmal die Wirtschaft übernehmen. Aber Er schaut mir nicht danach aus ..."

Nur wenn einer zu dreist geworden ist, hat sie keine Antwort gewusst; sie ist dann einfach davon gegangen. Ich habe nicht so mit ihr geredet, und so hat sie auch Vertrauen zu mir gehabt. Dann bin ich eines Tages dazu gekommen, als sie auf der Hochstraße von einem bösen Hund angefallen worden ist. Sie ist dagestanden, mit Tränen in den Augen, und hat sich an ihren Schürzenzipfeln festgehalten. Ich habe das Untier mit meinem Stock vertrieben und ihr angeboten, sie zum Wirtshaus zu begleiten. Mitzi hat sich bedankt, ist eine Weile still neben mir hergegangen und hat dann gesagt:

„Will der Herr mein großer Bruder sein? Die anderen Madln haben alle einen, nur ich nicht, und ich hätte so gern einen."

Ich habe ihr gesagt, dass sich das gut trifft, weil ich auch gern eine Schwester hätte. Wie Ihr wisst, ist ja die kleine Carolina Theresia Wohlfahrt an der Fraisen gestorben, bevor sie noch sprechen konnte. Und so bin ich der große Bruder der Mitzi Thallingerin geworden; das hat bedeutet, dass ich ihr die Weinkanne getragen habe, wenn sie ihr zu schwer war, oder sie den Katechismus abgefragt habe, und derlei Dinge. Dafür hat sie mir auch immer ein besonders schönes Geselchtes aufgeschnitten und anständig nachgeschenkt.

Der Ort ist um den 16. Juli durch Bruch einer Kapitulation gefallen. Zunächst haben die Tataren nicht viel ausrichten können; die Einwohner haben sich in der Kirche verschanzt, die mehr eine Wehrburg ist als ein Gotteshaus, und sich mutig gewehrt. Darum haben die Tataren vorgegeben, sie wären jetzt von den Türken abgelöst worden. Einer hat den Pascha gespielt, Kapitulation angeboten, und die Perchtoldsdorfer haben allen Mut verloren, auf sein Wort vertraut und eine große Brandschatzung bezahlt. Wäre ich nur dabei gewesen, ich hätte ihnen schon die Augen geöffnet!

Ein Mädchen in weißem Kleid musste die Schlüssel der Stadt übergeben, und sie ist auch als erste ermordet worden. Ich habe sie gekannt, sie war eine Freundin von Mitzi. Dann musste der Bürgermeister dran glauben, und danach ist es drunter und drüber gegangen. Die Männer, die sich ergeben hatten, sind alle niedergehauen worden, ein paar sind entkommen, wieder andere haben sich im Kirchturm verbarrikadiert und sind dort durch Feuer umgekommen. Die Frauen und Kinder sind in die Sklaverei verschleppt worden. Das alles war damals in Wien nicht bekannt, aber durch meine Arbeit beim Stadtkommando habe ich vieles erfahren, was die anderen noch nicht wussten; wir haben ja nicht nur Gefangene verhört, sondern auch Überläufer und Flüchtlinge, besonders wenn Verdacht war, dass es Spione sein könnten.

Die Renner und Brenner haben solchen Verrat auch anderswo geübt, — in einem Ort bei Bruck an der Leitha und in einem anderen bei Herzogenburg und ebenso bei den kaiserlichen Garnisonen in Ungarn, die sich gegen Kapitulation ergeben haben. Denn ihr heiliges Buch, der Alkuran[7], sagt, dass sie Ungläubigen gegenüber durch kein Wort gebunden sind. Ich weiß schon, was Ihr mir darauf entgegnen werdet, und ich will nicht behaupten, dass die kaiserlichen Kriegsvölker derlei nicht auch tun, aber sie können sich dabei wenigstens nicht auf die Bibel berufen.

Als ich Mitzi jetzt gesehen hatte, war sie ganz und gar nicht hübsch gewesen, ja ich hätte sie gar nicht erkannt, wenn sie nicht ihren Namen gerufen hätte.

---

[7] Koran; der arab. Artikel „al" wurde als Wortteil gedeutet.

11.

Noch ist Euer Neffe nicht im Gefecht gewesen, wie Ihr richtig bemerkt. Geduldet Euch, es geht schneller als Ihr denkt. Zum Ende meines vorletzten Briefes habt Ihr mich als Schützen an den Palisaden des Gedeckten Ganges gesehen, als sie die Frauen und Kinder in die Laufgräben geworfen haben. Dort ist das Wolfsgeheul noch eine Weile weitergegangen, wahrscheinlich bis jeder an der Reihe war, dann ist es ganz still geworden.

Der Dr. Sorbait kommt mit einem blechernen Reindl daher und stellt es mitten am Gedeckten Gang auf.

„Advenite vos quibus pissare necesse est – Nur heran, wer Wasser lassen muss", sagt er, „da hinein! Und die anderen – keinen Muckser!"

Nun, denk ich mir, das ist ja sehr aufmerksam, aber unnötig, denn sonst sind wir einfach hinunter gestiegen in den Stadtgraben und haben die Kontereskarpe *cum licentia* angebrunzt[8]. Gleich darauf bin ich eines Besseren belehrt worden: Der Dr. Sorbait will nämlich sehen, ob die Türken vielleicht unter unseren Füßen eine neue Mine fabrizieren. Dazu braucht man ein stillstehendes Wasser, das anzeigt, ob im Erdreich gegraben wird, und hier gibt es kein Wasser als das unsrige. Also folgen ein paar von uns seiner Einladung. Lange Zeit steht das Wasser ganz still. Dann aber ist es, als ob jemand kleine Kiesel mitten hineinwirft, und Dr. Sorbait sagt:

„Jetzt graben sie wieder."

Liebe Tante, da ist Eurem Neffen aber anders zumute geworden! Was nützen einem Muskete und Stoßdegen, wenn man auf einer Mine steht! Nicht nur ich, die ganze Kompanie ist unruhig geworden, und der Sorbait hat Mühe

---

[8] Gleichbedeutend mit *reverendo* etc.

gehabt, die Ordnung herzustellen. Ruhe war aber notwendig, damit er sieht, wenn das Wasser im Reindl wieder stillsteht, weil das heißt, dass die Türken unter uns mit der Arbeit fertig sind. Sie müssen ja die Pulverfässer in die Minenkammer bringen, die Kammer zumauern, bis auf eine Öffnung für die Zündschnur, und sich zurückziehen. Dann ist es aber auch für uns höchste Zeit. Was wir nicht wussten, war, dass ein Trupp unserer Schanzarbeiter dabei war, eine Gegenmine zu graben, um die Türken damit zu überraschen.

Und auf einmal heißt es: Rückzug! Denn das Wasser im Reindl ist jetzt ganz still gestanden. Was da zu tun war, haben wir schon beim Drill geübt – aus der Fronte in die Marschkolonne oder umgekehrt. Aber diesmal ist es kein Drill, die Aufregung ist zu groß, die Leute machen falsche Wendungen, sie stoßen zusammen, Musketengabeln fallen um, und eine fürchterliche Flucherei fängt an, denn jeder will der erste sein.

Auch ich wollte als Erster vom Gedeckten Gang herunter sein – und ich war auch einer der ersten, aber nicht so, wie ich es mir gewünscht hatte. Eine der beiden Minen ist nämlich früher gesprungen als erwartet, und die halbe Kompanie, Euer Neffe inbegriffen, ist durch die Luft geflogen und im Graben gelandet. Ich bin auf einen anderen weich gefallen, wie damals in Prag der Sekretär Fabrizius auf den Grafen Martinitz, und ebenso wie dieser habe ich mich entschuldigt und zum Dank Flüche auf Deutsch und Böhmisch zu hören bekommen. Ich konnte aber alles nur hören wie aus weiter Ferne, dafür war in meinen Ohren Gesang wie von Engelschören, nur nicht so schön. Sehen konnte man gar nichts, alles war voller Staub. Zudem sind uns gleich darauf Erdbrocken und Steine, die zuvor hoch in die Luft geschleudert worden waren, auf die Hüte geprasselt. Drei von uns sind tot geblieben, wir anderen aber mussten zurück bis zu den nächsten Palisaden im Stadtgraben, denn schon haben die Janitscharen Allahu! geschrien und attackiert. Mittlerweile ist Stadtguardia da gewesen und nach vorne gegangen und hat auch diesmal die Bresche gehalten. Aber das Knallen der Musketen hat sich für mich nicht lauter angehört als wie ein Händeklatschen.

Ich hatte starke Schmerzen im Leibe und das merkwürdige Singen in den Ohren, dazu einen Drehschwindel wie bei einem monumentalen Rausch. Sie haben mich zum Feldscher in der Burg geführt, wo ich viele sah, denen es weit weniger gut ergangen war als mir. Einer ist dagesessen, dem wären die Gedärme aus dem Leib gefallen, wenn er sich nicht mit einem Riemen zusammengeschnürt hätte. Hat aber nichts genützt – sie haben ihm Laudanum gegeben, solange welches da war; danach soll er den Feldgeistlichen unter Flüchen weggeschickt und um eine geladene Pistole gebeten haben.

Da war ich aber nicht mehr am Verbandplatz. Denn mich drückte der Feldscher nur ein wenig in die Rippen, was gräulich wehtat, und sagte dann, gebrochen sei nichts, ich hätte eben einen schweren Fall getan. Als ich auf meine Ohren deutete, lachte er nur und sagte: „So is's halt, wenn g'schossen wird." Dann hat er mich zur Ader gelassen.

Meine Ohren haben sich bald wieder erholt, und der Schwindel hat im gleichen Maße nachgelassen, aber das Atmen hat mir so große Schmerzen bereitet, dass ich bald lieber erstickt wäre, als atmen zu müssen. Ich war vom Dienst freigestellt und musste auch nicht bei der Blessierten-Kompanie sein, dafür aber den ganzen Tag in der Burg sitzen und Gefangene verhören helfen. Die meisten waren elendsarme Baschi-Bozuks, also Freiwillige, die von den Türken vorgeschickt werden, weil man ihnen ohnehin keinen Sold bezahlt, dafür aber Beute verspricht.

Aber ein paar Tage danach hat es geheißen, heute hätten sie bei einem Ausfall einen Agha erwischt (Agha heißt bei den Türken jeder Aufseher oder Offizier), und der soll jetzt verhört werden. Ich stehe also beim Schreibtisch von Rittmeister Garelli, hinter mir sitzen noch ein paar Offiziere vom Stab des Starhemberg. Die Waffen des Agha haben sie schon herein getragen, seine Zischägge (das ist ein Helm, wie ihn auch unsere Kürassiere haben, nur spitz anstatt rund und sehr schön mit Gold eingelegt), daneben sein Kettenhemd, sein Kilidsch (das ist ein Türkensäbel) und sein Busikan (der Streitkolben). Dann bringen sie den Agha, für seinen Rang noch ein recht junger Mann. Er hat im Gefecht einen Hieb über das Gesicht bekommen, weshalb das Naseneisen an seiner Zischägge ganz eingedrückt ist, und seine Augen sind so verschwollen, dass er nichts sieht und man ihn zu dem Schemel führen muss, auf dem er sitzen darf. Außerdem hat ihm der Feldscher ein feuchtes Tuch um den Kopf gewickelt. Ich erzähle das so ausführlich, weil es für mich später noch von Bedeutung war.

Ich befrage ihn, wie sein Name ist, wo er kommandiert und ob er sich lösen kann, das heißt, ob er Ranzion bezahlen kann.

Er antwortet mir nicht, sondern fängt an zu lächeln, genau wie Cleronome. Ich sage zu ihm: „Ich weiß schon, ich habe mein Türkisch von den Gassenbuben in Konstantinopel. Das waren meine Freunde, bis ich sechzehn war. Daheim haben wir Deutsch gesprochen."

Er sagt: „Auch ich bin kein Türke, aber ich habe es bei den Türken zu etwas gebracht und ihre Sprache gelernt." Und dann antwortet er mir ganz höflich auf alle Fragen. Er heißt Hüseyin-Agha, war einst Pole, ist bei Kaminiec Podolski in Gefangenschaft geraten und Renegat geworden. Jetzt kommandiert er im Abschnitt des Großwesirs und hat die Aufsicht über ein Gefangenenlager.

50

Ich spitze die Ohren, aber ich kann ihn jetzt nicht fragen, ob er eine Gefangene namens Mitzi hat, so gern ich es möchte. Auch wird er kaum alle seine Schutzbefohlenen mit Namen kennen.

Ranzion, also Lösegeld, kann er nicht bezahlen, denn er hat noch kaum Beute gemacht, sagt er. Er bittet vielmehr, ausgetauscht zu werden, sobald die Türken einen Gefangenen haben, der ihm im Rang entspricht, also etwa einen Hauptmann oder einen Rittmeister.

Garelli vernimmt ihn eingehend zu vielen Dingen und dann ganz beiläufig auch zum Befinden des Kiaja Ahmed-Agha, das ist der Vertreter und Obersthofmeister des Großwesirs, dem vor einigen Tagen, als eine Mine hochgegangen ist, ein Trumm[9] von der Löbel-Bastei auf den Kopf gefallen ist.

„Der ist auf dem Weg der Besserung." sagt Hüseyin-Agha.

„Ach, du lügst doch", erwidert der Rittmeister, „Ahmed-Agha ist nicht auf dem Weg der Besserung, sondern auf dem Weg zur Hölle, denn er ist gestern gestorben. Glaubst du, wir hätten keine Spione in eurem Lager?"

Hüseyin-Agha lächelt und sagt:

„So wie wir in Wien. Wir wissen sogar, dass es schon jetzt bei euch viele gibt, die lieber kapitulieren würden, als erstürmt und ausgeplündert zu werden."

Der Rittmeister Garelli macht eine wegwerfende Handbewegung: „Gesindel, ungarische Parteigänger ..."

Darauf Hüseyin-Agha: „Im Stadtrat?"

Der Rittmeister Garelli blickt auf: „Was weißt du über den Stadtrat?"

---

[9] Wienerisch für „Stück"

„Was ich gesagt habe", antwortet Hüseyin-Agha, „denn wir erfahren alles, was dort besprochen wird. Soviel wie wir weiß nicht einmal der Graf Starhemberg."

Der Rittmeister fragt nicht weiter, denn es ist klar, dass uns der Agha nur Angst machen will und nichts verraten wird, was uns nützen könnte. Also wird er weggeführt, zunächst zum Arzt, denn so viele Goldstücke hat er bei sich, dass er dafür bezahlen kann, und dann in den Kerker. Die Offiziere verabschieden sich, und der Rittmeister Garelli geht danach eine ganze Weile sehr nachdenklich und leicht hinkend in der Schreibstube auf und ab.

„Herr Rittmeister", sage ich, „ist das wirklich wahr, dass es Verräter im Stadtrat gibt?"

„Leider", sagt er, „aber Er hat darüber nicht zu sprechen, schon gar nicht mit Zivilisten. Als Dolmetscher hat Er Geheimhaltung zu üben, oder Er macht wieder Kompaniedienst, falls Ihn der Kommandant nicht gleich aufhängen lässt."

Starhemberg hat tatsächlich in der Stadt drei Galgen errichten lassen, für Leute, die unerlaubt hinausgehen oder von draußen hereinkommen oder auch nur verräterische Reden führen. An letzteren hat es keinen Mangel gegeben, ich selbst habe gehört, wie manche Bürger ihr Maul gewetzt haben über die Maßnahmen, die nun einmal notwendig waren, wie etwa, dass die Holzschindeln von den Dächern abgetragen worden sind, weil sie leicht brennbar sind. Die Schindeln hat man dann in der Nacht brennend in den Graben geworfen, damit man dort jeden Türken gleich sieht. Aber auch, dass alle Pferde in der Stadt weggeführt worden sind und dass die Bürger schanzen haben müssen oder Feuer löschen, wenn die Türken einmal ein Haus in Brand geschossen haben. Und dann ist oft geredet worden, dass es unter den Türken oder Ungarn auch nicht ärger sein kann als unter dem tyrannischen Starhemberg.

Ich habe in solchen Fällen das Maul gehalten, aber ich hätte ihnen erzählen können, was es heißt, als Christ unter den Muslimen zu leben. Nicht, dass uns je Böses widerfahren wäre, denn wir von der Orientalischen Compagnie waren beinahe dem Residenten gleichgestellt; aber ich weiß, dass die Griechen und Armenier und Juden nie die gleichen Rechte haben können wie ein Muslim.

12.

Wir haben damals nicht weiter darüber gesprochen, aber in den nächsten Tagen hat es sich mehrmals ergeben, dass wir auf die Spione und geheimen Boten gekommen sind. Auch hat sich der Rittmeister Garelli angelegentlich nach meinen Studien erkundigt und wollte wissen, was ich nach diesem Krieg zu tun gedächte.

Ich hatte damals ernstliche Zweifel an meiner Eignung zum Advokaten, weil ich beim Examen aus Römischem Sachenrecht durchgefallen war, und befand, dass ich weitaus mehr Talent besaß, fremde Sprachen zu erlernen. Beim Rittmeister Garelli kam ich ja mit den anderen Dolmetschern und Sprachknaben zusammen. Die meisten von ihnen waren auf die Kaiserliche Dolmetscherschule gegangen, und selbst diejenigen, die sie noch vor sich hatten, beherrschten ihre Sprachen schon jetzt besser als ich mein Türkisch. Es war eben so, dass schon ihre Väter kaiserliche Dolmetscher gewesen waren, die mit ihnen von klein auf die Sprache gesprochen hatten. Außerdem bezogen sie vom Hofzahlamt Adiuta (so heißt bei uns eine Unterstützung), denn sonst hätten sie sich die Schule nicht leisten können. Wohl wurden manche ohne Schule und Examen angestellt, wenn sie die Sprache schon konnten, wie etwa der Goltschitzky sein Türkisch und Walachisch, aber mit dem konnte ich mich nicht messen.

Arglos wie ich war, erzählte ich dem Rittmeister Garelli von meinen Plänen, und er hörte mir aufmerksam zu.

Das sei eine gute Idee, sagte er, denn der Krieg habe erst begonnen und werde noch lange dauern. Da werde man viele Dolmetscher für die Türken und ihre Vasallen brauchen. Er selbst allerdings werde bald abgelöst werden, denn er warte ja nur auf eine freie Kompanie im Regiment Dünewald, die ihm längst versprochen sei.

Ich dachte mir: Vielleicht besteht Mangel an Dolmetschern, und er will mich für die Schule anwerben; das wäre mir nicht unlieb gewesen. Ach, meine Tante – ebenso gut hätte ich daran glauben können, dass mir die Frau Holda Goldstücke in den Hut schütten wird, wenn ich mich nachts auf einen Kreuzweg stelle.

„Ja", sagt der Rittmeister ganz beiläufig (das war ein paar Tage später, als wir wieder auf die Verräter zu reden gekommen sind), „und einen Einwohner haben wir ganz besonders in Verdacht. Er ist kein Deutscher, er ist Armenier. Wir wissen, dass aus seinem Haus ein Bote immer wieder ins Türkenlager geht und Botschaften überbringt."

Ich sage: „Und warum wird der Bote nicht in Verhaft genommen?"

„Exzellenz", sagt er und deutet mit dem Daumen nach oben, „wollen das nicht. Es ist noch kein *subſtratum* vorhanden. Wir haben diesen Verdacht ja nur vom Kuniz."

„Den kenne ich", sage ich, „das ist der doch Kaiserliche Resident in Konstantinopel."

„Er war es", antwortet er, „und jetzt ist er Gefangener des Großwesirs. Ein sehr mutiger Mann, denn er schickt durch seinen Diener regelmäßig Berichte aus dem Türkenlager an den Herzog" – gemeint ist damit der Herzog von Lothringen, also der Armeekommandant – „und an uns. So wissen wir von dem Armenier und seinem Boten. Aber der Kuniz kann uns nicht sagen, wer der Bote ist und wie er heißt. Es gibt ja viele, die aus der Stadt zu den Türken gehen und wieder zurückkommen. Sie treiben Handel, was zwar auch verboten ist, aber eben kein Hochverrat. Man müsste diesen Boten schon den ganzen Weg beobachten, wie er aus dem Haus des Armeniers kommt und hernach in das Zelt des Großwesirs oder des Maurokordatos hineingeht, oder umgekehrt, sonst gibt es keinen Beweis und kein *indicium*. Gewiss könnte man ihn arretieren, und er würde in der Peinlichen Frage vielleicht etwas bekennen, aber besser wäre es schon, man hätte auch die Botschaft und könnte sie entschlüsseln – dann könnten wir nämlich auch den Armenier packen, der ein angesehener Mann ist und viele Freunde vom Rat hat. Er soll sich sogar mit dem Liebenberg gutstehen." (Liebenberg war damals der Bürgermeister, und über den Maurokordatos will ich Dir später mehr erzählen.)

„Weiß man denn, wie der Kerl aussieht?" frage ich.

„Resident Kuniz hat schon zu Beginn der Belagerung geschrieben, dass es ein junger Bursch ist, dürr und flink. Der Kuniz hat ihn nie mit eigenen Augen gesehen, aber sein Diener will ihn gesehen haben. Auch manche von unseren Leuten wissen von einem, auf den das Signalement passt. Aber sie haben ihn immer wieder aus den Augen verloren, so dass sie schon verweigern, auf Observation zu gehen."

„Warum denn das, Euer Gnaden?"

„Ach – sie haben Angst vor Zauberei, Teufelswerk ... Sie behaupten, der Kerl könne sich in Luft auflösen. Er ist nämlich einmal in einem Hauseingang verschwunden und nicht mehr herausgekommen. Und sie haben das Haus gründlich abgesucht."

„Zauberei und *magia* gibt es natürlich", sage ich, „das will ich nicht leugnen, aber vielleicht ist es auch nur ein sehr geschickter Spion, der sich in den Hauskellern gut auskennt?"

„Mag sein", meint der Rittmeister, „jedenfalls hat er uns bisher die lange Nase gedreht, und auch die Türken lachen über uns, wie dieser Hüseyin-Agha.

56

Wir brauchen einen Mann, der so schlau ist wie dieser Bote und kein Hasenfuß. Wenn er Erfolg hat, ist ihm eine Belohnung sicher, und wenn er eine Anstellung will, so kann ihm da auch geholfen werden."

„Also", sage ich nach einigem Nachdenken, „wenn zum Beispiel ich den Beweis gegen den Armenier liefere, dürfte ich dann zur Belohnung kaiserlicher Dolmetsch werden?"

„Er?", sagt der Rittmeister ganz überrascht, „also darauf wäre ich nicht gekommen. Nein, es ist zu gefährlich, und ich brauche Ihn hier."

Und dabei reißt er wieder heftig an seinem Schnurrbart.

Aber jetzt bin ich Feuer und Flamme für den Auftrag und versuche ihn zu überzeugen, dass ich der richtige Mann für gefährliche Aufgaben bin und mir durchaus zutraue, unerkannt ins Türkenlager zu gelangen.

„Ich spreche die Sprache so gut als dieser Goltschitzky", sage ich, „bei den Türken stelle ich mich als Walacher oder Siebenbürger, und wenn es umgekehrt kommt, als Türke."

Er widerstrebt eine ganze Weile – Ihr habt sicherlich schon erkannt, dass das zum Spiel gehört hat – und erklärt sich am Ende bereit, mich probeweise als Kundschafter anzustellen. Dafür werde er mich, falls ich das dann noch wünschte, als Sprachknabe empfehlen und um die Auszahlung von Adiuta an mich bitten. Andernfalls würde ich in Geld belohnt werden. Als ich zustimme, hat er plötzlich die Kriegsartikel zur Hand oder die Bibel, ich weiß nicht woher, und lässt mich darauf Gehorsam und Verschwiegenheit schwören.

Natürlich merke ich, dass der Rittmeister Garelli mir einiges vorenthält, was ich wissen sollte. Wie mir Cleronome später erzählt hat, ist einer seiner Leute spurlos verschwunden – ob er aus dem Weg geschafft wurde oder nur schlicht und einfach desertiert ist, kann ich nicht sagen, — und überhaupt hätte ich gerne gewusst, wen er meint, wenn er „wir" sagt, oder ob er bloß den *pluralif maieftatif* gebraucht. Doch dann kommt mir ein genialer Gedanke, und wie es bei jungen Leuten ist, verdrängt dieser geniale Gedanke alle weniger genialen aber dafür vernünftigen Gedanken aus meinem Gehirn.

Mir ist nämlich gerade eingefallen, dass im Türkenlager auch Mitzi Thallinger sein muss. Ich habe das Mädchen nicht vergessen können. Umsonst sage ich mir, dass außer ihr noch etwa dreihunderttausend andere Menschen im Lager sind, dass ich nicht weiß, wie sie jetzt aussieht, dass sie mich gar nicht gesehen hat sondern höchstens meinen Musketenlauf, und dass es ihr nicht besser und nicht schlechter ergeht als tausenden anderen gefangenen Frauen, um die ich mich auch nicht über die Maßen sorge. Aber ich habe sie nun einmal gekannt, und ich kann nicht vergessen, dass sie mich zu ihrem großen Bruder ernannt hat.

Ich habe mich ja schon unter den Flüchtlingen, die da in Höfen und auf Plätzen hausen wie das liebe Vieh, nach den alten Thallingern umgehört, aber sie waren nicht darunter, und die wenigen Überlebenden aus Perchtoldsdorf wissen nicht, was aus ihnen geworden ist. Später habe ich erfahren, dass sie im Turm geblieben sind, als der ausgebrannt wurde.

Von diesen Ideen aber braucht der Rittmeister nicht zu wissen. Ihm genügt es ja, dass er jetzt einen Soldaten hat, der Türkisch kann und bereit ist, hinaus zu gehen. So ermahnt er mich nochmals zu größter Verschwiegenheit und erteilt mir meine Instruktionen. Es ist deutlich zu erkennen, dass ihn der Ehrgeiz plagt; er kann es nicht ertragen, dass er unter der Burg in einer Kammer sitzt, geschützt durch meterdicke Steinwände, während sein Regiment sich im Mostviertel mit den Tataren schlägt. Gewiss würde er gerne selber Missionen übernehmen wie Goltschitzky oder der Rittmeister

Mihajlovic, die sich ständig draußen herumtreiben und den Türken schon etliche Male mit knapper Not entwischt sind, aber da er nicht Türkisch oder sonst eine andere Sprache kann außer Deutsch und Italienisch, würde er da nicht lange überleben.

Einmal, als Garelli beim Essen ist, erzählt mir Cleronome, was er von ihm weiß:

„Unser Rittmeister war anno Achtzig mit seinem Regiment beim Kampf um die Bergstädte in Oberungarn. Beim Gefecht von Trezelhay haben ihn die Kuruzzen gefangen, und er musste freigekauft werden. Es ist ihm nicht schlecht ergangen, er war im Schloss des Tököly in Munkacs und durfte sich in der Festung frei bewegen. Doch bei seiner Gefangennahme hat er sich gewehrt wie ein Löwe und ist mit der Lanze vom Pferd geholt worden – du hast ja bemerkt, dass er hinkt. Er dürfte auch einen Hau auf den Kopf bekommen haben; jedenfalls konnte er nach einiger Zeit nicht mehr vernünftig reden, und ein Arm war gelähmt. Der Leibarzt des Tököly hat ihn untersucht und gesagt, es muss operiert werden, sonst wird er blödsinnig und krumm. Der Rittmeister hat zugestimmt, und sie haben ihm ein Stück Schädeldecke herausgenommen und stattdessen eine Silberplatte eingesetzt. Dafür musste Graf Tököly ein Stück von seinem Silbergeschirr opfern. In einer Anwandlung von Humor hat der Arzt genau das Stück mit dem Manufakturzeichen ausgeschnitten; das trägt er jetzt auf seinem Schädel – daher die Perücke."

„Aber ganz vernünftig ist er trotzdem nicht geworden", sage ich.

„Darum ist er ja hier," sagt Cleronome, „denn als er wieder frei war, hat er erwartet, dass er seine Schwadron zurückbekommt, aber die Stelle war schon verkauft an einen Khueffstein, und der Hofkriegsrat wollte ihm kein neues

Kommando geben, weil er ein wenig seltsam geworden war. Jetzt stellt er Kundschafter ein und möchte Spione fangen. Wenn er dich anwerben will, dann lehne ab, das rate ich dir. Oder versichere dich wenigstens, dass seine Vorgesetzten ihm die Approbation erteilt haben, dich aufzunehmen, sonst bekommst du nie deine Belohnung. Er lügt ärger als ein Jesuit; das erkennst du daran, wie er mit seinem Schnurrbart umspringt, oder dass er an seinem Tschibuk zieht, als ob es die Mutterbrust wäre."

Ich bin zwar um einiges älter als Cleronome, aber nicht klüger, denn ich mache mir keine Gedanken darüber, ob das Stadtkommando weiß, was Garelli treibt, und ich frage mich auch nicht, warum er nicht einen der anderen Sprachknaben beauftragt, die besser Türkisch sprechen als ich. Ich bin jung, das Dolmetschen wird langweilig, und ich möchte mich draußen umsehen.

13.

Ihr wundert Euch gewiss, wie ich damals glauben konnte, dass man einem maroden Feldoffizier mit einer Silberplatte im Hirn derart heikle Aufgaben anvertraut haben sollte. Aber das war und ist bei den Kaiserlichen nichts Ungewöhnliches – der Spion wird nicht hoch geachtet, ebenso wenig wie sein Geschäft, und so gilt es auch nicht als Ehre, gegen ihn zu kämpfen. Wenn man neben den kaiserlichen Residenten weitere Spione nötig zu haben glaubt, heuert man Viehhändler oder herumziehende Quacksalber an, die schandbar entlohnt werden, dafür aber auch nichts leisten. Nicht viel anders ist es bei der Bekämpfung der feindlichen Spione. Da wird einer dafür schon abkommandiert, weil er nicht feldtauglich ist und in ein paar Sprachen radebrechen kann. Andere Staaten hingegen nehmen dafür ihre besten Leute und bezahlen sie auch anständig.

Kurz und gut, Euer leichtgläubiger Neffe ist jetzt nicht nur Musketier im Studenten-Corps sondern auch Hilfs-Sprachknabe, angehender kaiserlicher Dolmetsch und dazu Geheimbeauftragter des Rittmeisters Garelli geworden. Meine Mission ist eine doppelte: Ich soll Verbindung zum Haus des Armeniers bekommen und dort primo den Namen des Boten herauszufinden und den Beweis liefern, dass er aus dem Haus des Armeniers kommt, und secundo feststellen, wer von den Wiener Honoratioren dort zu Besuch kommt, obwohl er gar nicht krank ist. Es ist das Palais Reutthaler in der Grünangergasse, das der Armenier gekauft oder gemietet hat. Er ist Arzt und arbeitet den halben Tag im Spital der Barfüßer; den Rest des Tages geht er in Privathäuser, oder die Leidenden kommen zu ihm.

Nun ist anzunehmen, dass Starhemberg ohnehin seine Zuträger unter den Stadträten hat und erfährt, was da so beredet wird und wer für die Kapitulation ist. Garelli hat mir aber erklärt, dass es viele gibt, die sich vorderhand loyal stellen, im Herzen aber für die Kapitulation sind und das erst zeigen wollen, wenn die Dinge für Wien schlechter stehen. Vor allem die würden heimlich ins Palais Reutthaler kommen, sagt er.

Den Boten darf ich gefangen nehmen, wenn ich kann, vorausgesetzt, er hat eine verräterische Botschaft bei sich, durch die er und der Arzt überführt werden können. Die Stadträte und anderen hohen Herren soll ich hingegen in Ruhe lassen.

Es hat eine Sitzung des Stadtrats gegeben, und es soll dabei heiß hergegangen sein. Infolgedessen rechnet der Rittmeister, dass der Bote bald mit einem Bericht des Armeniers an den Großwesir abgehen wird. Was ich dabei tun soll, ist mir vorderhand ein Rätsel. Ich kann ja nicht in meiner dienstfreien Zeit vor dem Palais Reutthaler Wache stehen, da würde mich bald die Rumorwache[10] einkassieren, und ich müsste erklären, was ich treibe. Ich brauche ein Versteck, von dem aus ich sehen kann, ohne gesehen zu werden, aber das habe ich nicht. In diesem Punkt kommt mir der Zufall zu Hilfe, aber auf eine solche Weise, dass ich fast mein Leben dabei verliere.

An diesem Abend nämlich gehen welche von unserer Kompanie, die dienstfrei haben, in die „Goldene Weintraube". Schon sind die Preise fürs Essen etwas gestiegen, aber die meisten von uns können es sich noch leisten. Dort kommt es zu einem bösen Vorfall.

Da wir fast alle Studenten der Rechte sind und Latein können müssen, üben wir uns bisweilen in der Dichtkunst, dergestalt, dass einer ein Thema vorgibt, zu dem die anderen einige rasch verfasste Verse in Latein vorzutragen haben. Wer nicht wenigstens ein Elegisches Distichon zustande bringt oder überhaupt nur Blödsinn verzapft, zahlt eine Runde. Wer aber den meisten Applaus erntet, wird für diesen Abend zum poeta laureatus.

Heute ist Andras der Spielleiter. Er hat schon ziemlich viel getrunken, mehr als wir anderen, und ich habe später erfahren, dass er sich damals um seine Familie große Sorgen gemacht hat. Die ungarischen Magnaten sind ja eine der Ursachen zu diesem und den früheren Türkenkriegen gewesen, weil ein Teil von ihnen dem Sultan oder mehr noch seiner Kanaille Tököly ergeben war, der andere Teil aber kaisertreu geblieben ist. Andras' Familie war immer auf der kaiserlichen Seite, gilt also als Feind des Tököly und der Türken. Davon aber redet Andras nicht, vielmehr gibt er ein seltsames Thema vor: Er selbst ist das Thema, und wir sollen Gedichte zu seinem Preise verfassen.

Da hat es großes Gelächter gegeben, und die Marusch, von der ich Euch schon erzählt habe, hat ihn ausgiebig verspottet. Zwar auf Ungarisch, aber sie hat uns alles übersetzt, wie etwa: Das würden dann wohl Zweizeiler werden, denn mehr gäbe es über ihn nicht zu sagen. Diese Marusch war aus bürgerlicher Familie, wie ich schon erwähnt habe, und wir erlaubten uns mit ihr nicht die Dinge wie mit unseren Menschern. Auch die Menscher haben sie mit Achtung behandelt, als sie gemerkt hatten, dass sie ihnen keinen Gogl wegschnappt (Gogl heißen bei uns die Freier der Menscher). Ich weiß nicht, warum sie sich mit uns abgegeben hat. Es war wohl die Kriegszeit; sie stammte eigentlich aus Ödenburg, wo ihr Vater Viehhändler war, hatte Verwandte in

63

Wien besucht und dann nicht mehr heimreisen können, denn zwischen Wien und Ödenburg standen schon die Türken.

Andras hat da noch mitgelacht und gesagt, er werde uns die Aufgabe erleichtern; wir sollten erklären, warum er so großen Erfolg beim weiblichen Geschlecht habe. Da werde uns doch etwas einfallen.

Wir hätte argwöhnisch werden sollen, denn es waren bereits Anzeichen da, dass es bei Andras zu einem Exzess kommen könnte. Früher am Abend war nämlich ein Bänkelsänger ins Wirtshaus gekommen, ein gewisser Augustin, den niemand so recht leiden mochte. Er war nur deshalb berühmt, weil er seinerzeit, anno Neunundsiebzig, besoffen in eine Pestgrube gefallen war und unter den Leichen seinen Rausch ausgeschlafen hatte, ohne Schaden zu nehmen. Es ging aber das Gerücht, dass ihn seine Feinde von einer Bank gehoben und in die Grube geworfen hätten. Der jedenfalls hatte durch seine witzlosen und anzüglichen Lieder den Andras so in Rage gebracht, dass er ihn gewatscht hätte, hätten wir den Augustin nicht rechtzeitig hinausgeworfen.

Unsere ersten Verse hat Andras noch gut aufgenommen, besonders die des Dichters Feige oder Feigius. Der rühmte die edle Gestalt von Andras, und seinen Geist und Witz und dergleichen mehr. Es war Ironie, aber auch Schmeichelei. Um das zu übertreffen, mussten die späteren Bewerber schon schärfer werden, und ihre Verse waren immer noch witzig, aber mehr Satiren denn Elogen.

Mir war ein Vers eingefallen, auf den ich sehr stolz war, ohne zu bedenken, wie Andras ihn aufnehmen würde. Als die Reihe an mir ist, rezitiere ich nämlich ein paar Hexameter über seinen *cum honore* wohlgefüllten Beutel, den die Frauen so schätzen würden, füge aber hinzu, dass ich nicht den meine, der ihm zwischen den Schenkeln hängt, sondern den, den er am Gürtel trägt. Und es ist wahr, dass Andras sich mit Geld sehr großzügig zeigte, wenn er ein Mädchen haben wollte.

Alle lachen, und ich freue mich über meinen Erfolg als Dichter, bis ich merke, dass das Gesicht von Andras zu einer bösen Fratze geworden ist, die sich auf einem Brunnenrohr besser machen würde als an einem Menschen.

„Sofort nimmst du diese Beleidigung zurück und bittest um Pardon", faucht er, „oder ich vierteile dich und verfüttere dich an die Hunde!"

Jetzt werden in der ganzen Schank Gläser abgesetzt und Kartenspiele niedergelegt. Alles spitzt die Ohren. Manche lachen immer noch, andere versuchen Andras zu beruhigen. Aber das bringt ihn noch mehr in *furia*, er zieht seinen Degen (ohne den er niemals ausgeht) und hält ihn mir vor das Gesicht, mit der Aufforderung:

„Los, zieh vom Leder und wehr' dich!"

Zuerst glaube ich, dass er nur Spaß macht und sich vielleicht für den Schrecken revanchieren will, den ich ihm in Oberlaa eingejagt habe, aber dann merke ich, dass es ihm ernst ist und er sich mit mir schlagen will.

Ich habe nichts, was ich vom Leder ziehen könnte, außer einem Stilett am Gürtel, doch sofort bieten sich ein paar lustige Gesellen als Sekundanten an; mir wird unter großem Gelächter ein rostiger Bratspieß in die Hand gedrückt und ein altes Brotmesser als Parierdolch in die Linke. Ja, es schicken sich welche an, Tische und Bänke beiseite zu räumen, damit wir Platz zum Raufen bekommen. Aber selbst wenn ich das wollte und einen Degen hätte, meine Rippen tun mir viel zu weh, als dass ich kämpfen könnte.

Als Andras merkt, dass ich mich nicht mit ihm schlagen will, beginnt er mich mit der flachen Klinge zu fuchteln, am Leib, an den Armen, im Gesicht. Ich retiriere und falle rücklings auf einen Tisch, in ein paar Talglichter und eine

Krebssuppe. Andras ist wie besessen, immer wieder schreit er mich an, ich möge mich endlich wehren. Ich muss nur die Hand ausstrecken, dann wird mir ein Degen in dieselbe gedrückt, und Andras bekommt sein Duell. Wenn er mich nicht gleich umbringt, wird er mich ungefähr fünfmal so oft touchieren wie ich ihn und dann umbringen. Andras soll ein gewaltiger Fechter sein, der einmal einen Mann mit dem „Spanischen Kuss" (das ist ein Stich durch den Mund) an den Türpfosten genagelt hat, so wird erzählt. Und wenn ich überlebe, dann hängt mich der Starhemberg auf, direkt von der Tragbahre.

Doch plötzlich ist mir das alles gleichgültig – ich habe mir ein Hemd ruiniert und bin vor aller Augen mit der Klinge geohrfeigt worden. Ich fahre auf und packe einen Schemel als Waffe. Was ich dabei geschrien habe, weiß ich nicht, ich habe es erst erfahren, als ich im September vor dem Regimentsgericht gestanden bin: Dass ich ihn umbringe, soll ich gesagt haben, und wenn nicht jetzt, dann bei späterer Gelegenheit.

Aber da springt die Marusch zwischen uns. Sie stemmt die Arme in die Hüften, und sagt es Andras hinein, in einer Mischung aus Deutsch und Ungarisch – dass er ein saublödes Mannsbild ist, ein Bärenhäuter und Erznarr, der in sein eigenes Bild verliebt ist wie Narziss, und ein Feigling noch dazu, der einen Waffenlosen glatt abstechen möchte, etc. etc.

Andras stutzt einen Moment, dann schiebt er Marusch zur Seite wie einen Mehlsack und holt aus.

Jetzt aber ertönt die tiefe Stimme von Meister Hans, dem Wirten der „Goldenen Weintraube", der uns kundtut, dass er vorhin ein Kuchlmensch um die Rumorwache geschickt habe. Wann die komme, wisse er freilich nicht; dass aber derjenige von uns, der nicht unverzüglich den Degen einstecke, seinen nassen Fetzen auf den Schädel bekomme und danach der Wache ausgeliefert werde, das wisse er mit Sicherheit. – Meister Hans ist ein wahrer Goliath, und der gemeldete nasse Fetzen liegt vor ihm auf der Budel.

Das bringt Andras zur Besinnung. Eine Weile steht er noch da, den Degen in der Quartauslage, und weiß nicht, was er tun soll. Dann beginnt er schafsmäßig zu grinsen und steckt sein Eisen wieder ein. Er macht mir eine höhnische Reverenz, dreht auf dem Absatz um und verlässt die Wirtsstube, gerade als ein paar Steckenknechte hereinpoltern. Sie würden uns gerne verprügeln, sehen aber nichts Schlimmeres als umgefallene Tische und Stühle; vor allem aber sehen sie kein Blut, so genau sie auch schauen. Ach, sagen wir, es ist ein wenig übermütig zugegangen, und Meister Hans erklärt, dass er gerade im Keller gewesen wäre und nichts gesehen habe. Das Kuchelmensch sei wohl über die Maßen ängstlich gewesen.

Liebe Tante, Ihr werdet Euch über diesen Exzess wundern, der einer rohen Soldateska besser angestanden hätte. Aber die Wiener Studenten hatten schon immer den Ruf besonderer Wildheit, und unter ihnen die Ungarn ganz besonders. Diese Eigenschaft hat in der Belagerung auch ihre guten Seiten gehabt: So haben Studenten einmal den Türken eine ganze Ochsenherde abgejagt und in die Stadt gebracht. – Bei der Marusch habe ich mich bedankt und ein paar Tage später ein Geschenk zu den Verwandten gebracht, wo sie wohnte. Es ist mir nicht entgangen, dass ich ihr gefalle, und es hätte etwas aus uns werden können, hätte mir nicht das Schicksal eine ganz andere Frau über den Weg geführt, wie ich Euch noch erzählen werde.

14.

Ich muss gestehen, dass ich ob des *furor Hungaricus*, dem ich fast zum Opfer gefallen wäre, noch eine ganze Weile gezittert habe, wenigstens innerlich. Die anderen haben den Vorfall bald vergessen, aber es war zu merken, dass ich in ihrer Achtung gesunken war. Warum hatte ich mich auch nicht abstechen lassen!

Die Nacht habe ich zur Vorsicht in der Wirtsstube verbracht und während ich auf der harten Bank litt, habe ich den Entschluss gefasst, mir schon am nächsten Tag ein neues Quartier zu suchen. Als ich später am Tag in unserer Kammer meine Sachen zusammengepackt habe, hat Andras recht blöde dreingeschaut, und ich glaube, der ganze Vorfall hat ihm erst jetzt richtig leidgetan.

„Willst du es dir nicht überlegen, Wohlfahrt?", sagt er, „Seit Krieg ist, habe ich große Angst um meine Eltern; die sitzen mit dem Palatin Esterhazy auf Burg Forchtenstein und sind belagert. Nur deshalb habe ich die Contenance verloren."

„Andras", sage ich, „es ist entschieden. Bei dir muss ich ja befürchten, dass dich einmal mein Schnarchen beleidigt oder ein Furz, und dass du wieder in Rage kommst. Ich könnte keine Nacht mehr ruhig schlafen, und der Dienst ist anstrengend genug."

„Und besoffen war ich auch", meint er, aber ohne großes Bedauern.

„Außerdem", fahre ich fort, „hast du mich vor allen anderen gefuchtelt und gedemütigt. Wenn ich ein Offizier wäre oder sonst satisfaktionsfähig, müsste ich dich auf Pistolen fordern, aber das liegt mir nicht. Mir genügt es, wenn ich dir und den anderen aus dem Weg gehen kann."

Da leuchtet sein Gesicht auf: „Weißt du was – wir duellieren uns auf Pistolen, aber nur pro forma. Wir schießen beide knapp daneben, und deine Ehre ist wiederhergestellt!"

Dieser Einfall ist so blöd, dass ich gar nicht darauf antworte. Ob wir uns jetzt schlagen oder schießen – auf einem Duell in einer belagerten Festung steht der Tod.

„Reden wir nicht mehr davon, es ist ja gestern noch gut abgegangen", sage ich, „aber bitte verrat mir das eine: Stimmt es, dass du einmal einem Mann den Degen durch den Mund gestoßen hast?"

„Ach wo", sagt er, „das ist nur ein Gerede. Es war das Auge."

Was ist das für ein Mensch, werdet Ihr fragen. Ich will es Euch sagen: Er ist nur zur Hälfte Mensch, zur anderen Hälfte aber ungarischer Magnat. Mit seinesgleichen kann er reden, und mit Pferden, Jagdhunden und Lakaien auch, aber nicht mit unsereinem. Es hat gar keinen Sinn, es zu versuchen. Ich bin gegangen und habe mich nach einem neuen Logis umgesehen.

Das war nicht schwer, denn wie ich Euch schon erzählt habe, waren nach dem Siebenten Juli die meisten Reichen aus Wien geflohen, und ihre Stadthäuser sind leer gestanden. Die Stallungen und Höfe waren mit den Flüchtlingen gefüllt, die zur selben Zeit in die Stadt geströmt sind, aber die Wohnungen weiter oben waren zu haben. Ich bin einfach in die Grünangergasse gegangen, in ein Haus gegenüber vom Palais Reutthaler, aber ein wenig die Gasse hinauf, gleich ums Eck von der Juristenschule. Der Hausmeister war noch da; für vier Reichstaler hat er mir erlaubt, in einem Dienerzimmer unter dem Dach zu wohnen, bis die Herrschaft wieder zurück wäre. Ich suche mir natürlich eines aus, von dem aus ich die Vorderfront des Palais genau sehen kann.

Dem Meister Hans habe ich nur mitgeteilt, dass ich ausziehe. Er hat genickt und nicht einmal nach meiner neuen Wohnung gefragt. Dem Regiment und dem Rittmeister Garelli muss ich aber melden, wo ich jetzt wohne. Garelli ist sehr zufrieden mit mir.

Es ist ein hohes Haus, in dem ich jetzt wohne, und von meinem Dachzimmer sehe ich nicht nur das Palais Reutthaler sondern auch die türkische Batterie beim Kroatendörfel (das ist ein Ort auf der Laimgruben). Da es sich auch umgekehrt so verhalten muss, ist es möglich, dass vielleicht einmal ein Gruß des Großwesirs in Form einer Vollkugel oder Brandbombe durch mein Fenster geflogen kommt. Aber wenn es eine Kanonade gibt, kann ich sehen, wie die Treffer liegen, und mich rechtzeitig in Sicherheit bringen. Steigt hingegen beim Kroatendörfel kein Pulverdampf auf, halte ich mich an meinem Fenster auf und sehe mir die Leute an, die beim Armenier aus und eingehen. Es sind nicht wenige – manche kenne ich vom Sehen, es sind wichtige Bürger, vom Inneren und vom Äußeren Rat sogar, sie sind wohlauf, und ich wundere mich, welche Beschwerden sie wohl haben. Auch einige Bresthafte und Verwundete suchen ihn auf.

Aber ein junger dürrer Bursche ist nicht darunter.

Zu Anfang August sehe ich ein, dass mein Tun unsinnig ist. Ich kann das Haus nicht ununterbrochen im Auge behalten; ich habe Dolmetsch- und Kompaniedienst, und schlafen muss ich auch ab und zu.

Das sage ich dem Rittmeister Garelli, der daraufhin wieder seinen Schnurrbart malträtiert und mir empfiehlt, ich möge mir Zutritt zum Palais zu verschaffen; da würde ich zwei Fliegen auf einen Streich erwischen, denn auch der Bote sei sicherlich dort wohnhaft, nur ungemeldet. Es gibt nämlich eine

Vorschrift, wonach jedes Haus einen Mann zum Militärdienst stellen muss, und das Haus des Armeniers gehört zu den „befreiten", was bedeutet, dass niemand von den Männern darin tauglich ist. Der Armenier selbst ist zu alt, und außerdem braucht man ihn als Arzt dringender als auf der Bastei. Ich kenne bereits seinen Haushofmeister, der gelegentlich vor dem Tor steht, wenn die Türken nicht kanonieren. Er ist älter als der Armenier und hat einen dicken Bauch. Wie ich mir Zutritt verschaffen soll, weiß ich vorderhand nicht.

Jedoch ist die Lösung ganz simpel gewesen, und jedes Unglück hat auch sein Gutes, wie Ihr aus meinem nächsten Bericht ersehen werdet.

15.

Zuvor will ich aber davon erzählen, wie ich zum ersten Mal hinausgegangen bin. „Hinaus" bedeutete bei uns jungen Leuten: hinaus aus der Stadt und hinaus zum Feind. Viele machten das, teils um Handel zu treiben, teils um des Abenteuers willen. Es war ja nicht so, dass die ganze Stadt von wilden Türken umlagert gewesen wäre, dafür waren sie zu wenige, und gekämpft wurde nur in einem kleinen Abschnitt, gegenüber der kaiserlichen Burg. Weil bei der vorigen Belagerung der Große Soliman angeblich an dieser Stelle angegriffen hatte, musste es Kara Mustafa natürlich auch tun. Solchen Ehrgeiz gab es auch auf unserer Seite: Da war ein Hauptmann, ein Spanier, der haargenau an derselben Stelle eingesetzt werden wollte, wo damals die spanischen Söldner gekämpft hatten.

Hier, so etwa zwischen Kärntner- und Burgtor, standen auch die besten Soldaten, bei den Türken waren das die Janitscharen und Azappi. Wenn wir in Konstantinopel Krieg gespielt haben, waren wir entweder die einen oder die anderen, und deshalb weiß ich einiges über sie.

Von ersteren glaubt man bei uns immer noch, dass es Christenkinder sind, aber das war einmal. Viele Familien in armen Gegenden wären sogar froh, wenn man ihre Kinder heute noch auf diese Art verwenden würde, denn die Buben wurden entweder gut besoldete Krieger oder, wenn sie dazu nicht taugten, Serail-Sklaven des Sultans, waren also auf jeden Fall versorgt. Aber die Knabenlese gibt es schon lange nicht mehr; heutzutage kann jeder Untertan des Großherrn Janitschar werden, wenn er genug dafür zahlt, so wie bei uns einem jungen Herrn eine Offiziersstelle gekauft wird, und dementsprechend sind ihre Fähigkeiten. Sie schießen immer noch besser als unsere Musketiere, aber das liegt an den besseren Gewehren, die sie haben. Sie verwenden nicht die Gabel wie wir, aber sie haben eine Seitenwehr, Jatagan oder Handschar genannt, die stecken sie vor sich in den Erdboden, wenn geschossen wird, gehen auf ein Knie und stützen die Röhre auf den breiten Knauf dieses Säbels.

Die Azappi sind ebenso wie sie ledige Burschen, sie dienen in den Grenzfestungen und auf den Galeeren und sind ausgezeichnete Bogenschützen.

Ging man damals auf der anderen Seite der Stadt, etwa bei der Schotten- oder der Stubenbastei über die Palisaden, begegnete man diesen Soldaten nicht. Dort lagerten vielmehr die Hilfsvölker aus Albanien oder Thrakien, aus der Walachei oder Moldau, oftmals Christen, die lieber auf unserer Seite gekämpft hätten als bei den Türken; mit denen konnte man reden. So hat sich einmal beim Schottentor ein schwunghafter Tauschhandel mit armenischen Bäckern entwickelt, die bei den Wienern Brot einkauften, das sie aus Mangel an Mehl nicht selber herstellen konnten, und dafür Gemüse eintauschten. Als es herauskam, bekamen die Bäcker die Große Bastonade, und den Wienern hat der Starhemberg ernstlich mit dem Galgen gedroht.

Ich gehe also beim Stubentor hinaus, laufe durch den Graben und klettere die Kontereskarpe hinauf. Auf den ungefährdeten Abschnitten des Gedeckten Gangs patrouillierte damals vielleicht alle 10 Klafter ein Mann, und wenn der sich gerade umdrehte, konnte man über die Palisaden und hinaus ins Feindesland.

Nur dass vom Feind weit und breit nichts zu sehen ist. Die Türken sind Meister darin, eine größere Stärke vorzutäuschen, als der Fall ist, sie breiten sich mit ihren Lagern mehr aus als notwendig, sie führen ihre Ersatzpferde mit ins Gefecht, sie staffieren ihre Gefangenen aus wie sich selbst, um eine größere Anzahl vorzutäuschen, etc. Wenn man in ihre Nähe kommt, merkt man den Betrug. Hier, vor dem Tor, waren erst in weiter Ferne einige Wachtfeuer zu sehen, und als ich mich daran vorbei schlich, schlief dort alles tief und fest. Ich hatte meinen Rock abgelegt und einen Mantel übergeworfen, genannt Bunda, wie ihn so viele in der Armee des Großwesirs tragen. Auch führte ich zwei Radschloss-Pistolen mit, die einmal meinem Vater gehört hatten. Feuersteine und Kugeln hatte ich; es war mir aber nicht gelungen, Schießpulver zu beschaffen, und so waren sie ungeladen und nur zum Drohen geeignet.

Von den Türken drohte also wenig Gefahr, aber hätten mich die Kaiserlichen erwischt, so wäre ich vors Kriegsgericht gekommen.

Alles Weitere im nächsten Brief. Ich verbleibe etc.

16.

Ich habe mich gleich nach Verlassen der Stadt nach rechts gewendet und gehe daher zwischen den Palisaden und dem Wienfluss nach Süden. Dort, wo der Rennweg beginnt, also die Straße nach der Vorstadt St. Marx, wate ich durch den Fluss und erreiche so die Vorstadt Landstraße und dann die Wieden. Es ist nicht viel Gefahr dabei; kommen Soldaten vorbei oder ein Trupp Reiter, Spahi oder Tataren oder sonst wer, so verstecke ich mich oder lege mich hin und ziehe mir meine Bunda über den Kopf, so dass ich aussehe und leider! auch rieche wie ein Hammelkadaver. Eine Bunda ist nämlich aus Schaffell; ich habe Flüchtlingen eine abgekauft, weil mein Mantel in der Stube von Andras geblieben ist und ich ihm nicht unter die Augen kommen will.

Ihr wundert Euch vielleicht, Tante, dass ich mich gleichsam in menschenleerer Umgebung bewegt habe. Aber wie ich im vorigen Brief beschrieben habe, waren wir von den Türken nicht lückenlos umzingelt Ein dichtes und großes Zeltlager gab es nur am linken Ufer des Wien-Flusses, etwa von der Laimgruben und St. Ulrich, also dort, wo die Laufgräben begannen, bis hinaus an den Rand des Wiener Waldes. Auf der anderen Seite des Flusses waren nur vereinzelte Lager, so auf der Wieden, in St. Marx, beim Neugebäude in Simmering, und ein paar an der Straße nach Schwechat.

Bedenkt des Weiteren, dass ich mich nicht im Angriffssektor befunden habe, wohl aber im Schussbereich der Wiener Geschütze, weshalb hier keine Laufgräben und keine Zeltlager waren, sondern nur Wachtfeuer in großen Abständen, die ich leicht umgehen konnte.

Von Flüchtlingen habe ich gehört, dass bei der abgebrannten Schutzengelkirche der Paulaner auf der Wieden ein großer Pferch sein soll, in den man die Gefangenen aus Perchtoldsdorf, Mödling etc. gesperrt hat, vor allem die jüngeren Frauen und die Kinder, damit man sie zur Ergötzung der Soldaten gleich bei der Hand hat. Aber stundenlang irre ich in der Finsternis herum, und stoße nur auf immer neue Vorratskammern der Türkenarmee – Pferche mit Hammeln, Rindern, Kamelen, das alles kaum bewacht. Allmählich lerne ich den Geruch der Tiere kennen und vermeide diese Einfriedungen.

Und dann, als ich bereits im Dorf Wieden bin, ist plötzlich ein neuer Pferch vor mir; aber es sind keine Tiere darin, sondern Menschen, Gefangene, hunderte müssen es sein. In kleinen Gruppen liegen sie da, aneinander gekettet, manche schlafen, viele stöhnen und schreien im Schlaf, andere sind wach und beten. Der Stimme nach sind es nur Frauen. Ich habe also das Gefangenenlager gefunden, aber wenn ich gehofft habe, Mitzi Thallinger von hier zu entführen, so habe ich mich schwer getäuscht und bin wie des Cervantes Ritter von der Traurigen Gestalt einem Traumgebilde nachgejagt. Wohl ist das Gehege nicht hoch, aber rundherum sind Wachtfeuer, an deren jedem mindestens einer wach ist, und Reiter mit blankem Säbel patrouillieren zwischen den Gefangenen und um sie herum.

Ohne viel Hoffnung und aus einer gewissen Entfernung rufe ich: „Mitzi – Mitzi Thallingerin!"

Die einzige Antwort kommt von einem Wachtposten: „He, Freund, was suchst du hier?"

Ich bin erschrocken, aber der Posten hegt keinen Verdacht, er hält mich wohl für einen von den Hilfsvölkern, und so beschließe ich, zu ihm gehen und mich als Walacher oder Siebenbürger auszugeben. Pech für mich, wenn er demselben Volk entstammt, aber immer noch besser als davonzulaufen, noch dazu wo er eine Flinte griffbereit neben sich liegen hat.

Doch ich habe Glück, der Wachposten kommt aus einer ganz anderen Gegend. Er ist einer von den Semeni, die bei uns als Bosniaken gelten, obwohl sie in Albanien daheim sind. Sie selbst nennen sich Skiptor, und niemand versteht sie, weil ihre Sprache keine Ähnlichkeit mit den anderen hat, die man bei uns, bei den Slawen oder den Türken spricht, und auch nicht mit Ungarisch. Deshalb hat mich der Mann auch nicht in seiner Sprache, sondern in schlechtem Türkisch angeredet. Das spreche ich auch, und bald sitze ich mit ihm am Feuer und bekomme ein Stück Fladenbrot und Ziegenkäse. Die anderen öffnen nur kurz die Augen und schnarchen dann weiter. Sie haben ein Zelt, aber die Nacht ist warm, und so schlafen sie unter freiem Himmel.

Der Semeni will wissen, was ich hier treibe.

„Ich suche ein Mädchen", sage ich, „das mir gut gefällt."

„Ein Mädchen", sagt er, „das möchten wohl viele! Aber da bist du hier am falschen Ort, denn das ist kein Sklavenmarkt. Hier sind die Gefangenen, die für den Großwesir ausgewählt worden sind, also die jüngsten und schönsten. Ein Pascha oder Agha kann ihm vielleicht eine Frau abkaufen, aber du sicher nicht. Oder hast du vielleicht achtzig Taler?"

„So gib' sie mir umsonst", sage ich, „es ist ein junges Mädchen, das hier sicher stirbt, wenn ich sie nicht hole."

Da muss er lachen: „Und ich bekomme die Bastonade, dass ich mein Lebtag nicht mehr gerade gehen kann! Was glaubst du denn – die sind alle abgezählt und in ein Buch eingetragen. Und es sterben immer wieder welche von ihnen, es gibt ja kaum etwas zu essen für sie. Schau uns an, sogar wir haben schon drei Tage kein Fleisch mehr bekommen, weil die Transporte aus

Ungarn ausbleiben. Die Gefangenen sind schon dankbar für verweste Hammelköpfe, aus denen sie das Hirn saugen. Wenn es regnet, können sie sich nur unter ihren Mänteln verstecken; erst wenn es ganz schlimm wird, dürfen sie in die christliche Moschee da hinten. Und trotzdem werden sie immer wieder von den Türken oder Ungarn geholt, damit die ihren Spaß mit ihnen haben. Ein Jammer."

„Was ist, wenn eine stirbt?" frage ich.

„Dann muss ich ihr die Ohren abschneiden, bevor ich sie begraben lasse. Die Ohren fädelt der Dizdar (das ist der Gefangenenwärter) an einer Schnur auf und liefert sie zusammen mit der Gefangenenliste dem Kommandanten, dem Hüseyin-Agha. Die Namen auf der Liste und die Ohrenpaare müssen zusammengerechnet immer dieselbe Zahl ergeben, und wehe, wenn die Rechnung nicht stimmt!"

„Hüseyin-Agha?" frage ich, „ist der nicht gefangen worden?"

„Ja", erwidert der Semeni, „aber die Türken haben ihn gegen einen Hauptmann der Kaiserlichen ausgetauscht, und er ist schon wieder auf seinem alten Posten. Dort drüben, das ist sein Lager."

Ich sehe, dass hier nichts zu machen ist, bedanke mich bei dem Skiptor für seine Einladung und verehre ihm einen Reichstaler. Dazu sage ich: „Könntest du dafür diesem Mädchen hin und wieder etwas zu essen geben. Sie heißt Mitzi und stammt aus Perchtoldsdorf. Ich will nicht, dass sie stirbt."

Der Taler rührt ihn so, dass er sich zu mir herüber beugt und mit leiser Stimme sagt:

„Ich gebe dir einen Rat, aber das bleibt unter uns: Du kannst mir ja eine andere junge Frau bringen, wenn dir an diesem Mädchen so viel gelegen ist.

Dann schreiben wir ihren Namen in das Buch ein und lassen das Mädchen gehen; wichtig ist nur, dass die Anzahl stimmt."

Ich muss lachen: „Danke für den Rat. Wenn ich eine Frau gefangen habe, bringe ich sie her."

Am Ende warnt er mich, er könne mir nicht versprechen, dass diese Mitzi überhaupt hier ist. Denn dieses Lager ist ja nicht das einzige, sagt er. Von Zeit zu Zeit werden die Gefangenen in ein Serail verlegt, das unten an der Donau gelegen sein soll und wo es viele Tierkäfige gibt. Die Tiere sind tot, und jetzt sperrt man Menschen darin ein.

Er redet von dem Lustschloss in Simmering. Die Türken haben es verschont, weil kleine Kuppeln darauf sind, die ihnen heimatlich vorgekommen sind, und außerdem haben sie geglaubt, dass in der vorigen Belagerung der große Soliman dort sein Hauptquartier gehabt hätte (was aber nicht richtig ist, denn das Schloss ist erst unter dem Zweiten Maximilian gebaut worden).

Ich schlage dem Semeni vor, in der Gefangenenliste nachzusehen, aber das Buch mit den Namen hat Hüseyin-Agha, und hätten wir es, könnten wir es beide nicht lesen, denn es ist in arabischer Schrift. Zudem schreiben die Türken unsere Namen so wie auch die Ortsnamen so grausam entstellt, dass man sie oft nicht erkennt. Aber er wird ihren Namen ausrufen lassen, verspricht er mir, und wenn sie noch da ist, lässt er ihr Essen zukommen. Am Ende sagt er mir seinen Namen: Ludschaj (wenn ich richtig verstanden habe).

Und so kehre ich unverrichteter Dinge und um einen Taler ärmer wieder in die Stadt zurück. Gerade als es hell wird, bin ich in meiner Dachkammer, wasche und rasiere mich und trete meinen Dienst in der kaiserlichen Burg an. Wenn es an diesem Tag nichts zu tun gegeben hat, habe ich den Kopf in meine Hand gestützt und hart gegen das Einschlafen gekämpft.

17.

Manche Dinge sind nur auf den ersten Blick schwierig: Bei nächster Gelegenheit gehe ich ganz einfach ins Palais Reutthaler, und als mich der Haushofmeister nach meinem Begehr fragt, sage ich: „Ich bin vor drei Wochen schwer gestürzt und habe immer noch Schmerzen in der Brust. Der Feldscher kann mir nicht helfen; jetzt will ich den Doktor konsultieren."

Der Doktor kommt erst in einer Stunde, wird mir gesagt.

Nun gut, dann würde ich eben so lange warten, antworte ich, man möge mir nur zeigen, wo.

Ein Lakai führt mich auf die erste Etage, in eine Antecamera, wo ich Platz nehmen darf. Ich betrachte den Lakaien genau, aber auch er kann nicht der Bote sein, denn er ist nicht mehr jung und auch nicht dürr, und er hinkt gewaltig vom Podagra.

Schließlich werde ich in ein Studierzimmer eingelassen, wo der Doktor bereits an einem Schreibtisch sitzt. Er ist in mittleren Jahren, aber sein schwarzes Haar und sein Bart sind schon stark mit Grau durchwachsen. Hinter ihm ist eine Vitrine mit medizinischen Instrumenten, und auf einer Kredenz stehen große Gläser mit dunkler Flüssigkeit, in der noch dunklere Dinge schwimmen, vor denen mir schon aus der Entfernung graust.

„Wie kann ich dem Herrn dienen?" fragt er.

Ich berichte ihm von meiner Luftfahrt vom Gedeckten Gang in den Stadtgraben.

Er befühlt meinen Leib und drückt ihn ärger als der Feldscher.

„So ein Stoß ist oft schlimmer als eine gebrochene Rippe. Das wird noch lange schmerzen. Der Herr kann sich einen festen Verband umlegen, mit dem er sich aber nicht gut wird rühren können, oder er kann sich mit einer Salbe einschmieren, oder beides.

„Ich möchte die Salbe", sage ich. Er holt einen Topf hervor, gibt etwas vom Inhalt in einen Tiegel, rollt diesen in Papier ein und gibt ihn mir.

„Jeden Abend dort einschmieren, wo es weh tut. Nur Obacht", sagt er, „dass nichts davon in die Augen kommt oder auf das *membrum virile!*"

Auf meine Frage nach seinem Honorar erwidert er, man könne sehen, dass ich einem Corps angehöre, er vermute dasjenige der Hofbefreiten, und er wolle einem jungen Krieger kein Geld abverlangen, weder für die Konsultation noch für die Arznei. Ich habe die Salbe mit gutem Erfolg verwendet und glaube, dass Menschenschmalz darin war. Das stellen im Frieden die Henker her, aus den Leichen der Hingerichteten, und je kräftiger der Mensch war, desto besser wirkt es. Man bekommt es nicht immer, aber jetzt im Krieg ist kein Mangel an Leichen kräftiger junger Männer.

Als ich gerade aufstehen und mich bedanken will, höre ich eine Frau singen, begleitet von einigen spärlichen Griffen auf der Laute. Der Gesang kommt aus einem Raum des Palais, und es ist, als ob ein Engel singen würde.

„Das ist doch aus dem Pomo d'oro!", sage ich.

„Gefällt dem Herrn diese Musik?" fragt der Doktor.

„Ja, ungemein. Wer ist das?"

„Das ist die Gräfin Alessandra da Venosa, zu Gast bei mir, bis die gegenwärtige Unannehmlichkeit vorüber ist. Will der Herr ihr vorgestellt werden und noch länger zuhören?"

Und ob ich wollte! Ihr wisst, verehrte Tante, dass ich seit jeher die Musik geliebt habe und auch einige Geschicklichkeit im Spiel auf der Laute und auf dem Cembalo erworben habe, als ich mehrere Sommer im Konvikt in Olmütz verbringen musste und nichts anderes zu tun hatte. Eine solche Stimme und eine solche Melodie mitten im Krieg anhören zu dürfen, war für mich der Himmel. Natürlich hatte ich mich zunächst dem Doktor Avanessian mit Namen vorzustellen, worauf er mich hinunter in die Sala terrena führte und von dort in ein recht großes Nebenzimmer, dessen Doppeltüren zur Sala geöffnet werden konnten, wenn es Musik gab. In diesem Nebenzimmer saß die Frau mit der Engelsstimme, eine Laute auf den Knien. Ich habe gesagt, dass ich eine Engelsstimme gehört habe, und diese Frau war schön wie ein Engel. Ihr werdet zu Recht bemerken, dass ich damals noch nicht viel Möglichkeiten gehabt habe, schöne Frauen von Stand zu sehen; doch immerhin war ich in Galata einmal der Gattin des Residenten der holländischen Generalstaaten, Mijnvrouw Collier, vorgestellt worden, die als schönste Frau des Europäerviertels galt und, obgleich nicht mehr jung, monatelang in meinen Knabenträumen vorkam.

Aber die Gräfin Alessandra übertraf sie an Jugend wie an Schönheit. Ich brachte kaum ein Wort hervor, als ich ihr eine tiefe Reverenz erwies, doch die Gräfin war von solcher Unbefangenheit und Anmut, dass ich meine Verlegenheit bald ablegte und mit ihr und dem Doktor in eine überaus angeregte Konversation geriet. Die Gräfin legte die Laute weg, und der Doktor holte einen ausgezeichneten Tokajer hervor.

Natürlich ging es bei unserem Gespräch um die Musik und nichts anderes. Die Gräfin bedauerte, dass sie nur wenige Griffe auf der Laute beherrschte und vom Clavecin gar nichts verstand. Sofort bot ich mich als Begleiter an, setzte mich ans Clavecin, und wir begannen gemeinsam die Aria der Proserpina, ebenfalls aus dem Pomo d'oro, wobei ich die Akkorde mit Leichtigkeit extemporierte.

82

„Bravo, bravo", rief der Doktor, „jetzt habt Ihr einen Accompagneur, Gräfin, wenigstens solange, bis seine Rippen wieder heil sind oder bis uns die Türken alle auf den Sklavenmarkt führen!"

„Glaubt Ihr denn, dass es so weit kommt?" fragte die Gräfin erschrocken, und der Doktor versicherte ihr, er habe nur gescherzt; es sei völlig klar, dass die Stadt bis zum Eintreffen der Verbündeten aushalten werde. Ich denke: Da muss ich dir einen Schritt entgegenkommen, und sage:

„Nicht alle teilen Euren Optimismus."

Der Doktor legt den Kopf schief: „Ihr meint – in Eurem Corps …?

„Da", sage ich, „und unter der Stadtguardia … vielen ist die türkische Herrschaft immer noch lieber als das Grab."

Daran ist kein Wort wahr; noch haben alle einen Kampfesmut wie die Löwen, oder sie geben es wenigstens vor, und von Kapitulation zu reden wagt keiner. Aber der Doktor ist interessiert. Er nimmt mich beim Arm und führt mich in eine Fensternische. Die Gräfin hätte lieber Musik gemacht und beginnt mit ihrem Fächer zu spielen.

„Die türkische Herrschaft? Und was halten sie vom Grafen Tököly?"

„Manche" sage ich, „würden ein ungarisches Königreich dem Sultanat vorziehen, in diesem Punkt sind die Befürworter der Kapitulation unter sich noch uneinig."

Auch das ist mir gerade eben eingefallen. Der Doktor weiß nicht, was er von mir halten soll. Er ist argwöhnisch, aber er will auch nicht die Gelegenheit versäumen, etwas über die Stimmung der Soldaten zu erfahren – oder sie als Verbündete zu gewinnen. Was ich da sage, sei ja überaus wichtig, meint er, und er habe Freunde, die gerne mehr darüber hören würden; ich möge vorsprechen, so oft ich wolle und der Dienst es mir erlaube.

Es wäre mir eine Ehre, sage ich, aber es müsse vertraulich bleiben.

Gewiss, gewiss, versichert mir der Doktor, jetzt aber müsse er sich um seine anderen Patienten kümmern; ich möge nur mit der Gräfin musizieren, es sei das eine Oase der Seligkeit in den Schrecken des Krieges, und da das Musikzimmer nicht den feindlichen Kugeln ausgesetzt sei, werde er hoffentlich noch oft unsere Musik hören. Damit verabschiedet er sich.

Diese erste Musikstunde im Palais Reutthaler werde ich nie vergessen. Es entging der Gräfin und mir völlig, dass die Batterie auf der Löbel-Bastei sich gerade ein hitziges Duell mit jener beim Roten Hof lieferte. Ich hörte nur die herrliche Musik, nicht nur Cesti, auch Monteverdi und Fux. Meine Hände griffen ganz von selbst die richtigen Akkorde, sei es auf den Saiten und den Tasten, sei es auf der Gräfin.

Jawohl – auf der Gräfin, denn schon bei diesem Musizieren berührten sich unsere Hände, und obwohl die Dame sich darob einigermaßen verwirrt zeigte, war ich ganz sicher, dass es nicht durch Zufall geschah. Am nächsten Tag schon küssten wir einander, und von da an ging es so weiter, wie es bei jungen Leuten eben geht, aber nicht ohne Erschwernisse. Eines davon war die Duenna, die in einer Ecke des Saales döste, und nur gelegentlich von der Gräfin schlafen geschickt werden konnte, solange ich noch da war; dann der Doktor, von dem ich vermutete, dass er der Haupt-Amante der Gräfin war und, wenn er nicht seine Patienten besuchte, in anderen Räumen des Palais unserer Musik lauschte. Wir mussten ja, ungeachtet unserer Beschäftigungen, die Musik weiter erklingen lassen, und so verlegte ich mich immer mehr auf das Clavecin, wo ich es bald heraus hatte, mit nur einer Hand eine ganz passable Begleitung zustande zu bringen, ohne allzu oft daneben zu greifen;

ebenso zeigte sich die Gräfin sehr geschickt darin, auch unter widrigen Umständen eine Aria oder Cavatine überaus keusch zu singen, und nur ein Kenner hätte bemerkt, dass ihr dabei gewisse Triller oder Koloraturen unterliefen, die nicht in den Noten standen.

Nach einigen Tagen eröffnete sie mir unter vielen Seufzern und Küssen, dass sie an einer *affaire* mit mir großen Gefallen fände. Jedoch hätte ich gewisse Regeln zu akzeptieren, die unabdingbar wären, und wenn ich das nicht könnte, müsste sie zu ihrem größten Bedauern jeden weiteren Umgang mit mir vermeiden.

So seltsam mir diese Regeln vorkamen, erklärte ich doch, dass ich für die Musik jedes Opfer in Kauf nehmen würde. Und auf diese Art hatte ich mehr erreicht, als ich mir erhofft hatte.

18.

Verehrte Tante, Ihr stürzt mich in Verlegenheit. Wozu müsst Ihr wissen, welcher Art die mir auferlegten Bedingungen waren? Ich habe noch mit keinem Menschen darüber gesprochen, und es sträubt sich mir die Feder, wenn ich einer älteren, überaus ehrbaren Dame, die noch dazu meine Verwandte ist, davon erzähle.

Aber gut – ich will es versuchen: Alessandra also eröffnete mir, dass sie die Geliebte des Doktors war, wie ich bereits vermutet hatte.

„Aber er ist doch alt", sagte ich, „er könnte dein Vater sein. Wie hast du dein Herz an ihn hängen können?"

Sie antwortete mir, dass es hier weniger um das Herz ginge als vielmehr um einen Schuldschein.

„Ich bin", so erzählte sie, „die Tochter eines kleinen Edelmanns aus Venosa, aus demselben Ort, wo vor einem Jahrhundert Gesualdo, der Komponist und Meuchelmörder, gelebt hat. Mein Vater verfiel in seinen mittleren Jahren dem Spiel, verbrachte ganze Nächte an der Spielbank in Neapel und musste ein Stück Land nach dem anderen verkaufen, um seine Schulden zu bezahlen. Schließlich hatte er so hohe Verluste, dass er nicht mehr bezahlen konnte. Ich weiß nicht genau, was die Ehre einem Edelmann in Neapel in einem solchen Fall vorschreibt, ob er sich umbringen muss oder nur der öffentlichen Schande preisgegeben wird, – es kam auch nicht dazu, dank dem Doktor Avanessian. Der war damals gerade aus dem Orient gekommen, wo er den persischen Kaiser behandelt hatte und dafür auch kaiserlich belohnt worden war. Mein Vater hatte ihn an der Spielbank kennen gelernt und konsultierte ihn wegen seines Podagra. Danach war er öfters Gast bei uns.

Beim Spiel hatte er bedeutend mehr Glück als mein Vater; er bezahlte dessen Schulden zur Gänze und stellte nur eine Bedingung: Ich hatte als seine Geliebte bei ihm zu bleiben und ihm überall hin zu folgen, so lange er es wünschte, höchstens aber zehn Jahre. Für den Fall, dass ich ihn verlasse, besitzt er einen Schuldschein meines Vaters, den der nie einlösen könnte, denn er haust jetzt in einer heruntergekommenen Burg mit ein paar Äckern rundherum, den Resten seines Grundbesitzes. Wenn der Doktor es will, müssen meine Eltern von Haus und Hof und dürfen an den Klostertüren um Suppe betteln. – Ich war damals erst siebzehn und glaubte, dass mich die Elternliebe dazu verpflichtete."

„Aber du konntest doch Reichtümer erwerben – mit deiner Stimme!" wandte ich ein.

In Italien sei das nicht so leicht wie hier, erklärte sie mir, eine Frau dürfe dort nicht in der Kirche singen, sondern allenfalls in der Oper, und im Kirchenstaat nicht einmal das. – „Du siehst also", schloss sie, „dass ich beim Doktor bleiben muss, und das noch für weitere sieben Jahre."

Ich war empört über diese Knechtschaft, die mir schlimmer erschien als die Sklaverei der Muselmanen, und hatte überdies meine Zweifel an der Rechtmäßigkeit der Transaktion. (In meiner Entrüstung übersah ich Eines, nämlich, dass Alessandra nach dieser Rechnung erst zwanzig gewesen wäre, was bei all ihrer Schönheit schwer zu glauben war.)

„Gibt es denn diesen Kontrakt in Schriftform?" fragte ich, denn schließlich war ich ja ein angehender Advokat, „und wenn ja, wo ist er? Da der Doktor den Schuldschein hat, muss dein Vater wohl den Kontrakt haben, denn durch ihn wird er nach Ablauf der zehn Jahre schuldenfrei."

Darüber wusste Alessandra nichts; überhaupt nahm sie die Dinge gelassener als ich: Andere Frauen in ihrer Lage müssten ins Bordell gehen, sagte sie, sie hingegen habe nur einen einzigen Kunden. Der Doktor sei kein Unmensch, sie habe ein gutes Leben an seiner Seite, und da er ein erfolgreicher Arzt sei, würde es ihnen auch nie an Geld mangeln.

„Und warum betrügst du ihn dann mit mir – und sicher auch mit anderen?" fragte ich.

Auch das erklärte sie mir, unter vielem Seufzen und Stocken, und in zierlichen Umschreibungen, die von der weiblichen Sittsamkeit gefordert werden und die ich hier weglasse:

Der Doktor, der ja nicht mehr ganz jung war, sah ein, dass er den Wünschen einer jungen Frau nicht hinreichend würde genügen können, und hatte ihr daher erlaubt, sich Liebhaber zu nehmen, aber immer nur einen zur selben Zeit. Diesen Liebhabern sollte alles offenstehen, nur nicht jene Partie, die von Gott der Fortpflanzung vorbehalten ist, denn um diese wollte er sich selber kümmern und auf diese Art, so dachte ich mir, sicher gehen, dass allfällige Kinder der Gräfin von ihm stammten. Ich durfte nicht einmal mit den Händen in die Nähe dieser Körperteile kommen, denn, so sagte Alessandra, sie könnte dann nur allzu leicht die Beherrschung über sich verlieren und mir mehr gestatten, als dem Doktor lieb wäre. Aus diesem Grund legte sie gewisse Kleidungsstücke auch beim Liebesspiel nie ab.

Damals wusste ich noch nicht, wie verbreitet derartige Kontrakte sind; mittlerweile weiß ich es, weil ich Advokat bin, ja ich bin schon ersucht worden, sie schriftlich aufzusetzen, und musste ablehnen, weil es *contra bonof moref* gewesen wäre. Wenn man es ohne Umstände tut, ist es in der Ordnung, — die meisten Damen von Stand hier haben einen *cavaliere fervente*, der den Ehemann von vielen Dingen entlastet, — geht man aber zum Advokaten und hält es schriftlich fest, so verletzt es die guten Sitten.

Ich empfand die mir auferlegten Beschränkungen anfangs als drückend und versuchte sie listenreich zu umgehen, aber Alessandra war in diesem Punkt unbarmherzig, drohte mit der Trennung und bewies mir überdies et in theoria et in praxi, wie viele andere Wege es außerdem noch gab, der Venus zu opfern. Ganz unbekannt waren mir diese Wege ja nicht mehr, denn meine Freunde in Konstantinopel trieben es bisweilen auch mit Mädchen aus gutem Hause, deren Jungfräulichkeit bewahrt werden musste, und erzählten mit großer Freude, wie sie das machten.

Alessandra versicherte mir, dass sie auch auf diesen Umwegen Lust verspürte und gelegentlich mit den Händen dort nachhalf, wo ich es nicht durfte. Als ich schließlich ihre Verordnungen so gut begriffen hatte wie die Digesten oder Pandekten oder neuerdings das Militär-Reglement, durfte ich auch in ihre Kammer und in ihr Bett kommen. Dort wiederum machte sie kein Licht, damit man im Hause glauben sollte, sie schliefe bereits; wenn wir fertig waren, geleitete mich die Duenna, ohne die geringste Überraschung zu verraten, aus dem Palais. Bisweilen durfte ich die ganze Nacht bleiben und bekam dann im Morgengrauen eine Schokolade mit Zimt oder Vanille, einen wahren Göttertrunk!

Und manchmal, in den Morgenstunden, spielte Alessandra für mich Komödie, worin sie so gut war wie in der Musik. Sie konnte jede Menschenrede nachmachen, von der Marktschreierei eines neapolitanischen Fischweibs bis zu einer Bußpredigt des Abraham a Sancta Clara. Da stand sie dann, nackt bis auf den Unterrock, mitten im Zimmer, hielt sich einen Handspiegel vor und donnerte:

„Hallo, hinweg Alabaster-G'sicht,

mit Spiegel und mit Kampl,

Eur' schön Gestalt überred't mich nicht,

Mir ist schön wie der Trampl etc."

Während ich mir den Bauch hielt vor Lachen …

Ich war verliebt in die Gräfin, hielt dabei aber die Augen offen für alles, was im Palais Reutthaler vor sich ging. Erfolg hatte ich nicht. Wohl kannte ich bald alle seine Bewohner, doch entsprach keiner von ihnen dem Signalement des Boten. Das Haus hatte noch ein oberes Stockwerk, das zu betreten ich keinen vernünftigen Grund fand, und in den Freundeskreis des Doktors war ich trotz seines Versprechens nicht eingeladen worden. Vergeblich zerbrach ich mir den Kopf, wie ich dem Doktor vertrauenswürdiger erscheinen könnte.

Dafür lief ich Gefahr, selbst mehr zu verraten, als mir lieb war: Gelegentlich kredenzte Alessandra mir einen Süßwein, wie es ihn bei uns nicht gibt; danach genossen wir unsere Leibesfreuden ganz besonders stark. Sie wollte alles über mich wissen, und ich erzählte ihr gerne, was ich in meinen 22 Jahren erlebt hatte, und welche Sorgen ich meinen armen Eltern bereitet hatte.

Denn in Galata aufzuwachsen kann einen jungen Menschen leicht auf die schiefe Bahn bringen. Ich weiß nicht, ob Euch bekannt ist, dass die Stadt für Türken verboten ist, weshalb dort nur die türkischen Beamten und Janitscharenwachen der Botschaften leben. Dafür aber trifft sich in Galata der Rest der Welt – Griechen, Zigeuner, Bulgaren, Raitzen, Italiener, Bosniaken, Arnauten, Juden, Russen, Araber … Es gibt einen Hafen und an die zweihundert Wirtshäuser. Ich war also selten daheim und auch nicht immer bei den Patres, denen meine Erziehung anvertraut war, und statt des Lateinischen erwarb ich mir Brocken jener Sprachen, die ich auf der Straße hörte, und da nicht gerade die vornehmsten Termini. Das Türkische erlernte ich von Burschen, die von jenseits des Goldenen Horns, also aus der Alten

Stadt, herüber kamen, um Wein zu trinken und ein paar Geldbeutel zu stehlen. Wollten wir uns ausruhen, verließen wir die Stadt durch das landseitige Tor und gingen auf einen Hügel, von dem man ins Bagno sehen konnte, also den Kriegshafen, mit Bootshäusern für mehr als 30 Galeeren, und das Lager der Staatssklaven.

„Aber war das nicht ein schrecklicher Anblick? – Ich jedenfalls hätte mir den Galeerenhafen von Neapel nie ansehen wollen." meinte Alessandra.

„Für uns war das gar nicht schrecklich", sagte ich, „wir haben es genossen, die armen Teufel bei der Arbeit zu beobachten, wenn sie die Galeeren kalfatert und beladen haben. Ich habe nie Menschen so schwer arbeiten sehen. Und wenn einer etwas angestellt hatte, haben sie ihm gleich die Falaka verabreicht, die Bastonade – die Füße an einen Stock gebunden und hochgehoben, und dann lustig drauflos gehauen ... Dabei waren diese Sklaven alles Christen wie ich – die geprügelt wurden und auch die, welche prügeln mussten."

Ich erzählte Alessandra, wie meine Eltern entschieden, dass ich in Galata nicht guttat, weshalb sie mich ins Internat nach Olmütz schickten. Da musste ich mich erst eingewöhnen, denn Galata war Tausendundeine Nacht, Olmütz dagegen ein böhmisches Gebetbuch. Auch waren die Jesuiten von anderem Holz als die Franziskaner und brauchten nicht lange, um aus mir einen frommen Zögling zu machen, der um päpstliche Dispens ansuchte, wenn er nur seufzen oder einen Wind lassen wollte. Freude hatte ich nur am Theaterspielen und an der Musik, und darin war ich auch nicht schlecht. Es tut mir leid, Euch das zu erzählen, wo Ihr doch nach dem Tod meiner Eltern dafür bezahlt habt, aber es ist die Wahrheit, und ich habe nie ein Jahr wiederholen müssen und somit weder meine Zeit noch Euer Geld vergeudet.

Auch wie meine Eltern starben, habe ich Alessandra erzählt. Ihr kennt die traurige Geschichte, wie sie vor der Cholera nach Wien flohen – der Pest in die Arme. Was Ihr nicht wisst: Als der Pater in Olmütz mir eröffnete, durch welche Umstände ich auf einen Schlag Vollwaise geworden war, entfuhr mir die Bemerkung, der Liebe Gott müsse ein herzloser Spaßvogel sein, und nicht sonderlich witzig dazu. Das hat mir eine Bestrafung eingetragen, deren Beschreibung ich Euch erspare, aber auch eingehende Belehrungen über die geheimnisvollen Wege Gottes, die uns Menschen unerforschlich seien etc. etc. – eines so unerfreulich wie das andere.

Ich gestand ihr auch, dass ich nicht mehr am Spital an der Siechenals vorbeigehen kann, wo meine Eltern krank lagen und sodann im Massengrab landeten, weil mir dann die Tränen kommen. Ähnlich ergeht es mir übrigens mit einem anderen Ort, der hinter Rudolfsheim gelegen ist, – doch soweit bin ich noch nicht in meiner Erzählung.

Wenn wir so ins Reden kamen, wurde ich für meinen Teil allerdings dermaßen vertrauens- und redselig, dass ich mich sehr beherrschen musste, wollte ich nicht Dinge ausplaudern, die niemand wissen durfte, und schon gar nicht die Bewohner des Palais. Das gelang mir nicht immer. Da erkundigte sich Alessandra einmal ganz harmlos, ob mir die türkischen Gefangenen heute viel Arbeit bereitet hätten, und ich berichtete ihr den Inhalt des Protokolls in allen Einzelheiten, was gegen alle Dienstvorschrift war.

„Alessandra", sagte ich, „was ist das für ein Wein, und was hast du hineingetan, dass ich nicht mehr weiß, was meine Zunge so daherredet?"

„Der Wein?" sagte sie, „der heißt Marsala und kommt aus meiner Heimat. (Das stimmt nicht, verehrte Tante, er kommt aus Sizilien). Und hinein getan habe ich gar nichts. Sieh her, Wenzel, ich trinke ihn doch auch!"

Und wirklich, sie trank ihn, aber er wirkte bei ihr nicht anders, als eben ein schwerer süßer Wein wirkt. Nun, dachte ich, dann lag es wohl daran, dass ich nicht nur der Venus, sondern auch dem Mars opferte und jede Nacht höchstens vier oder fünf Stunden zum Schlafen kam, und wenn es Alarm gab, überhaupt nicht. Damals konnte ich das; heute, nur drei Jahre danach, wäre ich dazu nicht mehr imstande.

Einmal verplapperte ich mich sogar und gestand ihr, dass ich mich eigentlich unter einem Vorwand im Palais eingeschlichen hätte und dass mein Auftrag wäre, Verräter zu überführen. Kaum hatte ich das ausgesprochen, erschrak ich furchtbar, merkte aber gleich, dass ich eingeschlafen war und nur geträumt hatte. Trotzdem war ich von da an vorsichtiger mit dem süßen Wein.

19.

Jch hatte mir überlegt, dass der Bote des Doktors gar nicht durch den Vordereingang gehen musste – das Palais konnte auch einen Hintereingang haben, und dann waren da noch die Keller, von denen die meisten eine Verbindung zu den Nachbarkellern hatten.

Diesen Gedanken trug ich dem Rittmeister vor, als ich ihm über den Fortgang meiner Nachforschungen Bericht erstattete. Wir hatten gerade einen Vormittag mit Verhören hinter uns, großenteils Personen, die vorgaben, Überläufer und nur der türkischen Sprache mächtig zu sein. Wenigstens zwei von ihnen sprachen das Türkische kaum besser als ich, ohne dass wir herausbringen konnten, welchem Volk sie wirklich angehörten. Sie waren daher der Spionage verdächtig und wurden in ein spezielles Quartier eingewiesen, wo sie unter strenger Bewachung standen, so dass sie wenig oder nichts berichten konnten, wenn sie nach einigen Tagen wieder aus der Stadt verschwanden, was die Regel war. Auch legten wir ein genaues Signalement ihrer Person an, damit nicht ein und derselbe mehrmals hereinspazieren möchte.

Garelli war übler Laune. Die Spitzen seines Schnurrbarts waren gelb vom Tabak, denn er biss darauf herum, wenn er nicht gerade seinen Tschibuk schmauchte. Ein Kundschafter hatte berichtet, dass sein Regiment, das Dünewald'sche, das die Kremser Donaubrücke bewachte, einen schönen Sieg über plündernde Tataren errungen hatte. Hinter Göttweig hatten die Kürassiere sie überrascht und ihnen ein paar hundert Mann erschlagen. Und er hatte nicht dabei sein dürfen!

Dafür kam jetzt ich mit meinen Kellern und Hintertüren.

„Die Keller kann Er vergessen", knurrte Garelli, „denn da müsste der Bote dann durch ein fremdes Haus gehen, wo er Verdacht erregt. Wird er nicht tun!"

„Dann bleibt der Hinterausgang", sagte ich, „ein Eisentürl, das auf die Schulerstraße geht. Es ist aber fest versperrt."

Dann müsse ich dieses Eisentürl auf irgendeine Weise blockieren, riet mir Garelli, so wie man ein erbeutetes Geschütz vernagelt, damit der Feind es in nächster Zeit nicht benützen kann.

Das tat ich auch. Nachdem ich festgestellt hatte, dass das Eisentürl nach außen aufging, besorgte ich mir einen schmalen Holzkeil, den ich bei nächster Gelegenheit von der Gasse aus mit dem Fuß darunter schob. Dann tat ich, als ob ich in einen Unflat gestiegen wäre, lehnte mich gegen die Tür und schlug mit der Ferse gegen den Keil, bis er gänzlich darunter verschwunden und nicht mehr zu sehen war. Nach meinem Dafürhalten konnte die Tür jetzt nicht mehr aufgehen, und wer nicht gerade nach dem Holzkeil suchte, musste annehmen, dass sie eingerostet war, und nolens volens den Vordereingang nehmen. Trotzdem hatte ich keine große Hoffnung mehr, durch Beobachtung des Palais Reutthaler irgendetwas zu erreichen, und setzte alles auf meine Liebschaft, bei der ich aber, wie ich fürchte, mehr ausplauderte, als ich erfuhr.

20.

Zu Anfang September ähnelten die Belagerer und die Verteidiger zwei Ringern, die gleich stark und geschickt sind, nach langem Kampf aber am Rande der Erschöpfung stehen.

Die Türken hatten ihre Minengänge bis unter die Bastionen vorgetrieben; demnächst musste eine gewaltige Sprengung kommen, die eine weite Bresche öffnen würde. Alles hing davon ab, ob die Verbündeten rechtzeitig eintreffen würden. Der Großwesir hätte mit Leichtigkeit ihren Donauübergang bei Krems und Tulln stören und verzögern können, dafür hatte er ja die Tataren; zum Glück tat er es aber nicht, und er schob seine Truppen auch nicht in den Wienerwald vor, womit er sich einen großen Vorteil vergab. Die Janitscharen aber murrten, weil sie schon länger als die üblichen vierzig Tage vor der Festung Wien lagen und noch kaum Beute gemacht hatten; denn Beute ist der Grund, warum sie in den Krieg ziehen, und nicht etwa Ruhm und Ehre. Die Imame, die ihnen das Paradies in zunehmend leuchtenden Farben schildern mussten, wurden kaum mehr angehört. Wenn die Janitscharen angriffen, so hielten sich die meisten schon sehr bedeckt; einzelne aber stürmten mit einer Raserei vor, die nicht mehr menschlich zu nennen war.

Auch die Versorgung – von Mensch und Tier – lag im Argen. Die Pferde der Spahi bekamen so wenig zu fressen, dass sie kaum noch laufen konnten (was am Zwölften September den Unsrigen die Arbeit sehr erleichtert hat). Weil rund um Wien schon alles abgegrast war, mussten die Fouragemacher in immer weiterem Umkreis ernten, und weil sie meistens unbewaffnet waren und auch keine Eskorte hatten, wehrten sich die Bauern. So haben sie unserem Residenten Kuniz unten bei Wiener Neustadt eine Partie seiner

Diener – alles Christen! – zusammengeschossen, als sie beim Heumachen waren.

Wenn einer der beiden Ringer jetzt stolperte, konnte das die Entscheidung bedeuten.

Um diese Zeit begann das Schicksal mich zu beuteln wie ein Terrier die Ratte. Zuerst ging es um Andras. Ihn sah ich nur, wenn ich Kompaniedienst hatte. Wir kämpften Seite an Seite, um die Reste des Burg-Ravelins zu halten, aber wir redeten kaum miteinander.

Bei dem Gefecht am ersten September aber geschah folgendes: Wir hatten Position oben, am unversehrten Teil des Ravelins bezogen, und die Türken kamen aus ihren Unterständen im Graben und wollten herauf zu uns. Andras hatte gerade abgeschossen und schüttete Zündkraut auf die Pfanne, als ein Janitschar vor allen anderen die Mauertrümmer emporgeklettert kam, behände wie ein Affe, den Jatagan in der Rechten und sichtlich beflügelt vom Gedanken ans Paradies und von dem Haschisch, das an sie ausgegeben wurde, um ihren Mut zu heben. Andras sah ihn nicht, obwohl der Türke geradewegs auf ihn zukam. Ich hatte bereits in Erwartung eines main à main das Bajonett aufgesteckt, war aber zu weit entfernt, um den Türken abzufangen. So rief ich: „Andras, Obacht!" und warf ihm meine Muskete zu. Kaum hatte er sie fest in Händen, machte der Türke einen Satz und spießte sich darauf, dass ihm die Klinge zum Rücken herauskam. Er brüllte furchtbar und führte noch einige Lufthiebe gegen Andras, aber eigentlich war es vorbei mit ihm, und er merkte es nur nicht, weil das Haschisch noch in ihm wirkte.

Andras hielt den Toten am Bajonett hoch, damit ihn auch alle bewundern konnten, und schickte ihn dann mit einem Fußtritt vom Parapet den Abhang hinunter. Mir machte er eine knappe Verbeugung. Für mehr war keine Zeit, denn jetzt kamen die Janitscharen in Massen herauf. Der Anblick ihres gespießten Kameraden hatte ihnen aber den Nipf genommen; sie feuerten nur ihre Flinten ab und gingen dann zurück, um in der Deckung nachzuladen, und da sie nicht stürmten, hatten wir für diesmal keine Verluste.

Ich fürchte, Ihr wolltet vielleicht nicht so genau Bescheid wissen; aber so war es eben, und meistens ist es blutiger abgegangen als an diesem Tag. Ich habe davon erzählt, weil ich danach wieder mit Andras reden konnte, wenn auch nicht für lange Zeit.

Als wir abgelöst wurden, stellte sich nämlich heraus, dass der Janitschar seine Flinte vor unserer Linie gelassen hatte. Sie gehörte jetzt Andras, der sie betrachtete und dann wie ein Geschenk an mich weitergab. Sie war sehr schön silbertauschiert und hatte ein Schnappschloss. Jeder von uns trachtete danach, eine dieser Waffen zu besitzen, schon deshalb, weil sie schneller zündeten als unsere Luntenmusketen und man deshalb nicht so leicht fehlschoss.

Ich sagte aber: „Behalte sie, du bist der bessere Schütze."

Andras bedankte sich und sagte dann ganz unvermittelt:

„Hör zu, Wohlfahrt, so geht das nicht weiter. Ich will mich bei dir entschuldigen."

„Einverstanden", sagte ich, „aber es muss vor den anderen geschehen!"

Andras fuhr auf, und ich fürchtete schon einen neuen Zornausbruch.

„Andras", setzte ich fort, „du hast mich coram publico gedemütigt. Da muss die Genugtuung in gleicher Form erfolgen."

Auch ein Magnatensohn sieht Dinge ein, die nicht zu ändern sind. Andras nickte stumm.

Und so kamen wir überein, dass er am folgenden Abend im Wirtshaus seine Entschuldigung vorbringen würde. Ich hatte vor, sie anzunehmen, vielleicht auch im Gegenzug mein Bedauern über meinen respektlosen Vers zu äußern und danach mit ihm und den anderen eine Sauferei zu veranstalten, die des Ereignisses würdig war. Auch wollte ich mir bei dieser Gelegenheit aus seiner Kammer einige Dinge abholen, die ich bei meinem Auszug zurückgelassen hatte.

Das hieß, dass ich an diesem Abend nicht mit Alessandra musizieren und anderes tun konnte, wie wir es eigentlich vorgehabt hatten. Also ging ich zum Palais Reutthaler, um mich zu entschuldigen. Ich bat den Haushofmeister, der nach Wiener Sitte in seiner Loge neben dem Tor saß, mich bei ihr anzumelden.

Die Gräfin sei nicht zu sprechen, hieß es.

Nun, dann möge er ihr ausrichten, dass …

„Unnötig", unterbricht er mich grob, „denn ich habe Ordre, Ihn nicht mehr vorzulassen!"

„Und warum?" frage ich.

„Aus Gründen!" sagt er, und als ich frage, von wem die Ordre kommt, und ein Billett abgeben will, behandelt er mich mit einer Unverschämtheit, die ihm bei einem anderen Stockhiebe, wenn nicht ärgeres, eingetragen hätte. Er merkt aber, dass er sich bei mir dieses Benehmen erlauben darf. Ich hingegen merke, dass ich rot werde wie ein indianischer Hahn, und gehe in völliger Verwirrtheit.

Kommt die Abweisung von Alessandra oder vom Doktor? Plagt den Doktor die Eifersucht. Oder hat er mich als Spion durchschaut? Meine Mission im Palais ist jedenfalls zu Ende, und ich eile in die Burg, um Garelli Bericht zu erstatten. Der ist unzufrieden.

„Viel hat Er ja nicht herausgebracht", sagt er, „und das verräterische Gesindel wird bald aus seinen Löchern kommen."

Garelli befürchtet, dass die Kapitulanten im Stadtrat die Mehrheit gewinnen oder dass sie auch ohne Ratsbeschluss einfach mit den Türken zu packeln anfangen, ja ihnen vielleicht gleich die Tore öffnen. Dann würden die Türken die Stadt besetzt halten, besäßen mehrere Zehntausend Geiseln, und die Entsatzarmee hätte eine Belagerung zu führen, für die sie aber weder bereit noch gerüstet sei. Ob die Koalition dann bestehen bleibe, wage er zu bezweifeln. Den Bayern könne man ja trauen, aber die Württemberger und die Sachsen seien großenteils Hundsfotte ... Ich weiß, dass er jetzt die deutschen Stämme Revue passieren lässt und über sie richtet; diese Rede habe ich bereits mehrmals mit angehört, weshalb ich ihn unterbreche:

„Was ist da zu tun, Herr Rittmeister?"

Er packt seinen Stock wie einen Pallasch: „Was zu tun ist? – Man muss rechtzeitig losschlagen und so viele wie möglich verhaften! Am besten alle zugleich! Und dann jeden einzelnen auf die Tortur, bis er ausspuckt, wer noch aller zu der Bande dazugehört. Und danach aufs Schafott mit allen ...!"

Beim Gedanken an dieses Schauspiel leuchten seine Augen. Mir ist weniger wohl zumute, denn ich habe noch den Todesschrei des gespießten Türken im Ohr; auch grüble ich über der Abfuhr im Palais Reutthaler, Zudem steht mir die feierliche Versöhnung mit Andras bevor, und ich ahne, dass sie nicht glatt abgehen wird.

21.

Ich sollte mich nicht getäuscht haben. Ich war gegen Abend mit den besten Absichten in die „Goldene Weintraube" gekommen, und auch Andras hatte den anderen schon angekündigt, dass wir uns endlich versöhnen würden. Aber Stunde um Stunde verging, und er kam nicht.

„Also wo ist er?" fragt einer.

„Zwischen den Schenkeln von der Marusch", sagt eine von den Menschern. So erfahre ich, dass er in der Zwischenzeit etwas mit Marusch angefangen hat. Sie hat ihn ja früher nicht sehr geschätzt, aber ich habe in unserer Gesellschaft schon seltsamere Liebesdinge mit angesehen und wundere mich über gar nichts mehr.

Niemand weiß, wo er ist, und seit Mittag hat ihn keiner mehr gesehen.

Am Ende werde ich zornig und gehe die Treppe hinauf. An der Tür hängt kein Hut, was ja auch nicht mehr nötig ist, seit er allein wohnt, und als ich nach vielem Pochen gegen die Tür drücke, finde ich sie unversperrt. Es ist dunkel in der Stube, denn die Vorhänge sind zugezogen, und vom Tiefen Graben her fällt nur wenig Licht ein. Andras liegt auf seinem Bett; er ist allein und hat sich mit meinem Mantel zugedeckt, den ich mir holen wollte, und das macht mich noch wütender, als ich es ohnehin schon bin. Ich rede ihn ein paar Mal recht grob an, aber er rührt sich nicht und grunzt nur wie ein Schwein in der Sonne. Auch ein paar Worte murmelt er, aber so undeutlich, dass ich sie nicht verstehe. Vielleicht ist es Ungarisch, denke ich mir.

So bleibe ich in der Tür; meine Sachen, die alle noch in meiner Lade liegen, und den Mantel lasse ich ihm.

Als ich wieder in der Wirtsstube bin, sage ich nur:

„Andras hat sich vollgesoffen; es wird keine Versöhnung geben. Ich erkläre hier und jetzt, dass Andras kein Ehrenmann ist."

Damit gehe ich, denn wenn Andras jetzt aufwacht und in seinem Rausch herunter kommt, kann daraus nichts Gutes werden und ganz bestimmt keine Versöhnung.

Ich bin danach in meine Dachkammer hinaufgestiegen und habe gehofft, einmal schlafen zu können, denn Dienst hatte ich erst am nächsten Morgen. Aber ich konnte nicht schlafen, vor Ärger und auch aus Enttäuschung, denn ich hatte auf die Versöhnung mit Andras gehofft.

Und da ist etwas geschehen, das an ein Wunder grenzt und das ich nicht mehr erwartet hätte. Mehr davon in meinem nächsten Brief.

22.

Es war um die erste Stunde, und ich blickte aus meinem Fenster, weil am Horizont ein Feuerschein war und ich zu erraten versuchte, welcher Ort da der Vernichtung anheimgefallen war. Als ich aber zufällig den Blick nach unten richtete, stockte mir der Atem – das Wild, dem ich nachpirschte, war soeben aus dem Palais Reutthaler gekommen! Er musste es sein – ein junger schlanker Bursch, der einen kleinen Mantelsack über der Schulter trug. Er blickte nach links und rechts, aber nicht nach oben (ich habe gefunden, dass selbst die argwöhnischsten Menschen diesen Fehler machen), und ging dann rasch hinunter zur Stubenbastei. Wie im Fieber steckte ich die Dinge ein, die ich für diesen Fall vorbereitet hatte: Eine Blendlaterne, dazu Stein, Stahl und Zunder. Meine beiden Pistolen waren inzwischen scharf geladen; ich steckte sie in den Gürtel und schlüpfte in meine Bunda. Jetzt endlich konnte ich etwas zur Rettung der Stadt tun!

Als ich vier Treppen hinab mehr gesprungen als gelaufen war und auf die Straße trat, sah ich meine Beute nicht mehr, erst bei der Riemergasse erblickte ich den Kerl wieder und verfolgte ihn bis zum Stubentor, ohne dass er mich sah. Das war nicht schwer – anders als sonst waren die Gassen nicht menschenleer; da lagerten die Flüchtlinge um ihre Feuer, und auch Kranke mussten unter freiem Himmel liegen. – Als der Kerl auf die gleiche Weise über die Palisaden ging wie ich beim vorigen Mal, war ich meiner Sache ganz sicher. Ich wusste nur nicht, was ich tun wollte, wenn ich ihn erwischt haben würde. Was, wenn er sich wehrte? Er lief so kraftvoll und gewandt, dass ich zweifelte, ob ich ihn im Handgemenge bezwingen oder ihm auch nur seine Briefe abnehmen würde können. Ich konnte ihn mit meinen Pistolen bedrohen oder niederschießen, aber jeder Schuss musste die Türken alarmieren.

So also laufe ich hinter ihm her, darauf gefasst, in einen Busch zu springen oder mich zu Boden zu werfen, falls er den Kopf wendet. Aber das tut er nicht, er schöpft keinen Verdacht. Er wählt fast denselben Weg wie ich bei meinem ersten Mal und achtet darauf, den Wachtfeuern nicht zu nahe zu kommen. Dann watet er durch den Wien-Fluss. Ich kann mir schon denken, warum er sich den Umweg antut – kurz vor dem Kärntner-Tor ist der Fluss sehr nahe an unseren vordersten Linien, also dem Gedeckten Gang, und von dort könnte kaiserliches Blei geflogen kommen. Auf dem anderen Flussufer also geht es hinauf zur Wieden und schließlich nach Westen, nach Margareten. Hier stehen viele abgebrannte Häuser, und in der Ferne, am anderen Ufer des Wien-Flusses, sehe ich Zelte und auf einer Stange die Ross-Schweife eines Pascha. Zwischen großen Feuern marschieren Feldwachen auf und ab. Hier lagern also keine Walacher oder Semeni, das ist die Hauptarmee. Ich weiß, dass ich etwas tun muss, sonst geht der Bote wieder über den Fluss und ist im Lager, und ich habe den ganzen Weg umsonst gemacht. Denn es ist ja keineswegs sicher, dass er noch diese Nacht in die Stadt zurückkehrt, und schon gar nicht, dass er den gleichen Weg nimmt. Vielleicht bewirten ihn die Türken mit Kaffee und Scherbet und lassen ihn ausschlafen, bevor er zurückkehrt. Auch ist zu vermuten, dass er auf eine Antwort warten muss.

Aber dann, kurz vor dem Hundsturm, ist er verschwunden. Schon davor ist er immer schneller gegangen, ja fast gerannt, und ich frage mich schon, ob er mich nicht doch bemerkt hat. Aber das ist mir gleich; wenn ich ihn jetzt nicht fasse, dann fasse ich ihn nie. An dem Ort, wo er mir aus den Augen entschwunden ist, steht ein abgebranntes Bauernhaus; daneben geht es steil hinab in einen Weinkeller. Ich schlage Feuer und entzünde meine Blendlaterne. Die schließe ich bis auf einen schmalen Spalt und halte sie weitab von meinem Körper, für den Fall, dass er nach dem Licht schießt; eine meiner Pistolen habe ich in der anderen Hand, und so wage mich Schritt für Schritt hinab ins Dunkel.

„Komm herauf", rufe ich, „oder du kriegst eine Kugel in den Leib!"

Jetzt höre ich atmen. Ich leuchte in die Richtung, aus der das Geräusch kommt, und da ist ein Mensch. Aber es ist kein Kerl – eine Frau liegt vor mir auf dem Bauch im Dreck und fängt an zu heulen wie ein Schlosshund, als sie mich erblickt.

„Bitte, tua mir der Herr nix, i mach`s nie wieder … nie wieder!"

„W a s machst du nie wieder?" frage ich.

„I bin davong'rennt, ich geb`s zua, ja, i hab fliehen wollen."

„Bist du eine Gefangene?" frage ich.

„Ja, von Medling, schon so lang, i hab`s nimmer ausg'halten. – Is der Herr ein Türk?"

„Nein, ich bin kein Türk. Hast du einen jungen Burschen gesehen, dünn und lang, mit einem Felleisen am Rücken?"

„Ja, wegen dem hab i mi ja versteckt. Is der Herr nit dieser Bursch? Bitte, lass mi der Herr gehen — wenn er mi gehen lasst, bin i eam in alle Ewigkeit dankbar."

Und damit geht sie auf Knie und Ellenbogen, dass sie mir ihr f.v. Hinterteil zuwendet, und bietet mir an, ihre Dankbarkeit durch Taten zu erweisen. Aber jetzt ist es an mir zu danken, bevor sie noch ihre Röcke hebt, denn sie ist bestimmt ungezählte Male von den Türken *cum licentia* auf diese Weise gebraucht worden, und ich habe Angst vor der Franzosenkrankheit, die auch bei ihnen umgeht und mich in alle Ewigkeit plagen könnte. Nebenbei ist sie im Gesicht so verdreckt, dass ich nicht sagen könnte, ob ich mich nicht vielleicht an einer Alten vergreife, was Unglück bringt, wie jeder weiß.

Außerdem drängt die Zeit; ich muss heraus aus diesem Keller, denn ich vermute, dass mein Weggenosse sich daneben, in der Ruine des Bauernhauses, verkrochen hat und inzwischen weiter gehen wird. Vielleicht steht er aber auch vor dem Weinkeller und schlägt mich tot, so wie ich herauskomme. Ich sage der Mödlingerin, sie möge noch eine Weile bleiben und dann in Richtung auf das Stubentor gehen, das sei am sichersten. Ich nehme meine Pistolen aus dem Gürtel und mache sie scharf, dann trete ich aus dem Keller ins Freie. Aber niemand lauert mir auf, und auch die Straße ist leer, in beiden Richtungen. Er ist schlau, denke ich mir, er ist ganz in der Nähe und wartet, bis ich weg bin. Aber auch ich habe Geduld. So hocke ich mich hin und warte und warte, doch es rührt sich nichts, und auch die Mödlingerin wagt sich noch nicht aus ihrem Kellerloch.

Und während ich so dasitze, kommt mir ein Gedanke in den Kopf, den ich nicht loswerde.

Lasst mir die Freude, Euch bis zum nächsten Mal ein wenig zappeln zu lassen – falls Ihr nicht ohnehin erratet, was mir danach widerfahren ist.

106

23.

Als mich meine Überlegungen nicht mehr ruhen lassen, ziehe ich die *reverendo* Schuhe aus, stehe leise auf und schleiche wieder in den Weinkeller hinunter. Meine Laterne habe ich gänzlich abgeblendet, aber Mondlicht fällt durch eine Kellerluke und ich kann ein wenig sehen. Mir wäre es lieber gewesen, ich hätte nichts gesehen. Und, wenn wir schon dabei sind, auch nichts gehört.

Denn die Mödlinger Bürgersfrau hat ihren Rock gerafft, sie steht in Schlaffhosen breitbeinig da und *f.v.* brunzt in hohem Bogen gegen die Mauer. Dazu singt sie leise, aber mit Engelsstimme die wohlbekannte Aria der Proserpina aus dem Pomo d'oro des Antonio Cesti.

Ich warte, bis sie – ich kann sie immer noch nicht anders nennen! – mit beidem fertig ist, dann öffne ich meine Laterne und sage:

„Gräfin Alessandra?"

Ihre Haltung ist bewundernswert. Sie lässt jetzt ihren Weiberrock fallen, der in Wahrheit ein einfacher spanischer Umhang ist, den man nach Bedarf um die Hüften wickeln oder um die Schultern legen kann, je nachdem, ob man einen Mann darstellen will oder eine Frau. (So hat sie natürlich in ein Haus als Mann hineingehen und als Frau herauskommen können!) Sie dreht sie sich langsam zu mir um und macht einen tiefen Kratzfuß. Nach einer Weile sagt sie mit ruhiger Stimme:

„Der Castrato Alessandro zu Euren Diensten, mein Herr. – Wollt Ihr mir sagen, wodurch ich mich verraten habe?"

„Du willst seit der Einnahme von Mödling Gefangene der Türken sein", sage ich, „das ist acht Wochen her. Du hast dir wohl das Gesicht mit Dreck beschmiert, aber deine Kleider sind viel zu sauber für diese lange Zeit."

„Daran habe ich nicht gedacht, es war ein Fehler. Aber hat wenigstens meine Improvisation gewirkt?"

„Allerdings, die war ein Meisterstück."

„Ich war mir nämlich nicht sicher, ob ich den Dialekt zusammenbringe."

„Mich hast du vollkommen getäuscht – und nicht nur heute. Hast du gewusst, dass ich es bin, der dich verfolgt?"

„Ich konnte es mir denken." sagt sie. Sieht mich aber dabei so seltsam an, als ob ich zu ihrer Überraschung wie Lazarus von den Toten auferstanden wäre. Und wie bei Lazarus mischt sich ein wenig Freude über den Auferstandenen in das Erstaunen. So schien es mir wenigstens in der Erinnerung und im Lichte späterer Ereignisse. Damals aber waren mir andere Dinge wichtiger.

„Dann hast du auch gewusst, warum ich die Gesellschaft des Doktors und die deine gesucht habe?"

„Das war nicht schwer zu erraten." Hier musste sie lachen. „Wenn du wüsstest, was du mir alles erzählt hast, wenn ich dir meinen Hexentrunk gegeben habe ..." (Zum Teufel, denke ich mir, also war es doch kein Traum!)

„Du wirst mir jetzt die Nachricht geben, die du überbringen solltest!" sage ich so gebieterisch, als es mir unter den Umständen möglich ist.

Sie holt ein Bündel Briefe unter dem Hemd hervor und gibt es mir. Da ich mit einer Hand die Laterne halte, muss ich die Pistole in den Gürtel stecken und die Papiere übernehmen; ich stecke sie in meine Hosentasche.

„Und jetzt den Firman!" (So heißt bei den Türken ein amtliches Schreiben; ich weiß, dass sie eines haben muss, wenn sie die Feldwachen ungehindert passieren will.)

Doch da wird sie störrisch: „Nein!"

Mich überkommt eine ungeahnte Wut. Ich ziehe eine meiner Pistolen aus dem Hosenbund und drücke ab. Die Kugel schlägt in die Mauer neben ihrem Kopf; Steinsplitter fliegen ihr um die Ohren, und vom Kalkstaub sieht ihr Gesicht aus wie frisch geweißelt. In der Mauer ist ein Loch, groß wie eine Wiener Semmel vor dem Krieg. Der Schuss hat uns beide blind und taub gemacht, aber Alessandra ist merklich erschüttert. Mit zitternden Händen kramt sie in ihrer Kleidung und holt den Firman hervor. (Das ist ein Plättchen aus Holz oder Elfenbein, mit türkischen Worten in arabischen Buchstaben und einer Tughra, das Siegel eines hohen Herrn, wo sein Name so kunstvoll eingeschrieben ist, dass ihn nicht einmal die Türken lesen können. Auch ich kann ihn nicht lesen, aber ich erkenne einen Firman, wenn ich ihn sehe.) Ich stecke meine Pistole wieder zu der anderen in den Gürtel, um eine Hand frei zu haben.

Langsam streckt sie mir das Siegel her, doch sie zittert dermaßen, dass es ihr aus der Hand fällt. Ohne zu denken, bücke ich mich danach und bekomme sofort ihr Knie ins Gesicht, sodass ich Sterne vor den Augen sehe und hintenüberstürze. Die Laterne fällt mir aus der Hand, aber sie geht nicht aus. Mit einem Satz ist Alessandra auf mir drauf und hat mich beim Hals. Ich bin in der Schule nie ein großer Raufer gewesen, aber es gelingt mir, sie am Handgelenk zu packen, bevor sie mich erwürgt. Daraufhin schlägt sie mich links und rechts mit den Fäusten gegen den Kopf, und wenn ich mich mit den Armen schütze, fährt sie wieder auf meinen Hals los. Ich merke, dass ich ihr nicht lange Paroli bieten kann, denn sie ist stark und geschickt wie ein Jahrmarktsringer. (Was ich bereits bei gewissen Tollereien im Bett gemerkt hatte. Damals hatte sie mir zur Erklärung ihrer ungewöhnlichen Körperkraft und Gewandtheit vorgemacht, ihre Eltern hätten sie angehalten, sich im

Reiten und Fechten zu üben.) Ich will ihr nicht wehtun, aber sie kennt solche Rücksicht nicht und würgt und prügelt mich nach Herzenslust. So wälzen wir uns eine ganze Weile im Dreck des Kellerbodens, keuchend und grunzend wie die Schweine. Dann komme ich in Vorteil, ich liege obenauf und habe eine Hand frei; mit der ziehe ich meine zweite Pistole und halte sie ihr an den Kopf.

„Ich kriege meine Belohnung, ob ich dich tot abliefere oder lebend", sage ich, „Und eine Kugel hab ich noch!"

Jetzt löst sie ihren Griff: „Nein, schieß nicht, Wenzel. Ich ergebe mich."

Ich stehe auf und leuchte mit der Laterne den Boden ab, bis ich das Plättchen sehe. Alessandra muss es aufheben und mir geben. Im Gürtel hat sie ein Messer, das nehme ich ihr weg und werfe es in den äußersten Winkel des Kellers.

Da sagt sie etwas Seltsames:

„Du weißt nicht, dass du einen großen Fehler begehst!"

Damals haben diese Worte (die ich nicht begriff) nur meine Wut vergrößert.

„Was!", sage ich, „ich sollte einen Fehler begehen?! Ich bin kein Türke und ich tue das meinige, dass wir niemals die Kopfsteuer an den Sultan zahlen müssen. Du aber, du trägst ein Kreuz zwischen deinen Brüsten und betest zum Christengott, und dabei dienst du einem Verräter und den Heiden. Hast du keine Ehre im Leib?"

Sie wischt sich Dreck und Kalkstaub aus dem Gesicht.

„Was meinen Leib betrifft", erwidert sie, „so hat man vor Jahren davon etwas weggeschnitten, in dem vielleicht die Ehre gesessen hat. Warum glaubt ihr alle, man könne so einfach aus einem Buben eine junge Frau machen, ohne dass die Seele leidet? – Aber wenn ich mich recht erinnere, hast du an meinem verbliebenen Leib durchaus Gefallen gefunden, und das Kreuz hat dich nie geniert."

Liebe Tante, erspart mir bitte das Weitere. Wenn Liebe zu Hass wird, so ist das niemals schön, und nichts für fremde Ohren. Wir hatten noch einige Dinge zu bereden, die Gräfin und ich, die niemanden sonst etwas angehen und für die Geschichte der Wiener Belagerung ohne Belang sind, weshalb ich sie auch nicht wiedergebe. Ich weiß heute, dass mein Zorn auf Alessandra eigentlich gegen mich selber gerichtet war, der ich die augenfälligsten Dinge übersehen habe, so dass ich am Ende dagestanden bin wie der letzte Cretino, und ohne s. v. Schuhe noch dazu.

Obendrein habe ich bemerkt, dass ich mich geirrt und immer noch die abgeschossene Pistole in der Hand gehalten habe, während die geladene dafür in meinem Gürtel steckte. Zu meinem Glück hatten die Waffen ein Radschloss, bei dem man nicht sehen kann, ob es aufgezogen ist oder nicht. Mit der ungeladenen Pistole an ihrem Kopf zwinge ich sie, vor mir die Kellerstiege hinauf zu steigen und mir die f.v. Schuhe so hinzustellen, dass ich hineinschlüpfen kann, ohne die Waffe aus der Hand zu geben. Dann packe ich sie mit einer Hand hinten am Bund ihres Gewands, und so muss sie vor mir hergehen.

„Was hast du vor?" sagt sie nach einer Weile, „übergibst du mich den Kaiserlichen? Oder lässt du mich zu den Türken gehen?"

„Ich habe Auftrag, dich unschädlich zu machen", antworte ich, „und das tue ich auch."

„Und diesen Befehl hat dir der Garelli erteilt?"

„Das geht dich nichts an", sage ich, „und versuch nicht wegzurennen, ich schieße sofort."

Aber Alessandra unternahm keinen Fluchtversuch. Den Kaiserlichen übergeben zu werden, machte ihr wenig Angst, so schien es mir, obwohl ihr dort doch der Galgen drohte. Sie rechnete wohl damit, dass die Stadt genommen würde, bevor sie baumeln musste. Was sie sonst noch bei sich erwog, weiß ich nicht. Ich weiß auch nicht, ob ich auf sie geschossen hätte, wenn sie gerannt wäre und falls ich überhaupt meine zweite Pistole rasch genug herausgebracht hätte; der Gedanke, ein dermaßen schönes Geschöpf und eine solche Göttin der Musica umzubringen, ist mir heute noch unerträglich. Alessandra dürfte es geahnt und auf eine günstige Gelegenheit gewartet haben.

Als wir zur Wiedner Hauptstraße kommen, will sie die Richtung nach Wien einschlagen. Aber da sage ich: „Halt, wir gehen in die andere Richtung."

„Du willst nicht zurück in die Stadt?"

„Nein. Du kommst zu den Türken – das sind doch deine Freunde."

Jetzt wird sie unruhig, das fühle ich durch ihr Gewand hindurch, und ich halte sie fester als vorhin. Ich glaube zu wissen, was in ihrem Kopf vorgeht – ohne Firman ist sie für die türkischen Soldaten nichts als eine vagabundierende Frau, und bis zum Kiaja, oder wer sonst ihre Berichte übernimmt, ist es ein langer Weg. Noch zögert sie – hätte sie gewusst, was mir in den Sinn gekommen ist, wäre sie gerannt wie ein Hase, Pistole hin oder her.

„Ich habe von den Türken nichts zu befürchten, ich bin ja ihre Spionin", sagt sie, „aber was ist mit dir? Dich bringen sie um oder nehmen dich gefangen."

Ich habe ihr nicht geantwortet, denn vor uns war schon der Schein eines Wachtfeuers. Ihr, Tante, werdet vielleicht schon erraten haben, was ich mit ihr vorhatte. Trotzdem erlaubt mir, erst in meinem nächsten Brief fortzufahren.

24.

Als Alessandra merkte, wohin ich sie geführt hatte, war es zu spät fürs Davonlaufen. Denn jetzt befanden wir uns inmitten der Ruinen des Dorfes Wieden, vor uns waren die Semeni, um das Feuer gelagert, das wir vorhin gesehen hatten, und dahinter der Verhau des Pferches für die weiblichen Gefangenen und die Kinder, im ehemaligen Klostergarten an der abgebrannten Kirche der Paulaner.

Im nächsten Augenblick werden die Semeni uns bemerken. Ich bleibe stehen.

„Sag mir noch eins, Alessandra, denn ich zermartere mir das Hirn und komme nicht darauf: Du hast mir Laudanum eingegeben, das ist sicher – aber wie?"

„Im Wein, wie du gedacht hast, war es nicht." sagt sie, mit einem gewissen Triumph in der Stimme.

„Aber anders ging es doch nicht!" wende ich ein.

Sie lächelt. – „Das hast du auch bei anderen Dingen geglaubt, die wir getrieben haben, und ich habe dir das Gegenteil bewiesen!" sagte sie, und damit hebt sie ihr Hemd und zeigt mir für einen Augenblick ihre kleinen *reverendo* Brüste, an denen ich (Ihr verzeiht die offene Sprache) immer besonderen Gefallen gefunden hatte.

„Da hast du also zu meiner Erbauung dein Opium drauf gegeben?"

„Und es eintrocknen lassen, jawohl!" sagt sie fröhlich.

„Und ihr habt wohl sehr gelacht über mich, du und dein Doktor?"

„Gelacht habe ich nicht über dich", sagt sie, „denn du liebst die Musik wie ich, und ich habe dich geliebt."

Ich merke, dass ich bei diesen Worten zögerlich werde, und wer weiß, wozu sie mich noch gebracht hätte, wären jetzt nicht die Semeni auf uns aufmerksam geworden und vom Feuer aufgestanden.

„He, Walacher", sagt Ludschaj, „was führt dich zu uns?"

„Hier", sage ich, „ich habe deinen Rat befolgt und bringe dir eine Frau. Sie ist sehr schön."

„Ja", meint Ludschaj, „nachdem er einmal um sie herumgegangen ist, „schön ist sie. Aber das Mädchen, das du haben willst, ist nicht mehr hier. Ich habe ihr zu essen gebracht, wie du wolltest, aber als sie nicht mehr so verreckt ausgesehen hat, hat sie Hüseyin-Agha in sein Bett geholt. Falls er mir ihr zufrieden war, dann ist sie noch bei ihm, wenn nicht, ist sie im Schloss der wilden Tiere, unten an der Donau, oder auch in dem Gefangenenlager an dem Ort, den ihr Laxenburg nennt. Oder er hat sie verkauft, an die Tataren, die Ungarn, die Juden ... was weiß ich."

Daran habe ich nicht gedacht. Mein ganzer Plan ist mit einem Schlag hinfällig geworden.

„Dann nimm die Frau als Gefangene", sage ich, „sie ist mir gleichgültig. Aber gib Acht, Ludschaj, sie ist ein wenig verrückt und lügt, wenn sie nur den Mund aufmacht."

„Hier wird jede früher oder später verrückt", erwidert er „und was eine so daherredet, geht uns nichts an. – Da das andere Mädchen nicht mehr da ist, bekommst du jetzt von mir ein Papier, das besagt, dass diese hier dein Eigentum ist. Falls einer sie haben will, scheinen mir 50 oder 60 Taler angemessen, und zehn davon sind für mich. Ist dir das recht?"

Mir ist jetzt alles recht. Ludschaj verschwindet im Zelt und kommt mit einer Bescheinigung zurück, worin steht, dass der Walacher So und So aus der

Armee des Fürsten Kantakuzenos eine Gefangene namens Alessandra eingebracht hat. Wer sie kaufen will, kann Ludschaj das Geld geben, oder er muss mich bei den Walachern aufsuchen – die lagern zwischen den Dörfern Meidling und Hetzendorf — und mit mir verhandeln. Falls er mich dort findet – ich wünsche ihm dazu viel Glück.

Und dann sehe ich Alessandra zum letzten Mal in meinem Leben. Sie hat unser Gespräch nicht verstanden, denn sie kann nicht Türkisch. Sie hat aber auch kein Wort gesagt, wahrscheinlich, weil sie sich herauszureden gedenkt, sobald ich fort bin. Nur hat sie dazu keine Möglichkeit, denn ein Semeni legt ihr einen eisernen Halsring um und führt sie in den Pferch, zu einer Gruppe von vier oder fünf Weibern, die zusammen an einer Kette hängen. An diese Kette kommt auch sie. Jetzt höre ich ihre Stimme; sehr laut erklärt sie, dass sie zum Kiaja gebracht werden will, da sie ihm Wichtiges mitzuteilen habe. Das sagt sie auf Deutsch und wiederholt es auf Italienisch und Französisch. Ihr Pech, dass sie nicht die Skiptor-Sprache spricht, denn der Semeni versteht kein Wort und murrt nur etwas wie: Maulhalten!

Ludschaj sagt zu mir: „Es ist so, wie du gesagt hast. Aber sie wird bald lernen, dass sie nur zu reden hat, wenn sie gefragt wird."

Ich habe überlegt: Irgendwann wird ihr Geheimnis herauskommen – wenn die Frauen zur Latrine geführt werden oder wenn sie sich wieder einmal waschen dürfen. Aber heute Nacht wird das nicht sein, und ich kann mich daher unbesorgt auf den Heimweg machen. Der Dank des Kaisers ist mir sicher.

So hatte ich es mir gedacht. Warum ich kaum einen Tag später selber Gefangener der Türken war und den eisernen Ring tragen musste, sei meinem nächsten Brief vorbehalten.

25.

$\mathfrak{I}$ch hatte gute Gelegenheit, wieder unbemerkt in die Stadt zu gelangen, ich musste nur vorgeben, zum Gatterhölzl zu gehen, einem Wäldchen zwischen Meidling und Hetzendorf, in dem die Walacher lagerten. Leider machte mir mein Übermut einen Strich durch die Rechnung, wie schon einige Male in meinem Leben. Denn jetzt, als ich die Semeni verlassen habe, fällt mir ein, dass ich gar nicht weit vom Lager des Hüseyin-Agha bin, und dort muss auch Mitzi sein. Dass sie vielleicht gar nicht mehr dort ist, weil der Agha sie nicht wollte, kommt mir nicht in den Sinn. Es war Tollheit, das weiß ich heute, aber damals war ich wie besoffen und glaubte, ich könnte es mit allen Türken und Tataren zusammen aufnehmen.

Als mich die Semeni nicht mehr sehen können, schlage ich einen Haken und schleiche zum Lager des Hüseyin-Agha. Es ist eigentlich kein Lager, es ist eine kleine Stadt, mit Wohnungen, Amtsstuben, Stallungen, Latrinen, alles untergebracht in prächtigen Zelten, wie sie bei uns kein Montecuccoli und kein Lothringer je gehabt hat. Und dabei ist er nur ein Agha – wie müssen erst die Lager der Paschas und Wesire aussehen!

Hier schläft alles tief und fest, bis auf eine Wache vor dem größten Zelt. Drei oder vier sitzen da um ein Feuer und unterhalten sich mit leiser Stimme.

Das beobachte ich von einem kleinen Gehölz aus, wo ich es mir zwischen den Stauden bequem gemacht habe. Ich beschließe, ein paar Stunden zu warten, ob sich eine gute Gelegenheit bietet, meinen Plan auszuführen. Ich weiß nicht, was ich mir erhofft habe. Denn natürlich kommt die Mitzi Thallingerin nicht aus ihrem Zelt, um nach einem Befreier zu schmachten. Die Wache wird abgelöst, das ist alles.

Ich habe es mir wohl allzu bequem gemacht und muss eingeschlafen sein; als ich aufwache, ist es heller Tag. Im Lager von Hüseyin-Agha wird gekocht und Wäsche gewaschen. Auf der anderen Seite meines Gehölzes ist eine Straße, die ich in der Nacht nicht bemerkt habe, und darauf fahren lange Wagenkolonnen – der Nachschub aus Ungarn. Die Bauern, die den Wagenzug begleiten, sind ganz anders gekleidet als ich; ich kann mich also nicht einfach unter sie mischen, und außerdem spreche ich nicht Ungarisch.

Einmal sehe ich Mitzi! Sie kommt aus dem großen Zelt, spricht mit einem Diener und geht wieder hinein. Wie eine Gefangene sieht sie nicht aus, aber sie verbirgt wohl ihre wahren Gefühle.

Ich muss den ganzen Tag im Gebüsch hocken und auf die Nacht warten. Als es nach meinem Dafürhalten auf Mitternacht geht, stehe ich auf und verlasse vorsichtig mein Versteck.

Einer von den Feldwachen muss mich dabei gehört haben; er stellt sich hinter einen Baum, lässt mich vorbei und haut mir dann den Kolben seiner Muskete in die Nieren, so dass ich aufs Gesicht falle; dann setzt er sich auf mich drauf und feuert einen Schuss ab. Jetzt ist alles wach; ich werde auf die Füße gestellt, die Wachen filzen mich und nehmen mir meine Pistolen ab, von denen die eine noch geladen ist. Damit ist meine Durchsuchung aber auch schon beendet, denn über die Waffen sowie zwei Reichstaler, die ich in den Hosentaschen gehabt habe, geraten sie sofort in Streit.

Es sind Deli, das heißt auf gut Deutsch die Tollkühnen oder auch die Wahnsinnigen, Riesenkerle vom Balkan, die zum Zeichen ihres Mutes sich Federn durch die Kopfhaut oder Messer durch den Bauchspeck stecken und dergleichen Unfug mehr; immer sind sie mit Pardelfellen und ähnlichem Zeug behängt. Für das Gefecht taugen sie nicht. – Der Wachposten befindet, dass

117

die Beute ihm gehört, weil er mich gefangen hat, ein anderer bestreitet ihm das, mit der Begründung, er habe sie bei mir gefunden, und sofort schlagen sie sich mit den Fäusten ins Gesicht. Ich hätte jetzt davonrennen können, wenn ich nicht kurz zuvor den Kolben zu schmecken bekommen hätte. Aber ich nütze wenigstens die Zeit und stecke die Briefe und den Firman zwischen meine ſ.v. Hinterbacken. Jetzt kann ich nur hoffen, dass sie mich nicht nackt ausziehen oder als Mädchen benützen wollen, wie man es ihnen nachsagt.

Als die beiden einander gerade wieder an der Gurgel haben, kommt ein vornehmerer Osmane herbei und beendet mit einigen scharfen Worten den Streit. Ich erkenne ihn; es ist Hüseyin-Agha. Sein Gesicht ist nicht mehr verschwollen, und er kann wieder sehen. Wenn er jetzt meine Stimme nicht wiedererkennt, habe ich Glück, denn dann bin ich ein Fremder für ihn, er aber nicht für mich. Das ist ein Vorteil; der andere ist, dass ich Türkisch verstehe, ohne dass er es weiß.

Sie bringen mich in ein Zelt, das als Schreibstube dient. Dort muss ich stehen, obwohl ich im Rücken grausame Schmerzen habe, und Hüseyin-Agha sitzt an einem Schreibpult. Um mich herum stehen ein paar Bewaffnete, und der Wachposten, der mich zur Strecke gebracht hat, erzählt es jetzt voller Stolz draußen den anderen.

Die Befragung geht nicht viel anders vor sich als bei uns. Sie holen einen Dolmetscher, dessen Muttersprache sicherlich Deutsch gewesen ist, ja ich meine sogar den Dialekt der Steiermark zu erkennen. Als erstes werde ich nach Stand und Namen gefragt, und ich antworte prompt:

„Wenzel Eugen von Wohlfahrt, kaiserlicher Kammerdiener."

Kein kluger Einfall, gewiss, aber ich hatte Furcht davor, in einen stinkenden Kerker geworfen zu werden. Dass im Krieg dieses Los selbst Gefangene von

Adel trifft und dass die Türken bei einem kaiserlichen Kammerdiener die gebührend höhere Ranzion verlangen werden, daran habe ich nicht gedacht. Und auch nicht daran, dass Hüseyin-Agha, mich gleich einen Lügner nennen wird, denn er erkenne meine Stimme ohne jeden Zweifel, ich sei nichts als ein Militär-Dolmetsch, et cetera. Aber nichts dergleichen geschieht.

„Was tut ein kaiserlicher Kammerdiener im Lager des Feindes?" will Hüseyin-Agha wissen, „und noch dazu mit Pistolen – wolltest du uns ganz allein besiegen?"

Ich bin nicht gut im Erfinden von Lügen, deshalb bleibe ich halb und halb bei der Wahrheit. Ich hätte gehört, sage ich, dass meine kleine Schwester auf der Flucht gefangen und in das Lager bei der Paulaner-Kirche gebracht worden sei. Ich hätte sie dort heimlich aufsuchen wollen, aber nicht gefunden, und am Heimweg hätte ich mich verirrt und sei auf seine Wachposten gestoßen.

Es ist nicht auszumachen, ob Hüseyin-Agha mir glaubt oder nicht. Ich kann auch nicht sagen, ob er Deutsch versteht, wie so viele Polen, und deshalb gar keinen Dolmetsch braucht. Deutlich aber ist zu merken, dass er wieder ins Bett will. Ich kann mir schon denken, wer ihn dort erwartet, und es gibt mir einen Stich im Herzen. Schon bald beendet er die Befragung. Ich werde hinausgezerrt, bekomme einen eisernen Halsring angelegt und muss mich hinsetzen, mit dem Rücken an einen Baum gelehnt. Eine Kette wird durch die beiden Enden des Halsrings gezogen und um den Baum gelegt. Zu allem Überfluss bekomme ich noch Fußeisen, obwohl in der Nähe ein Wachtfeuer brennt und die Soldaten mich nicht aus den Augen lassen.

Ihr könnt Euch denken, dass ich keine geruhsame Nacht verbracht habe. Ich hatte noch nie im Leben Fesseln getragen, auch nicht im Karzer der Universität, wo ich ab und zu Gast war (wegen geringfügiger Dinge, ich versichere Euch!), und im Sitzen zu schlafen war mir davor nur in den Vorlesungen von Professor Gerstner gelungen. – Ein türkischer Halsring beginnt sehr bald zu scheuern, auch wenn man sich nur wenig bewegt. Dazu quälte mich der Durst, und ich verspürte eine gewisse Sehnsucht nach der Latrine. Ich erfuhr also das gleiche Ungemach, welches ich Alessandra verschafft hatte, aber ich tröstete mich damit, dass sie es ja reichlich verdient hatte, ich hingegen als Unschuldiger litt.

Zumindest was den Durst anging, zeigten sich meine Bewacher mitleidsvoll; ich bekam einen Becher Ayran, was etwas Ähnliches wie saure Milch ist, mit Salz und Gewürzen darin. Natürlich redeten sie über mich, ohne zu wissen, dass ich sie verstand. Es ging hauptsächlich um die Frage, ob ich Ranzion zahlen könne und wie hoch diese wohl ausfallen würde. Dabei waren sie sich aber uneins, welchen Rang ein kaiserlicher Kammerdiener hatte; die einen hielten mich für wenig mehr als einen Serail-Sklaven, andere für eine höchst erlauchte Persönlichkeit, und so reichten die Schätzungen von 60 bis 200 Taler. Auch wurde erörtert, ob ich ausgetauscht werden könnte, und gegen wen, denn einen Kammerdiener des Sultans hatten die Kaiserlichen bisher nicht gefangen. Der Disput zwischen den beiden Wachposten hingegen war dadurch erledigt worden, dass Hüseyin-Agha meine Pistolen und die beiden Taler für sich behalten hatte, so hörte ich. Allerdings hatte er mich dem Wachposten abgekauft, der mich gefangen hatte, so dass ich jetzt sein Eigentum war.

Ich fand keinen Schlaf und vertrieb mir die Zeit damit, dass ich die Botschaften aus ihrem Versteck hervorholte und zu lesen versuchte, ohne dass meine Bewacher es merkten, — keine leichte Aufgabe, da ich ja gefesselt war und die Papiere sich an einem schwer zugänglichen Ort befanden. Als ich sie endlich in Händen hielt, erwies es sich, dass ich viel zu weit weg vom Feuer war, um sie lesen zu können. Nur wenn die Flammen aufloderten, konnte ich vier oder fünf Buchstaben lesen. Der erste Brief bestand aus einem Kauderwelsch, das es in keiner bekannten Sprache gibt. Das war also eine Geheimschrift; entweder bezeichnet da jeder Buchstabe einen anderen, oder die Botschaft ist in dem Text versteckt, und der Schreiber wie auch der Empfänger brauchen eine Schablone, um sie lesen zu können.

Endlos lange dauerte es, bis das Feuer wieder einmal genügend Licht gab; der Brief, den ich diesmal zu lesen versuchte, war zwar in nicht in Chiffre, aber in Ungarisch, was für mich aufs Gleiche hinauslief. Erst der dritte war für mich verständlich:

... Gestern haben sich drei weitere Bürger der Kapitulations-Partei im Stadtrat angeschlossen (las ich), es sind der Voss Merth, der Becker Matl und der Baumgartner Elias aus der Unteren Schenkenstraße. Der Wolff Simon vom Rabensteig ist auch schon auf unserer Seiten, will aber erst bei der Abstimmung damit herauskommen. Gemeldete bitten untertänigst, als Belohnung von Kontributionen etc. befreit zu werden. Item ...

Soweit kam ich; dann aber befand ein Baschi, er müsse meine Fesseln prüfen, ob ich sie nicht vielleicht durchgebissen hätte oder sie zerreißen könnte wie Samson. Es gelang mir mit knapper Not, die Briefe wieder an ihren finsteren Aufbewahrungsort zu befördern.

Als ich gegen Morgen vor Kälte zitterte, brachten sie mir meinen Schaffellmantel, und ich konnte danach ein oder zwei Stunden im Sitzen schlafen. Im Morgengrauen haben sich mich wachgerüttelt, mir ein Stück Brot und Käse zu essen gegeben und mir die Latrine gewährt. Unter den aufmerksamen Augen meiner Wächter bin ich dort vor einer schwerwiegenden Entscheidung gestanden oder vielmehr gesessen – nämlich ob ich jetzt die Botschaften und den Firman vorweisen oder mich davon trennen sollte. Im ersteren Fall aber hätte ich gestehen müssen, woher ich beides hatte, oder ich hätte mich selbst als Boten ausgeben müssen, welche Prätension wohl nicht lange Bestand gehabt hätte. Also musste ich, wenn ich so sagen darf, alle Beweise meines Erfolges *cum licentia* fahren lassen, so dass sie im Orkus versanken.

Vor dem Latrinenzelt wartete eine Gruppe von Reitern auf mich. Einer von ihnen war ein Tschausch (so heißen bei den Türken die Offiziere für besondere Verwendungen; man erkennt sie an ihren hohen Turbanen). Die Fußeisen haben sie mir abgenommen, aber mit meinem Collier haben sie mich an seinen Sattel gekettet; dann ging es schon im Trab dahin, und ich musste laufen. Unser Ziel war ein Pferch für Gefangene, aber nicht der bei der Paulanerkirche sondern einer weiter gegen Margareten zu.

Als wir da sind, werde ich wieder gefesselt und in diesen Verhau zu anderen Gefangenen gesteckt. Es müssen mehrere hundert Männer sein. Die meisten sind schon in sehr schlechter Verfassung, besonders jene, die im Block sitzen müssen, weil sie zu flüchten versucht haben oder auch nur dieser Absicht verdächtig sind. Der Block besteht so wie bei uns aus zwei Brettern mit ausgeschnittenen Löchern für die Handgelenke, und wer drinnen sitzt, kann sich kaum bewegen und die Hände sterben ihm ab. Die Gefangenen sind größtenteils Soldaten aus den kaiserlichen Garnisonen in Ungarn und sprechen fast nur Ungarisch. Flucht ist unmöglich, denn man hat Obacht auf mich, und die Wächter tragen Tatarenbögen, mit denen sie genauer treffen als ein kaiserlicher Oberjäger mit seiner Flinte. Ich könnte Euch von Bogenschützen erzählen, deren unglaubliche Meisterschüsse ich am

Atmeydan[11] in Konstantinopel bewundern durfte. Es gab dort welche, die mit ihren Pfeilen den Namen Allahs in die Scheibe schreiben konnten ... Aber ich fürchte, das wird eine adelige Dame wie Euch wenig interessieren.

Ich hatte zuletzt in der „Goldenen Weintraube" gegessen – nicht sehr viel, da sich die Aufregung mit Andras mir auf den Magen geschlagen hatte, — und war hungrig wie ein Wolf. Aber nicht hungrig genug für das, was sie uns zu essen gegeben haben. Ich will es Euch nicht näher beschreiben; jedenfalls habe ich mir dieses Festmahl gern entgehen lassen. Vom Nachschub aus Ungarn haben wir nichts bekommen.

In diesem Gefangenenpferch war ich einige Tage – ich weiß nicht, wie viele, denn durch mein Fasten wurde ich immer schwächer. Einmal sind ungarische Bauern an den Verhau gekommen, haben uns ein paar Laib Brot herübergereicht und uns Wein in die Hüte gegossen. Auch haben sie in ihrer Sprache ihr Bedauern über unser Schicksal geäußert und uns Trost zugesprochen. Ohne diese Ungarn wäre ich wohl verhungert oder verzweifelt.

Eines Morgens war dann wieder der Tschausch da, mit einigen Bütteln. Ich bekam den Halsring, wurde mit der Kette an seinen Sattel gehängt und musste rennen, sonst hätte er mich nachgeschleift.

Als wir durch den Wienfluss gingen (die schöne Steinbrücke mit den drei Bögen hatte Starhemberg einreißen lassen), durfte ich mich am Schwanz des Pferdes festhalten, aber am anderen Ufer, bis hinauf zum Dorf Gaudenzdorf und von da nach Rudolfsheim, musste ich wieder dem Pferdearsch hinterher rennen, bis mein Hals blutig war und ich kaum mehr zu Atem gekommen bin.

Der Tschausch hat sich ab und zu nach mir umgesehen und gegrinst, aber im Schritt zu reiten ist ihm nicht eingefallen.

Je mehr wir uns der Schmelz näherten, desto größer und prächtiger wurden die Zeltlager, und von den aufgesteckten Feldzeichen hingen immer mehr Ross-Schweife herab, was geheißen hat, dass die Herren, die hier lagerten, von hohem Rang waren. Ich fragte den Tschausch, wohin sie mich brächten, und er sagte, wir müssten ins Hauptquartier des Kara Mustafa Pascha, mehr wisse er auch nicht.

Wenn Ihr nur ein wenig so gespannt seid auf das Kommende wie ich damals, bin ich zufrieden. Ich verbleibe etc.

26.

Wenn ich mich recht erinnere, habe ich Euch zuletzt von meinem unfreiwilligen Morgenlauf nach Rudolfsheim erzählt, und von den Prunkzelten, die dort errichtet waren. Es gab sogar Gärten dazwischen, in denen Pfauen stolzierten – die Vögel hatten die Türken tatsächlich aus dem Morgenland hierher gebracht, ganz als ob sie Gewissheit hätten, auf Dauer hier zu bleiben.

Vor einem dieser Paläste aus Leinen und Seide darf ich verschnaufen und bekomme zu trinken, dann werde ich hineingeführt. Dort ist jetzt ein ganzes Kollegium zusammengetreten – gleich drei Herren sind es, und ich könnte meinen, beim Examen auf der Universität zu sein, würden die drei nicht auf einem Diwan sitzen, Kaffee trinken und Turbane und Kaftane aus golddurchwirkter Seide tragen. Trotz dieser Aufmachung, trotz ihrer kostbaren Säbel und prächtigen Bärte sieht keiner von ihnen aus wie ein Türke. Der in der Mitte ist der Agha, und dass der kein Türke ist sondern Pole, weiß ich schon aus seinem Mund. Auch der steiermärkische Dolmetscher von letzter Nacht ist wieder da.

Der Agha hat besser und in angenehmerer Gesellschaft geschlafen als ich und beginnt sofort, mich mit Hilfe des Dolmetschers scharf zu befragen.

Warum ich nicht mit dem Kaiser geflohen sei?

Ich: Auf den Wagen sei kein Platz mehr gewesen, und außerdem würde ich zum Corps der Hofbediensteten gehören, durfte daher die Stadt nicht verlassen.

Ob ich Ranzion zahlen könne?

„Ich nicht, aber vielleicht meine Familie. Man müsste mich einen Brief schreiben lassen."

Ob ich nicht Türke werden wollte, fragt mich Hüseyin-Agha jetzt ganz vertraulich. Er selbst sei eigentlich Pole, fügt er hinzu, aber nach seiner Gefangennahme habe er den Glauben gewechselt und es nie bedauert, ganz so wie die beiden anderen Aghas, von denen einer Franzose sei und der andere Grieche. Er habe jetzt drei Ehefrauen, eine schöner als die andere, was in Polen ganz unmöglich gewesen wäre. Das mit dem Glauben sei durchaus erträglich, die Türken kennten keine Inquisition, und wenn einer weiter zum Christengott beten wolle, brauche er gar nicht heimlich zu tun. Sogar der berühmte Maurocordatos, der Berater und oberste Dragoman des Großwesirs, habe seinen griechischen Glauben nie abgelegt und sei trotzdem einer der mächtigsten Männer des Reiches geworden.

Und so redet er noch eine ganze Weile. Ich weiß, dass sie es bei jedem versuchen, der nicht gerade blöd wie ein Binkel[12] Fetzen ist, und dass sie damit oft genug Erfolg haben. Denn was mir der Agha gesagt hat, ist die Wahrheit – fast die ganze Armeeführung des Kara Mustafa besteht aus ehemaligen Christen und Nichttürken. Bei den Türken genügt es ja, ein Osmanli zu sein, was bedeutet, ihren rechten Glauben zu haben und dem Sultan treu zu dienen. Wenn man dazu auch noch ihr Türkisch spricht und ihre Sitten und Gebräuche beachtet, kann man an die höchsten Stellen gelangen. Ich bemühe mich, überaus höflich zu antworten: Ich bräuchte Zeit zum Überlegen, immerhin ginge es um mein Seelenheil, und dann hätte ich als Kammerdiener ja auch einen Eid auf den Kaiser geschworen etc.

„Denk gut nach", sagt Hüseyin-Agha, jetzt auf Deutsch, „viele, die zunächst standhaft waren, haben später ihre Meinung geändert, sogar Offiziere. Noch

---

[12] Wienerisch für Bündel

bist du mein Eigentum, weil meine Leute dich gefangen haben und ich dich gekauft habe. Aber sicher kommst du in den Pendschik."

„Was ist das, gnädiger Herr", frage ich, obwohl ich es recht gut weiß. Pendschik bedeutet Fünftel.

„Das ist der Anteil des Großwesirs an jeder Beute. Wenn er dich haben will, bist du sein Eigentum. Und niemand kann wissen, was er mit dir macht."

Die beiden anderen, die sichtlich die deutsche Rede des Hüseyin-Agha nicht verstanden haben, ergreifen jetzt das Wort, wiederum auf Türkisch; sie wollen etwas über den Charakter Starhembergs wissen und was denn in Wien so geredet werde. Ich erzähle ihnen, was alle Welt weiß, dass er streng und bei der Bürgerschaft nicht sehr beliebt sei. Alle seien aber zuversichtlich, dass er sie zum Sieg führen werde, die Verluste seien noch nicht hoch, und die Ruhr lasse langsam nach.

Der griechische Renegat sagt zu Hüseyin-Agha auf Türkisch: „Vielleicht ist der Kerl ein Spion. Machen wir kurzen Prozess mit ihm!"

Der Agha schüttelt der Kopf. „Er ist ein solcher Idiot", sagt er, gleichfalls auf Türkisch, „dass ihn nicht einmal die Kaiserlichen als Spion ausschicken würden."

Jetzt weiß ich also, was er von mir hält, aber ich darf es nicht zeigen. Vielleicht aber will er mich nur schützen, denke ich mir. Ich schaue also drein, wie ein Idiot eben dreinschaut, und beantworte die nächsten Fragen. Sie wollen etwas über den Zustand der Basteien wissen, über die Fleischvorräte der Stadt, die Desertionen bei der Armee etc.

So geht das eine ganze Weile. Ich weiß, dass es zu einem Verhör gehört, mittendrin eine Frage zu stellen, auf die der Inquisit nicht gefasst ist. Und eine solche Frage kommt auch, wieder von dem griechischen Renegaten:

„Wo sind die Schätze des Kaisers?" heißt es auf einmal.

127

Was für Schätze? denke ich mir. Laut sage ich: „Wenn es welche gibt, so sind sie jetzt mit ihm in Passau."

Der Grieche schüttelt den Kopf. „Du lügst", sagt er, „die Schätze sind in Wien versteckt, er hat sie nicht mitnehmen können."

„Dann wisst Ihr mehr als ich", antworte ich, „denn ich weiß von keinen Schätzen, und ich wüsste auch nicht, wo es ein Versteck für sie gäbe."

„Hältst du uns für blöd?" fährt mich jetzt der Franzose an. „Es ist doch so, dass es unter jedem Haus in Wien mehrere Stockwerke in die Tiefe geht, umso mehr bei der kaiserlichen Burg, da gibt es Verstecke genug. Du dienst in der Burg, also musst du davon wissen!"

Jetzt wird mir unbehaglich zumute. Er hat ja nicht ganz Unrecht. Unter der Burg liegen Weinkeller, Gänge, Verliese, Gewölbe, wo sich selbst die ältesten Kammerdiener nicht hinwagen, weil man sich darin hoffnungslos verirren kann. Auch von Zugängen zu den Katakomben von St. Stephan und St. Michael wird gemunkelt, und wenn man dort hineingerät, kann man tagelang zwischen den Gerippen umherirren, bis man selber zu einem geworden ist. Aber was wollen die drei von mir? Sie wissen etwas, oder glauben etwas, und ich bin ahnungslos wie ein Neugeborenes. Zudem habe ich das seltsame Gefühl, dass sie nicht mit dem Herzen dabei sind und nur die Worte aufsagen wie schlechte Akteure auf dem Theater, sogar wenn sie grob werden.

Also antworte ich ganz vorsichtig: „Der Kaiser hat keine Schätze wie der Sultan, er hat die Krone und das Zepter; da sind nicht so viele Edelsteine daran wie an einem einzigen eurer Säbel, und außerdem werden diese Dinge meines Wissens in Nürnberg aufbewahrt."

Jetzt ergreift wieder Hüseyin-Pascha das Wort, und wieder auf Deutsch: „Du sprichst von den Reichsinsignien. Aber die Krone von Kaiser Rudolf dem

Anderen, die hat sein Bruder Matthias aus Prag nach Wien schaffen lassen, oder etwa nicht?"

„Wenn das so ist", sage ich, „dann ist sie in der Schatzkammer oder in Passau. Aber warum fragt Ihr überhaupt mich? Wenn Ihr die Stadt erobert habt, bleibt Euch Zeit genug, danach zu suchen."

Da höre ich in Türkisch: „Gebt ihm die Bastonade, und reden wir dann weiter!"

Das ist jetzt von Herzen gekommen; es war auch keiner von den dreien, sondern der Tschausch, der mir mein morgendliches *exerzitium* verschafft hat. Er steht an der Seite, weshalb ich ihn nicht gleich gesehen habe, und trägt außer dem hohen Turban jetzt auch den silberbeschlagenen Stock, gleichfalls ein Zeichen seines Ranges.

„Nein", sagt Hüseyin-Agha auf Türkisch, „keine Bastonade, er muss uns vielleicht noch führen."

Mich packt die Angst, aber ich darf nicht zeigen, dass ich das Türkische verstanden habe.

„Bitte", sage ich, „selbst wenn es so wäre, wie Ihr Herren sagt, dann gehört das nicht zu den Obliegenheiten eines Kammerdieners. Dafür gibt es andere Hofbedienstete, den Obersthofmeister oder den Truchseß, und die sind alle mitsamt dem Kaiserpaar geflohen."

Der steirische Türke übersetzt gewissenhaft, aber keiner hört ihm zu.

„Dann legt ihm eben eine rotglühende Radschiene um die Brust", schlägt der Tschausch vor, „das hält keiner aus."

„Nein", erwidert Hüseyin-Agha wieder, „es wird auch nicht gefoltert. Er ist nicht gerade ein Pehlivan – was ist, wenn er uns stirbt?!"

(Ein Pehlivan ist ein starker Mann auf dem Jahrmarkt oder ein Ringkämpfer, und das bin ich wirklich nicht.)

129

„Dann soll der glückselige und weise Großwesir entscheiden", sagt der Franzose, „er weiß immer am besten, was zu tun ist." (Aus diesen ehrfürchtigen Worten schließe ich, Kara Mustafa könnte in der Nähe sein, vielleicht hinter einem Paravent verborgen, wie es seine Art ist.)

Auf den Vorschlag des Franzosen hin nicken die anderen zustimmend, ja es scheint mir fast, dass sie ein wenig erleichtert sind. Das Verhör ist damit zu Ende; Hüseyin-Agha lässt mich hinausführen, und ich darf mich wieder ins Gras setzen.

27.

Wir sind hier zwischen den Dörfern Rudolfsheim und Ottakring, die jetzt verlassen und abgebrannt sind. Zwischen den Ruinen erstreckt sich eine gewaltige Zeltstadt hinunter bis nach St. Ulrich und zum Roten Hof. Dahinter sieht es auf viele Klafter aus wie in einem Bauerngarten, wenn die Wildschweine drin waren; hier verlaufen längs und quer die Laufgräben und Approchen. Danach aber kommen die Fortifikationen der Stadt, die hohen, unnahbaren Bastionen und Ravelins. Ab und zu kann ich das Aufblitzen der Geschütze und die Wolken von Pulverdampf sehen, denn eine ihrer Batterien ist soeben im Disput mit jener im Kroatendörfel. Dass der Burg-Ravelin zur Hälfte in Trümmern liegt, sehe ich leider auch. Immerhin hat er – mit Hilfe unseres Regiments! – so lange ausgehalten, dass die Belagerer ihn verhext glauben und ihn den „Zauber-Haufen" nennen.

Die Weinstöcke, die es einmal hier gegeben hat, haben die Türken ausgerissen, und so ist ein weiter Platz entstanden, der von Prachtzelten umstanden ist. Dieser Platz ist freigehalten, aber zwischen den Zelten sammelt sich Volk – Soldaten, Dienerschaft, auch Frauen. Sie warten auf etwas, aber worauf? In der Mitte des Platzes ist frischer Sand aufgeschüttet. Nun, denke ich mir, wollen wir hier Ball spielen oder Ringkämpfe ansehen?

Für den Tschausch wird ein Teppich ausgerollt; er ist jetzt mein Bewacher und sitzt in meiner Nähe. Der ist endlich ein richtiger Türke, von bräunlicher Gesichtsfarbe, mit einer Geiernase und einem kohlschwarzen Bart. Nach einer Weile beginnt er sich mit mir zu unterhalten, wobei er Deutsch, Italienisch und Ungarisch bunt durcheinandermischt, und obwohl er mir vorhin noch die Folter angedeihen lassen wollte, ist er jetzt recht freundlich.

131

Wir müssten auf den Großwesir warten, teilt er mir mit, der aber sei gerade in einer Unterredung mit dem Residenten des Tököly begriffen und dürfe nicht gestört werden. Dann lässt er sich Essen bringen, und auch ich bekomme eine Schale Tschorba, das ist Suppe, in diesem Fall eine ganz vorzügliche Linsensuppe.

Der Tag hat mich erschöpft, und ich nicke ein wenig ein. Der Tschausch weckt mich und zwingt mich in eine kniende Haltung, denn der Großwesir Kara Mustafa Pascha hat soeben sein Zelt verlassen. Er trägt einen rotseidenen Kaftan mit Zobelbesatz und einen hohen Turban mit Reiherbusch darauf. Die Janitscharen-Leibgarde draußen macht Spalier, ein paar Solachi oder Solaks (das sind Bogenschützen) umgeben ihn, und er selbst unterhält sich im Gehen mit einem Herrn in husarischem[13] Gewand; das wird wohl der Nemessianyi sein, der die ungarischen Interessen vertritt.

Jetzt führen sie dem Großwesir sein Pferd vor, auf dem er bis zum ehemaligen Trautson'schen Garten reiten wird, nahe St. Ulrich und in Schussweite der Kaiserlichen. Wie ich Euch schon erzählt habe, hat er sich im Schutz der Gartenmauer eine Art Blockhaus errichten lassen, das stark genug ist, Geschütztreffer auszuhalten. Wenn er durch eine Tür in der Mauer tritt, ist er schon an einem Laufgang, wo seine berühmte eisengepanzerte Sänfte wartet, in der er die Gräben zu inspizieren pflegt. In dieser Sänfte ist er sicher vor Kugeln und Sprenggranaten, aber die Träger wechseln häufig.

Als der Großwesir gerade aufsteigen will, kommen von der Seite Hüseyin-Agha und die anderen Mitglieder seines Kollegiums. Der Agha verneigt sich mehrmals, deutet auf mich und wie es scheint, erstattet er Bericht. Wenn ich

---

[13] ungarischem

jetzt aufspringe, hinzu laufe und mich dem Großwesir zu Füßen werfe – wird er mich dann begnadigen? Oder wird ihn das erst recht in *furia* bringen? Denn er ist jähzornig und befiehlt, was ihm gerade einfällt. Von zwei Verwundeten, die als Gefangene eingebracht werden, lässt er einen dem Arzt übergeben, den anderen dem Henker. Keiner weiß, warum.

Während ich noch überlege, macht Kara Mustafa dem Bericht des Agha mit einer Handbewegung ein Ende, wirft mir einen kurzen Blick zu und sagt etwas ziemlich laut auf Türkisch. Dann steigt er auf, die anderen Herren seines Gefolges sind bereits zu Pferd, und die Kavalkade geht hügelab. Die Solachi traben zu Fuß hinterher.

Ich grüble über dem, was der Großwesir gesagt hat. Denn obwohl es Türkisch war und ich es deutlich gehört habe, begreife ich den Sinn nicht. Spricht er etwa einen Dialekt, der mir nicht bekannt ist? – immerhin stammt er ja vom Land, aus Merzifon in Asien, also von der Küste des Schwarzen Meeres. Ist mein Türkisch schon so eingerostet oder mein Gehirn in Auflösung begriffen?

Der Tschausch hat die Worte auch gehört und ist darob in bester Stimmung. Er setzt sich wieder zu mir und beginnt eine Unterhaltung von erstaunlicher Offenheit.

„Ich glaube immer noch", sagt er, „dass du nicht der bist, für den du dich ausgibst. Ich würde die Wahrheit schon aus dir herausbringen, aber ich darf nicht."

Etwas später sagt er: „Wenn du noch Geld versteckt hast, dann gib es mir jetzt. Sag es mir, wenn du es geschluckt hast; ich hole es mir auch aus deinem Bauch."

Mich schaudert, aber ich wage nicht zu fragen, auf welche Weise er das bewerkstelligen will. Stattdessen frage ich, warum ich ihm denn Geld geben sollte.

„Du wirst keines mehr brauchen", meint er, „und ich könnte dir dein Los sehr erleichtern, indem ich dich mit Raki abfülle, und ich kann in den Raki noch etwas anderes hineintun, so dass du glaubst, du bist im Paradies, obwohl du ja in der Hölle landen wirst."

Da habe ich begriffen, was mit mir geschehen soll, und auch, dass ich die Worte des Großwesirs keineswegs missverstanden habe.

Denn ich hatte ihn ganz deutlich sagen gehört: „Haut ihn in Stücke!"

Verehrte Tante, meine fortdauernde Existenz beweist, dass es nicht so weit gekommen ist. Was mir aber wirklich widerfahren ist, will ich erst im nächsten Brief schildern.

28.

Um sicher zu gehen, fragte ich den Tschausch, was Kara Mustafa gesagt hatte, ich hätte es nicht verstanden. Ich habe noch selten einen Menschen so herzhaft lachen hören wie diesen Schnauzbart. Er wiederholte meine Worte für die Büttel, und auch die mussten sehr lachen.

Mich dagegen hat ein tiefer Jammer erfasst, denn ich sollte ja ohne geistlichen Beistand dahinscheiden und ohne von meinen Freunden, von Mitzi, von Marusch – und auch von Euch! – Abschied genommen zu haben. Trotzdem hoffte ich immer noch, dass ein Irrtum vorläge, dass Kara Mustafa seine Entscheidung überdenken würde, dass die Wiener Besatzung gerade in diesem Augenblick einen Ausfall machen würde, und ich hatte noch viele andere Hirngespinste, die ich mich niederzuschreiben schäme. Vor allem aber ging mir ein Gedanke nicht aus dem Kopf: Ich bin doch noch viel zu jung zum Sterben! Und ein anderer: Soll ich meine letzten Goldstücke opfern, um mir vom Tschausch seinen Schnaps zu erkaufen?

Unter diesen quälenden Gedanken vergehen ein oder zwei Stunden, in denen ich viel besser meine Sünden bedacht und meinen Frieden mit Gott gemacht hätte. Stattdessen versuche ich mit ihm zu handeln – in meinem Herzen gelobe ich Besserung in diesem oder jenem Punkt, falls Er mich aus der Todesnot errettet. Und diese Gelöbnisse wiederhole ich und vermehre und steigere sie. Hätte ich sie alle einhalten wollen, würde ich heute als Heiliger und Einsiedler verehrt werden und ein härenes Hemd tragen und darunter einen Stachelgürtel, und wer weiß was noch alles.

Aber Gott schickt keine Engel, die mich hinweg heben. Sondern der Tschausch und ein paar seiner Knechte zerren mich vom Boden hoch und führen mich in die Mitte des Platzes, wo ich wieder knien muss. Dann bringen sie einen anderen Mann; den halten sie aber unter den Armen und schleifen ihn herzu, denn er kann nicht mehr gehen. Auch er muss knien, in geringer Entfernung von mir. Der Kerl hat die Visage eines rechten Galgenvogels und frech ist er noch dazu. Denn obwohl deutlich zu sehen ist, dass man mit ihm jene Prozeduren vorgenommen hat, die der Tschausch auch mir zugedacht hätte, grinst er, weil er in der Menge Freunde wahrgenommen hat, ja er versucht sogar, mir mit seinen gefesselten Händen zu winken. Ich glaube aber nicht, dass er deshalb ein Mann von besonderem Mut war, sondern vielmehr, dass man ihm jenen besonderen Raki eingeflößt hat, von dem der Tschausch gesprochen hat.

Am Rande des Platzes sind Zigeuner mit einem Schleifstein, den sie fleißig drehen. Zwei von den Janitscharen gehen zu ihnen, und die Zigeuner übergeben jedem von ihnen mit tiefer Verbeugung einen Säbel. Die Janitscharen legen ihre hohen Mützen aus weißem Filz ab und auch ihre blauen Jacken, so dass sie nur in Hemd und Hosen sind, und stellen sich neben dem Galgenvogel auf. Dabei vollführen sie mit ihren Säbeln Lufthiebe und schlagen Rosetten – Kunststückchen eben, wie sie auch unsere Husaren kennen.

Die Menge drängt jetzt immer näher, in froher Erwartung des Kommenden. Ein Ausrufer tritt auf, er holt aus einem seidenen Täschchen zwei Papiere; von dem ersten liest er Namen und Einheit des Mannes ab und sodann das Verbrechen, das er begangen hat. Er sei desertiert, verkündet er, zusammen mit etlichen Kumpanen, und von den Spahi eingefangen worden, nachdem er sich in einem Weinkeller besoffen habe. Die Deserteure hätten aber auch die Kasse ihrer Hundertschaft mitgenommen; die sei bisher nicht gefunden worden, und der Schuldige habe keine Angaben zu ihrem Verbleib machen können oder machen wollen.

Dafür, so schließt der Ausrufer, habe ihn der Großwesir zur schwersten Bestrafung verurteilt.

Jetzt kommt der Henker aus seinem Zelt, das sich gleich neben dem Zelt des Großwesirs befindet und „Storchenzelt" heißt, ich weiß nicht warum. Die Hinrichtungen finden immer vor dem Großwesir statt, er muss also in der Zwischenzeit zurückgekommen sein und sieht wahrscheinlich von seinem Zelt aus zu, denn das liebt er. Schon als ich noch Schüler in Galata war und er Kaimakam von Konstantinopel, war seine Grausamkeit sprichwörtlich.

Der Henker ruft mehrmals „Allah akbar!", dann spricht er mit dem Galgenvogel, er wäscht ihn, tröstet ihn und dreht ihn so, dass sein Gesicht nach Mekka zeigt. Die beiden Janitscharen mit ihren Säbeln warten nur mehr auf seinen Befehl.

Der Tschausch beugt sich zu mir herunter und sagt:

„Sieh gut hin, denn der nächste bist du!"

Meine Tante, Ihr werdet keine Beschreibung der Prozedur verlangen, und ich könnte sie auch nicht liefern, denn ungeachtet der Ermahnung des Tschausch habe ich, als die Janitscharen ihr Werk begannen, sofort die Augen zugemacht. Ich will nur einige Belehrungen allgemeiner Natur anbringen: Diese Art Metzelei gibt es in ganz Asien; sie soll von den Chinesen stammen, wo sie „Tod durch Tausend Schnitte" genannt wird. Auch der Vierte Iwan von Russland hat manche seiner Gegner auf diese Art massakrieren lassen, heißt es. Die Kunst dabei ist, vom Leib des Delinquenten so viel Fleisch als möglich zu entfernen, ohne dass er stirbt.

Ich sagte schon, dass ich davon nichts gesehen habe, aber was ich hören musste, war schlimm genug und am schlimmsten die schallende Stimme des Henkers, als er die Säbelhiebe mitgezählt hat, im Chor mit den Zuschauern.

Wie weit er gekommen ist, weiß ich nicht, denn sehr bald habe ich geschrien: Ja, ich gestehe, ich weiß, wo die Schätze des Kaisers sind, bringt mich weg von hier, lasst mich am Leben etc. Kurzum, ich habe mich aufs äußerste gedemütigt und damit dem umstehenden Publikum eine zusätzliche Belustigung geboten.

Dann muss ich ohnmächtig geworden sein; als ich zu mir kam, bin ich wieder in einem Zelt gelegen, der Halsring war abgenommen, und der Tschausch hat mir Raki – gewöhnlichen Raki – zu trinken gegeben und lachend erzählt, wie enttäuscht die Zuschauer waren, als der Herold das zweite Papier (auf dem mein Urteil gestanden ist) eingesteckt hat und weggegangen ist.

„Ruhe dich aus", sagt er, „denn heute Nacht dringen unsere Leute in die Stadt ein, und du musst sie zum Goldenen Apfel führen!"

Kara Mustafa hat mich also begnadigt; ob zum Leben oder zu einem raschen Tod, wird sich herausstellen. Da ich aber nichts von Schätzen weiß und sich das bald zeigen wird, habe ich mir wohl nur einen Aufschub verschafft. Als ich mich ein wenig erholt habe, bringt er mich in den Pferch zurück, aber diesmal hat er ein Einsehen und reitet die meiste Zeit im Schritt.

Während ich zwischen den anderen Gefangenen dasitze und eine Kontemplation über mein Schicksal anstelle, höre ich eine wohlvertraute Stimme:

„Seid Ihr das, Signor Wenzel?"

Und ich sehe einen alten Bekannten, nämlich den Marco Antonio, auch Mamucca della Torre genannt, einen kaiserlichen Dolmetscher, der in Konstantinopel bei der Orientalischen Handels-Compagnie war und sowohl meinem Vater wie auch den letzten drei Residenten durch viele Jahre gedient hat, oft genug unter Gefahr für Leib und Leben. Obwohl er osmanisch gekleidet ist – das ist Gesetz bei den Türken — erkenne ich ihn sofort. Es ist mir auch klar, warum er hier im Lager ist: Bei Kriegsausbruch sind ja alle Botschafter der feindlichen Mächte in Haft genommen worden. Zuerst waren für eine Weile die „Sieben Türme" ihr Logis (das ist eine alte römische Burg beim Goldenen Tor, die heute als Kerker dient), danach haben sie den Großwesir begleiten müssen, um hier vor Wien ihren Leuten übergeben zu werden, und ihre Dienerschaft mit ihnen. Marco Antonio gehört zum Gefolge des ehemals kaiserlichen Residenten Kuniz.

Auch die Wachen kennen den Marco Antonio, sie haben nichts dagegen, dass er den Gefangenen-Pferch betritt und sich neben mich setzt. Allerdings passen sie genau auf das, was wir reden, wir müssen also vorsichtig sein. Außerdem halte ich es für möglich, dass unter den Gefangenen welche sind, die bereits zu den Türken übergelaufen sind und ihnen als Spitzel dienen, weil sie sich davon Vorteile erhoffen.

„Signor Mamucca", sage ich, „ich bin es, und Ihr seht auch, in welchem Elend. Wie habt Ihr davon gehört?"

„Es wird so mancherlei geredet im Lager", antwortet er, „und ich will Euch fragen, wie ich Euch helfen kann."

Wir haben bisher Deutsch geredet; aber während ich in dieser Sprache weiter über mein trauriges Los klage, streue ich Sätze darunter, die aus lateinischen und italienischen Brocken bestehen. Marco Antonio zeigt mit keinem Wimperzucken seine Überraschung.

„Devo conducere Turcos alla città, sotto la cortina, ad tesoros Imperatoris", sage ich in dieser barbarischen Mischsprache, „ich soll die Türken unter der Stadtmauer zu den Schätzen des Kaisers führen, nur deshalb lebe ich noch. Dabei weiß ich gar nicht, ob Schätze in Wien verblieben sind, und wo sie sind. Vor allem weiß nicht, warum die Türken die Schätze haben wollen, bevor sie noch die Stadt haben."

Marco Antonio nickt nur: „Il Pomo d'oro", sagt er nachdenklich und wie zu sich selbst, „Der Goldene Apfel."

„Was meint Ihr?" sage ich „Auch mein Bewacher hat davon geredet. Aber der Pomo d'oro war ein musikalisches Spektakel vor langer Zeit, zur ersten Verehelichung Ihrer Kaiserlichen Majestät. Was haben die Türken damit zu tun?"

„Nicht die Opera meine ich", antwortet Marco Antonio leise „ma basta così! Man muss Nachricht in die Stadt senden. Dove serà l'attaco? Wo soll der Angriff sein?"

„Nescio, forse alla arx Imperialis" antworte ich. Er darauf: „Difficile! Vielleicht gelingt es, vielleicht auch nicht. In jedem Fall sei Eure Seele Gott befohlen. Arrivederci, Signore!"

Und damit geht er, denn die Wachen sind bereits argwöhnisch geworden, und ein paar Mitgefangene spitzen die Ohren. So kann ich ihm nichts vom Castrato und seiner Botschaft sagen. Später lässt er mir durch einen Diener des Residenten Essen und Trinken bringen. Meine Leidensgenossen, die so ausgehungert sind, dass sie bereits faulende Hammelkadaver abnagen, betteln mich sofort um das Essen an, weshalb ich ihnen den größten Teil davon verehre, denn andernfalls würden sie es mir ohnehin gewaltsam wegnehmen. Mir bleibt nur eine kleine Flasche Wein als Trost. Ein paar von denen, die mein

Essen bekommen haben, halten sich in meiner Nähe, für den Fall, dass sich solches Manna-Wunder wiederholt. Mit den wenigen, die Deutsch können, unterhalte ich mich. Ihnen ist es ähnlich ergangen wie den Perchtoldsdorfern – sie haben auf das Wort irgendeines Paschas vertraut und sind betrogen worden. Kaum hatten sie die Waffen niedergelegt, waren sie auch schon Gefangene. Das Leben hat man ihnen gelassen, damit sie bis an ihr seliges Ende die Galeeren des Sultans kalfatern können, und ich glaube, manche spielen jetzt schon mit dem Gedanken, Renegaten zu werden, – falls sie es nicht schon sind.

Später am Tag bekomme ich nochmals Besuch. Diesmal hat Hüseyin-Agha seinen Barbier geschickt, einen Juden, der mir den Schädel einseift und rasiert. Das machen die Türken mit allen männlichen Gefangenen so; wie ich glaube, zu dem Zweck, dass man sie aus der Ferne nicht von ihren Bewachern unterscheiden kann. Der Barbier ist aber auch eine Art Feldscher; er sieht sich alle Beulen und Schrammen an, die ich bei meiner Gefangennahme erlitten habe, und reibt sie mit einer Salbe ein.

Am Ende sagt er: „Das ist alles nichts und wird vergehen, der Herr möge lieber an seinen Hals denken!"

Er hat ja Recht damit, aber muss er es mir so unter die Nase reiben?

29.

Kurz nach Ausrufen der Mitternacht kommen sie mich holen, Hüseyin-Agha und ein paar Mann von seiner Leibwache. Der Agha trägt einen Kettenpanzer und eine Zischägge; meine beiden Radschlosspistolen stecken jetzt in seinem Gürtel. Er legt mir wieder den eisernen Halsring an und behält die Kette in der Hand. So marschieren wir von der Wieden hinüber zur Laimgruben, einem Dorf gegenüber der kaiserlichen Burg, das jetzt abgebrannt ist. Dort, zwischen den Ruinen, warten schon die anderen, etwa dreißig Mann, Mineure mit Hacken und Schaufeln, und Janitscharen, die für diesmal ihre hohen Mützen nicht tragen. Auch ihre Musketen haben sie im Lager gelassen, sie führen Pistolen im Gürtel. Meine Bunda wird mir weggenommen; dafür bekomme ich einen türkischen Rock, Kaftan genannt, und eine türkische Mütze, und ich muss mir Gesicht und Hände mit Ruß schwärzen, so wie alle anderen. So bin ich schon auf ein paar Klafter Entfernung nicht mehr von einem Schanzarbeiter zu unterscheiden.

Das Kommando zum Abmarsch wird gegeben, und wir betreten die Approchen oder Laufgräben. Die Türken machen sie sehr kunstvoll, sie decken sie mit Balken und Erde, und wenn sie nicht so geräumig wären, könnte man meinen, man befände sich in einem Bergwerk – oder in einem Massengrab, denn der Boden ist bedeckt von den Körpern der Schanzarbeiter, die hier zu Tode erschöpft schlafen, lehmverkrustet und mit groben Kotzen zugedeckt. Seitwärts gibt es kleine Gelasse in der Erdwand, davor hängen Kotzen oder leere Säcke, aber man sieht dahinter Licht und hört Stimmen, bisweilen Frauenstimmen, ja sogar Gelächter oder auch Beten. Die Wachen lassen uns ohne Aufenthalt passieren.

Der Laufgang endet, und wir treten wieder ins Freie. Jetzt sind wir bereits im Stadtgraben, denn von unserem Gedeckten Gang ist hier nichts mehr übrig, und auch vom Burg-Ravelin nur mehr die Hälfte. So muss es dort aussehen, wo der große Vesuvio in Italien seine Lava ausgießt. Zwischen den Steinbrocken haben die Türken ihre Sandsäcke und Spanischen Reiter aufgebaut, und dahinter kauern Janitscharen mit ihren Röhren. Ganz nahe vor uns ragt die Kurtine auf, also die eigentliche Stadtmauer. Oben sieht man Lichter, und hier unten liegen ein paar brennende Schindeln. Da wir aber alle dunkel gekleidet sind und alle Gesichter, Hände und kahlgeschorenen Schädel geschwärzt, sind wir für die Verteidiger fast unsichtbar. Auch tun wir sehr leise, mich inbegriffen, denn würde ich Lärm schlagen, wäre ich im Augenblick ein toter Mann.

In diesem Augenblick beginnen die türkischen Geschütze zu schießen; die Kugeln heulen und pfeifen über uns und schlagen ins Dach der Burg, manchmal auch in ein Fenster. Jetzt ist es gleichgültig, ob wir laut sind oder leise, und das ist wohl auch der Zweck dieser nächtlichen Serenade.

Wieder betreten wir einen Gang, der aber viel enger und niedriger ist als der Laufgang und steil abwärts führt. Jetzt sind wir unter der Kurtine, und einige Blendlaternen, die bisher abgedeckt waren, geben uns Licht. Ich und der Agha machen den Schluss. Die ganze Zeit höre ich, wie sich die Schanzgräber vorne an einer Steinmauer abmühen.

„Das sind die Fundamente der Burg", sagt Hüseyin-Agha, „wenn wir durch sind, gehst du an der Spitze."

Damit war mein Todesurteil bestätigt. Wohin sollte ich sie führen? Ich durfte ja nicht einmal hoffen, durch Zufall eine Schatzkammer zu finden, denn allfällige Schätze hatte der kaiserliche Hof doch sicherlich mitgenommen. Ich weiß heute, dass dem nicht so war, aber das änderte nichts daran, dass ich mich hier unten gerade so gut auskannte als in der Stadt Cambaluc. Meine einzige Rettung lag in einem Gegenangriff der Verteidiger, aber das hing davon ab, ob Kuniz einen Boten in die Stadt schicken hatte können, und selbst dann war ich meines Lebens keineswegs sicher, ja ich war sogar doppelt bedroht und hatte höchstens die Wahl zwischen einer kaiserlichen Musketenkugel und dem Säbel des Hüseyin-Agha.

„Erlaubt mir eine Frage", sage ich leise zum Agha, „was geschieht mit mir, falls ich das Versteck nicht finde oder euch versehentlich in eine Rumpelkammer oder in einen Abtritt führe? Die Keller unter der Burg sind weitläufig, und, um die Wahrheit zu sagen, ich kenne nur einen kleinen Teil davon."

„Dann ziehen wir uns zurück, und du bleibst hier als Leiche, weil du zu fliehen versucht hast", antwortet er mir ebenso leise, „Zum Tod verurteilt bist du ja schon, also macht es nicht viel aus."

„Und falls Ihr Erfolg habt und erbeutet, was Ihr sucht – wie wollen Euer Gnaden hier je wieder herauskommen?" frage ich noch.

„Auf dem gleichen Weg, auf dem wir hineinkommen werden, einen anderen gibt es nicht. Aber das steht bei Gott."

Während ich das bedachte und mir vornahm, im Falle eines Kampfes mich sofort zu Boden fallen zu lassen, kam schon die geflüsterte Meldung nach hinten, man wäre jetzt durch die Mauer hindurch, und der Gefangene solle nach vorne gebracht werden.

Mir war, als würde ich aufs Blutgerüst geführt. Ich musste durch ein Loch in der Mauer treten, hinter dem schon zwei Janitscharen standen; sie trugen große Rundtartschen aus Büffelleder, die sie mir vor den Leib hielten, denn im Augenblick war ich hier die wichtigste Person, und mein Leben musste

144

geschützt werden, eine Ehre, auf die ich gerne verzichtet hätte. Der Janitscharen-Baschi sagte auf Türkisch zu Hüseyin-Agha, er solle mich fragen, ob ich mich hier auskennte. Ich versicherte dem Agha, dass mir die Örtlichkeit bekannt vorkomme, man müsse nur besser leuchten.

Wir standen jetzt in einem Kellergang aus Ziegeln, der quer zu unserem Stollen verlief, also entlang der Innenseite der Burgmauer, wie ich vermutete. Ein Ende des Gangs war weder rechts noch links abzusehen. Ich zeigte aufs Geratewohl nach links, und die ganze Partie wandte sich in diese Richtung. Unsere paar Blendlaternen und Fackeln gaben nur wenig Licht, und so konnte es geschehen, dass ich stolperte und gegen einen meiner Bewacher fiel, dessen Schild und Wehrgehänge laut klapperten. Sofort gab mir Hüseyin-Agha einen schmerzhaften Tritt in den Hintern und versprach mir leise das Halsabschneiden, falls ich nochmals versuchte, die Kaiserlichen auf uns aufmerksam zu machen. Der Geschützdonner war jetzt nur mehr wie aus weiter Ferne zu hören.

Nach einigen Minuten endete der Gang, und wir standen in einem weitläufigen niedrigen Gewölbe, dessen Decke durch mehrere Säulenreihen gestützt wurde, die sich im Dunkel verloren. Unsere Laternen erhellten nur einen kleinen Teil des Raumes. Soweit man sehen konnte, lehnten an den Wänden riesengroße Gemälde, bedeckt vom Staub der Jahrhunderte. Eines war deutlich zu erkennen; es stammte von dem absonderlichen Arcimboldo und zeigte einen Menschenkopf, der aus allerlei Obst und Gemüsen zusammengesetzt war. Die Türken betrachteten es scheu und hatten merkliche Angst davor.

„Wie müssen wir gehen?" flüstert jetzt Hüseyin-Agha, „Entscheide dich rasch!"

In meinem Kopf ist eine Leere wie in den Kupferschalen jenes Magdeburger Bürgermeisters Guericke; ich stelle mich, als ob ich nachdächte und murmle etwas vor mich hin, denn mir fällt beim besten Willen nicht ein, wie ich jetzt noch mein Leben retten oder auch nur verlängern könnte. Und da geschieht etwas, das ich bis heute nicht verstehe und worüber ich auch nicht gerne nachdenke. Ich will es Euch beschreiben, liebe Tante, aber erst in meinem nächsten Brief, denn für heute hat mir die Erinnerung zu sehr zugesetzt.

30.

Ihr erinnert Euch, dass ich zuletzt mit einem türkischen Stoßtrupp in einem Kellergang der kaiserlichen Burg stand, mehrere Stockwerke unterhalb der Kanzlei des nichts ahnenden Stadtkommandanten, und nicht wusste, was tun.

Auch das folgende ist die reine Wahrheit, wie ich sie erlebt habe, und ich will nichts verschweigen. Ich bitte Euch aber, keine weiteren Fragen zu stellen, denn ich könnte sie nicht beantworten. Ihr werdet vielleicht sagen, dass das, was ich gesehen habe, nichts war als Staub, vom Luftzug aufgewirbelt und durch ein Mauerloch vom Mondlicht beschienen. Ich will Euch nicht widersprechen, doch in meinem Herzen weiß ich, dass es anders war.

Ich war in diesem Augenblick am Rande der Verzweiflung und sah keinen Ausweg mehr. Und so wollte ich gerade dem Agha gestehen, dass ich in Wahrheit keine Ahnung hätte, wo wir sind, wohin wir gehen sollten und wo Schätze und Kleinodien zu finden wären, falls es denn welche gäbe. Er möge mich hier und jetzt niederhauen, dann wäre ich aller Mühsal ledig.

Als ich zu dieser Rede ansetze, beginnt sich der Raum mit einem feinen durchsichtigen Nebel zu füllen, wie er oft über Herbstwiesen steht. Nur steht dieser Nebel nicht still, er wogt hin und her, als ob ein Luftzug ginge. Ich erinnere mich aber nicht, dass die Luft sich bewegt hätte; man hätte vielmehr meinen können, der Nebel habe ein eigenes Leben. Bald hat es den Anschein, dass graue Schleier vor uns bewegt würden, die eins ins andere übergehen. Und die Erscheinung leuchtet jetzt von innen her; ganz ohne Laternen können wir deutlich die jenseitige Wand des Gelasses sehen, wo sich drei oder vier Zugänge auftun.

Die Türken stehen wie erstarrt; wenn ich jetzt weglaufen möchte, sie würden mich nicht hindern. Doch ich bin nicht weniger fasziniert als sie; ich kann keinen Schritt tun und denke nicht einmal an Flucht.

Allmählich verdichten sich die leuchtenden grauen Schleier, sie werden in ihrem Zentrum weniger durchsichtig als zuvor, ja sie nehmen menschliche Gestalt an – sie sehen aus wie mehrere Menschen, doch diese Menschen verschmelzen miteinander, sie werden zur Gestalt einer Frau, die auf uns zuschreitet, ohne uns jedoch näher zu kommen. In ihrer Erscheinung fließt alles durcheinander; bald glaube ich ein bekanntes Gesicht zu sehen, dann wieder eine Fratze, wie es manchmal geschieht, kurz bevor man einschläft. Einige Augenblicke lang ist sie für mich Alessandra, und ich bin schon versucht, zu rufen: Verzeih mir, ich liebe dich noch immer, ich wollte dir nicht wehtun!

Den Türken um mich herum ergeht es nicht anders – auch sie sehen, was ihre Herzen sehen wollen. Einer meiner Bewacher ist auf die Knie gesunken; dicke Tränen rollen ihm über die Wangen, und er murmelt: „Aischa, bist du es?" Und auch die anderen rufen oder flüstern Frauennamen, jeder einen anderen, und manche glauben ihre Mutter zu sehen, andere ihre Ehefrauen, oder wenigstens eine davon, ihre Geliebten oder Schwestern.

Dann ist alles vorbei, und uns ist, als wären wir aus tiefem Traum erwacht. Der leuchtende Nebel ist verschwunden, wir stehen wieder im Dunkeln. Doch in einem der Gänge, die uns gegenüber in das Gewölbe einmünden, leuchtet etwas anderes – eine Reihe von Glühwürmchen – eins neben dem anderen, und darüber eine ebensolche Reihe.

Auch der Janitscharen-Baschi hat die Glühwürmchen gesehen und richtig als glimmende Lunten erkannt. Mit seinem Streitkolben deutet er hinüber und schreit: „Feuer!"

148

Fast zugleich ertönt dasselbe Kommando, nur auf Deutsch, von der anderen Seite. Alle, hüben wie drüben, drücken los. Das gleichzeitige Krachen so vieler Röhren in dem niedrigen Gewölbe ist ungeheuerlich. Mir ist, als ob mir ein Raufbold mit der hohlen Hand auf das eine Ohr schlagen würde, dann auf das andere, und dann auf alle beide zugleich. Auf den Tartschen, die meine Leibwächter vor mich halten, knallt es wie von Hammerschlägen, doch das gesottene Leder hält die Kugeln auf, und ich bleibe unversehrt. Sie selber haben kein Glück; beide sinken getroffen zu Boden. Ich denke noch: Gottlob, der Bote ist durchgekommen, und ich sterbe durch kaiserliche Kugeln!

Dann greift sich auch der Janitscharen-Baschi plötzlich mit beiden Händen ins Gesicht und fällt der Länge nach hin. Hüseyin-Agha schreit: „Zurück!" und reißt an meiner Kette. Aber da habe ich schon den Jatagan eines meiner Leibwächter aufgehoben und ziehe ihm die Klinge über das Handgelenk. (Ein Jatagan, müsst Ihr wissen, ist eine Art Säbel, nur mit der Schneide auf der Innenseite, für das Kopfabhauen gedacht und scharf, dass man damit Bärte scheren kann.) Hüseyin-Agha lässt die Kette mit einem Wehschrei los und zieht sich zurück, mit ihm die überlebenden Schanzarbeiter und Janitscharen. Ich falle aufs Gesicht, wie ich es geplant habe, und stelle mich tot. Das Schießen hört endlich auf, und bei den Kaiserlichen wird kommandiert:

„Bajonette heraus und niedermachen, was noch lebt! Aber Obacht, der Gefangene wird verschont!"

Jetzt ist das Gewölbe wieder voller Rauch, nur ist es diesmal weißlicher Pulverdampf, der sich nur langsam verzieht und durch den ich die Bajonette blinken sehe. Mit den Klingen vollenden die Kaiserlichen, was ihre Kugeln übriggelassen haben. Als das Schreien und Stöhnen zu Ende ist, öffne ich die Augen: ich sehe vor mir die kantigen Juchtenschuhe eines deutschen

Musketiers, und so gebe ich zu erkennen, dass ich lebe und dass ich der Gefangene bin, den sie verschonen sollen. Daraufhin bekomme ich zwar kein Bajonett in den Leib, aber sie reißen mich an den Armen hoch, und ich werde in aller Eile davon geschleppt, durch lange Gänge und weite Gewölbe, dann eine Treppe hinauf. Eine Eisenpforte öffnet sich, und ich höre die vertraute Stimme des Obristwachtmeisters:

„Willkommen zurück in der Christenheit – Ihr steht unter Arrest!"

31.

Angesichts dieser Begrüßung ist es wohl unnötig zu erwähnen, dass ich alles andere als willkommen war und man mich keineswegs wie den verlorenen Sohn behandelt hat. Ich kam gar nicht erst in Freiheit; ich galt als Kriegsgefangener und wurde von einigen Offizieren als solcher verhört, wobei als Dolmetsch kein anderer fungierte als der junge Cleronome, der mich seinerzeit für den Rittmeister Garelli examiniert hatte.

Cleronome betrachtete mich erstaunt, denn er erkannte mich nicht gleich. Mein Schädel war kahl, und mein Gesicht voller Ruß und Pulverschmauch. Blut von meinen Leibwächtern war auch dabei.

„Cleronome", sagte ich, „du hast keinen Mohren vor dir – sieh mich doch an!"

Jetzt erst bestätigte er den Offizieren, dass ich kein Türke sondern ihm persönlich als der Studiosus der Rechte mit Namen Wenzel Eugen Wohlfahrt bekannt sei; aber als er mich leise fragte, was mir denn widerfahren sei, und ich ihm ebenso leise antworten wollte, hieß es, der Wohlfahrt habe sein Maul zu halten, und Er, Cleronome, könne gehen.

Die Herren wollten vor allem einen Gefechtsbericht – wie viele Janitscharen beim Stoßtrupp waren und wie viele Schanzgräber, wer kommandierte und ähnliches mehr. Ich glaube, ich konnte ihnen nicht viel Neues erzählen, und sie nahmen den ganzen Vorfall auch nicht sehr wichtig. Den Sinn unseres nächtlichen und unterirdischen Eindringens begriffen sie so wenig wie ich. Dafür aber erfuhr ich, was sich nach meiner Unterredung mit Marco Antonio ereignet hatte: Der Bote des Kuniz hatte sich erst nach Einbruch der Dunkelheit auf den Weg machen können; als er durch das

Schottentor in die Stadt gekommen war, wurde er zunächst gründlich verhört, und danach dauerte es noch ein paar Stunden, bis er vor Starhemberg stand. Als man seine Meldung endlich begriffen hatte, stellte man in aller Eile einen Trupp aus Angehörigen der Burgwache zusammen – daher die alten Röhren, deren Lunten das Unternehmen fast verraten hätten. Sieben oder acht von den Türken waren gefallen, erfuhr ich, aber bei den Kaiserlichen gab es nur zwei Verletzte, denn sie hatten uns schon die ganze Zeit im Visier gehabt, wogegen die Janitscharen mit ihren Pistolen übereilt geschossen hatten.

Der türkische Halsring wurde mir abgenommen; stattdessen bekam ich christliche Fußketten. Nachdem ich ein paar Stunden im Wachtlokal gesessen hatte, führte man mich in eine Verhörstube, ganz ähnlich jener, wo ich selbst als Dolmetsch gearbeitet hatte, nur dass dort der Regiments-Schultheiß saß, mit dem Profos, einem Schreiber und einigen Auditoren. Der Schultheiß lehrte jetzt Kriminalrecht; den Profos kannte ich nicht.

Ob ich in der Lage sei, in einer Inquisition zu antworten? Ich erwidere, ich hätte mich zwar gerne gewaschen und etwas gegessen, sei aber sonst in leidlich gutem Zustand. Das Blut auf meinem Schädel sei nicht das meinige.

„Ihr wisst wohl, warum Ihr hier seid", eröffnet der Profos das Verhör, wie es ihm als Ankläger zusteht, „bekennt Ihr Euch dieses Verbrechens für schuldig oder nicht?"

„Da gibt es nichts zu leugnen", sage ich, „ich bin schuldig und bitte um Gnade."

Denn ich weiß, dass auf „Hinausgehen" zwar der Galgen steht, dass aber viele, die es tun, bei mildernden Umständen glimpflich davonkommen. Bei mir allerdings scheint es anders zu sein, denn die Herren schütteln die Köpfe.

„Gnade!" sagt der Schultheiß ganz erstaunt, „welche Gnade meint Ihr? Die Gnade des Schwerts etwa? Ihr seid zum Feind übergelaufen und habt ihn unterstützt. Das ist Hochverrat!"

Da vergesse ich jeden Respekt vor dem Gericht (schließlich hat der Schultheiß erst vor ein paar Semestern abgeschlossen!), springe von meinem Bänkchen auf und schreie: „Schultheiß, bist du des Wahnsinns? Ich soll ein Überläufer sein? Da, sieh dir meinen Hals an – behandelt man so einen Überläufer!? Hätte ein Überläufer den Plan der Türken dem Marco Antonio verraten!? Und wäre ein Überläufer nicht mit den anderen Türken geflohen, anstatt sich zu Boden zu werfen!?"

Mir wird bedeutet, mich zu mäßigen und insonderheit die dem Regimentsgericht geschuldete Achtung nicht zu vergessen. Den Marco Antonio könne man bei der jetzigen Kriegslage nicht befragen; stattdessen möge ich erklären, was ich im Türkenlager zu suchen hatte.

Ich überlege. Soll ich dem Kriegsgericht die gleichen Lügen auftischen wie dem Hüseyin-Agha oder soll ich die Wahrheit sagen? Ich überlege zu lange.

„Falls Ihr nicht gestehen wollt, so ist das Eure Sache", erklärt mir der Schultheiß, „aber als Student der Rechte wisst Ihr wohl, dass auf Überlaufen und Hochverrat das Spießen steht. Und nur bei mildernden Umständen – etwa bei einem reumütigen Geständnis – kann aus Gnade auf das Hängen an einem grünen Baum oder auf die Kugel erkannt werden."

Nun ist das Spießen (oder Pfählen) eine dermaßen scheußliche Todesart, dass ich mir gerne die wahlweise angebotenen Wohltaten verdienen möchte. Also erzähle ich alles, wie es war, von meiner Anwerbung durch Garelli bis zu meiner Gefangennahme. Ich verschweige lediglich das wahre Geschlecht der Gräfin: Hochverrat reicht voll und ganz; ich muss nicht auch noch als Erznarr dastehen. Da ist es schon besser, die eigenen Verdienste hervorzuheben. Daher schließe ich:

„Ich habe also die Helfershelferin des Doktor Avanessian unschädlich gemacht; man muss nur noch ihn selbst verhaften!"

Wenn ich gedacht habe, dass man nun mir zu Ehren eine Medaille schlagen lässt, so habe ich mich geirrt. Schon während meiner Erzählung habe ich gemerkt, wie meine Inquisitoren ob so viel geballter Dummheit nach Luft geschnappt haben; jetzt schauen sie nur mehr skeptisch drein.

Ein Auditor sagt: „Der Rittmeister Garelli ...!", und er sagt es, als ob er von der Cholera reden würde. „Man soll den Kerl holen!"

„Habt Ihr wenigstens die Briefe?" fragt ein anderer.

Damit kann ich leider nicht dienen, aber ich zähle die Namen auf, die ich vorletzte Nacht gelesen habe.

„Nur weil Ihr glaubt, im Feuerschein ein paar Namen erkannt zu haben, wird man das nicht als Beweis werten!" sagt der Auditor, und ich kann ihm darin nicht widersprechen.

„Und die Quittung, die Euch der Semeni ausgestellt haben soll?" fragt er.

„Die war in einer Tasche meiner Bunda und gehört jetzt jemand anderem. Aber sucht doch nach der Contessa da Venosa", sage ich, „sie wird nicht zu finden sein."

„Wenn es sie je gegeben hat ..." murmelt der Schultheiß, und ich begreife im selben Augenblick, dass aus der Verhaftung des Doktors nichts wird. Im besten Fall steht seine Aussage gegen meine, die Beweise sind fort, und ich genieße wohl kaum höhere Glaubwürdigkeit als er, der im Stadtrat lieb Kind ist und mit dem Bürgermeister gespeist hat. Wie soll ich die Taten der Gräfin, ja auch nur ihre Existenz beweisen? Niemand hier hat sie je gesehen.

Dann geht die Tür auf, und zwei Mann geleiten den Hauptmann Garelli in die Verhörstube. Die zwei haben ihre Degen; Garelli hingegen ist ohne Pallasch und ohne Perücke. Alle drei ziehen die Hüte; am Schädel Garellis blitzt die Silberplatte mit dem Manufaktur-Wappen.

„Das ist ein Regimentsgericht", sagt der Schultheiß, „eingesetzt gegen Wenzel Eugen Wohlfahrt, und Ihr habt als Zeuge die Wahrheit zu sagen!"

Garelli verbeugt sich. Der Schultheiß setzt fort:

„Habt Ihr diesem Mann, der Euch als Sprechknabe zugeteilt war, Aufträge erteilt, für die Ihr nicht befugt wart? Ja oder nein?"

„Es war eine Notwendigkeit!", sagt Garelli laut und vernehmlich, und das ist alles, wiewohl er gerne weiterreden möchte. Er darf abtreten.

„Man würde Euch trotz allem gern glauben", sagt der Schultheiß nun zu mir, „wäre da nicht der zweite, kaum minder schwere Anklagepunkt, der auf Eure Handlungsweise ein anderes Licht wirft."

Ich wüsste von nichts anderem als dem, was ich soeben einbekannt hätte, erwidere ich.

Der Profos steht auf: „Nun, wenn Ihr es nicht anders wollt: Ihr seid beschuldigt, den Studenten beider Rechte und Musketier im Studenten-Corps Andras Szapáry de Csikzentkirály et cetera heimtückisch ermordet zu haben."

Das ist zu viel; für einen Augenblick wird mir schwarz vor Augen. Mit letzter Kraft verlange ich einen Rechtsbeistand und Einsicht in die Akten. Was ich daraus ersehen habe, sollt Ihr in meinem nächsten Brief erfahren.

32.

Einen Advokaten könne ich nicht bekommen, wird mir gesagt, denn die Herren seien alle am Siebenten Juli aus Wien geflüchtet, doch werde man sehen, was sich tun lässt. Alles wäre einfacher, wenn ich ohne Umschweife meine Schuld bekennen wollte; es sei aber zu erkennen, dass dies nicht der Fall sei.

Das Verhör wird unterbrochen, ich darf mich ein paar Stunden ausruhen und bekomme zu essen, wenn auch nicht so gut wie bei den Türken.

In dieser Zeit lässt der Schultheiß von der Universität den Doctor iuris Gerstner holen, mit dem ich mich besprechen darf. Ich kenne ihn; er ist ein noch junger, aber ungeheuer dicker Professor der Rechtsfakultät, der bei der geringsten Anstrengung keucht und schwitzt, weshalb er bei der Musterung denn auch für untauglich befunden worden ist. Er hat eine hohe Stimme, und sein Gesicht ist so rund und glatt, dass man am liebsten eine Hose darüber ziehen möchte. Ich habe bei ihm Römisches Recht gehört, und darin kennt er sich aus, aber Defensionen in Mordsachen sind nicht gerade sein Metier, und ich glaube fast, dass ich ohne ihn besser dran wäre.

Man führt uns in eine Schreibstube, wo wir uns beraten dürfen; eine Wache steht draußen vor der Tür. Nun lesen wird gemeinsam das Totenbeschau-Protokoll und die Zeugenaussagen und ersehen daraus das folgende:

Als Andras am Morgen nach unserem missglückten Versöhnungsversuch nicht zum Dienst erschienen ist, hat man unter Führung von Meister Hans im Zimmer Nachschau gehalten. Man hätte Andras, wie er da auf dem Bett lag, das Gesicht zur Wand und mit meinem Mantel zugedeckt, für schlafend halten können, wäre er nicht von Fliegen umschwirrt gewesen und hätte er nicht schon einen gewissen Hautgout verbreitet. Einen einzigen Stich nur soll er erhalten haben, aber der war so kunstvoll gesetzt, dass fast alles Blut in die Bauchhöhle geflossen ist. Die Waffe, ein Stilett, lag neben dem Bett. Meister Hans hat es an sich genommen und der Rumorwache übergeben. Er war es auch gewesen, der sich erinnerte, es an meinem Gürtel gesehen zu haben.

So ist der Verdacht gleich zu Anfang auf mich gefallen, noch dazu, wo es Zeugen in Fülle gibt, die bestätigen, dass ich eine Schlägerei mit Andras gehabt habe. Wie es mit Zeugen so geht, hat jeder etwas anderes gesehen. Manche haben in meiner Hand wie in der seinen einen Degen bemerkt, andere wieder behaupten, wir hätten nur gerungen. Allein die Zeugin Lakatos Margit von Ödenburg – das muss die Marusch sein – stellt den Vorfall so halbwegs richtig dar. Alle aber sind sich darin einig, dass ich dem Andras ernstlich das Umbringen angedroht habe. An dieser Stelle habe ich fast das Gefühl, dass der Doktor Gerstner ein wenig von mir abrückt, so als ob er um sein Leben fürchtet.

„So wie es hier beschrieben ist, habe auch ich den Andras angetroffen", sage ich „er muss den Stich kurz davor erhalten haben und hat noch gelebt."

„Dann müsst Ihr auch das Stilett gesehen haben, genau wie Meister Hans am nächsten Morgen!"

„Es war aber keines da. Wenn Meister Hans die Wahrheit sagt, muss es jemand später dorthin gelegt haben." beteuere ich.

„Hätte der Mörder noch in der Stube sein können?" fragte Gerstner, „hinter der Tür vielleicht? Oder hinter den Vorhängen?"

„Es war dunkel, und ich habe kein Licht mitgebracht. Wer immer den Andras ermordet hat, brauchte sich gar nicht zu verstecken. Es hätte gereicht, dass er sich ruhig verhält."

Als am Nachmittag mein Verhör fortgesetzt wird, liegen auf dem Tisch ein Stilett und mein Mantel. Ich sage, dass ich den Mantel in Andras' Kammer zurückgelassen habe, weil ich ihn bei dem warmen Wetter damals nicht brauchte.

„Was das Stilett betrifft", setze ich fort, „so kann ich nicht sagen, ob es mir gehört. Ich hatte eines, das ausgesehen hat wie dieses hier, aber es ist mir abhandengekommen. Und ich hatte es nie zu etwas anderem benützt, als um mir die Nägel zu säubern."

„Dann müsst Ihr Euch oft die Nägel gesäubert haben", sagt der Profos, „denn wie die Zeugen sagen, habt Ihr es hinten am Gürtel getragen, wie ein Raufbold."

„Prahlerei", sage ich, „nichts als Prahlerei. Von meinen Kommilitonen hat jeder irgendein Stück Stahl bei sich."

„Und wo und wann ist es Euch abhandengekommen?"

„Das kann ich nicht sagen. Eines Tages habe ich bemerkt, dass ich nur mehr die leere Scheide am Gürtel trug. Ich habe sie immer noch; die Türken hatten wohl keine Verwendung dafür."

Da werden sie hellhörig. Sehr rasch wird mir das Futteral vom Gürtel genommen, und siehe da, das Stilett passt hinein wie die Hand in den Handschuh.

„Jetzt habe Ihr Euren Dolch wieder", sagt der Profos, „und es scheint, dass Ihr ihn sehr wohl zu anderem verwendet habt als für Eure Nägel. Schließlich habt Ihr dem Herrn Szapáry de Csikzentkirály die Tat sogar angekündigt, oder wollt Ihr das leugnen?"

Ich erkläre ihm, was es mit dem Duell auf sich hatte, und falls ich Morddrohungen geäußert haben sollte, so seien meine Rachegedanken schneller vergangen als die Striemen, die Andras' Degen auf mir hinterlassen hatte.

„Nach seinen eigenen Erzählungen", sage ich, „hat es mindestens sechs Menschen gegeben, die mehr Grund hatten als ich, ihm den Tod zu wünschen. Er war geradezu stolz darauf. Außer den Mädchen, die er beleidigt hat, war da zunächst einmal ein Haiduk, den er geohrfeigt und hinausgeworfen hat, dann ein Hauptmann von den Savoyischen Dragonern, den er beim Kartenspiel einen Hundsfott geschimpft hat, dann war da –"

Ich könne mir die Aufzählung ersparen, sagt der Schultheiß, denn von denen habe keiner seinen Dolch an der Mordstätte vergessen, und keiner sei zur Mordzeit in der Kammer des Andras gewesen – ich aber sehr wohl. Was ich dort überhaupt zu suchen hatte?

Also erzähle ich, wie ich Andras anredete, um ihn aufzuwecken. „Ich vermute," sage ich, „dass die Tat kurz zuvor geschehen war und Andras im Sterben lag; nur konnte ich das nicht erkennen und glaubte, er wäre stockbesoffen."

„Die Geschichte mag wahr sein oder nicht", sagt jetzt der Schultheiß, „aber Ihr und Eure Gesellschaft habt stundenlang auf ihn gewartet, und in dieser Zeit wart nur Ihr in seiner Kammer und sonst niemand."

„In der „Goldenen Weintraube" gibt es auch eine Hintertreppe", sage ich, „so dass man nicht durch die Schankstube gehen muss, wenn man in eine der Kammern will. Andras hat des Öfteren seine Mädchen auf diesem Weg kommen lassen, und ich auch. Es kann also jemand vor mir gekommen und nach mir gegangen sein."

Ob ich sonst noch etwas zu meiner Verteidigung zu sagen hätte, fragt der Schultheiß.

159

Da gibt es allerdings etwas: Hatte ich Andras nicht einen Tag vor seinem Tod das Leben gerettet, und hätte ich an diesem Tag nicht mit Leichtigkeit abwarten können, bis der tollwütige Janitschar mir die Mordarbeit abgenommen hatte? Das teile ich dem Professor Gerstner mit, und er bringt es vor.

Die Auditoren möchten gerne mehr darüber wissen, doch ich muss zugeben, dass ich keine Zeugen für den Vorfall nennen kann.

„Überall ist der Pulverdampf gestanden, und die Türken sind den Ravelin heraufgekommen. Da hat keiner groß auf den Nebenmann geachtet."

Der Profos wird jetzt schärfer: „Ihr redet viel, aber Ihr könnt nichts beweisen. Ich meine, es war so: Ihr habt Euch mit dem jungen Grafen nicht versöhnt; vielmehr seid Ihr wiederum in Streit mit ihm geraten, habt ihn mit Eurem Gnadgott erstochen und dann Euren Mantel über den Sterbenden geworfen, wohl weil Ihr den Anblick nicht ertragen konntet." (Gnadgott ist ein anderer Name für ein Stilett und deutet an, wozu es hauptsächlich dient.)

„Ich müsste doch ein rechter Narr sein", sage ich, diesmal ohne Professor Gerstner zu bemühen, „wenn ich die Beweise für meine Tat an der Mordstätte zurücklassen würde. Wenn der Herr Profos das meint, dann soll er mich in den Narrenturm stecken und nicht aufs Schafott bringen!"

Das Profos erwidert, meine Verstandesschärfe habe das Gericht zu beurteilen; er könne nur sagen, dass ich meine Narrheit schon auf andere Weise hinreichend belegt hätte.

Bevor ich noch protestieren kann, kommt mein Defensor schnaufend auf die Beine und verlangt den Mantel näher zu sehen. Ob der bräunliche Fleck da Blut sei? will er wissen.

Das sei doch leicht zu erkennen, antwortet einer der Auditoren.

160

„Ganz recht", sagt Gerstner, „und es ist auch leicht zu erkennen, dass mitten im Blutfleck ein Loch ist, das in Größe und Form genau der Klinge eines Stiletts entspricht und von einem hohen Gericht übersehen worden ist. Damit ist zum mindesten bewiesen, dass der Hochwohllöbliche Herr von Szapáry de Csikzentkirály schon mit dem Mantel bedeckt war, als er den tödlichen Stich erhielt."

Er hält inne und lässt dem Gericht Zeit, den Mantel zu inspizieren. Die Herren stecken die Köpfe zusammen, aber keiner widerspricht ihm. Gerstner fährt fort:

„Doch vielleicht irre ich mich, denn gewiss hat ein hohes Gericht erhoben, ob mein Mandant diesen Mantel getragen hat, als er in die Kammer hinaufging. Und ob er etwa ohne ihn zurückgekommen ist."

Der Schultheiß schaut jetzt drein, als ob er von Gerstner examiniert würde und kurz vor dem Durchfallen stünde, wie es noch vor einigen Semestern wirklich der Fall war.

Nun nein, sagt er, angesichts der übrigen Indizien habe man nicht weiter geforscht …

Gerstner: „Was nun das *inſtrumentum ſceleriſ* betrifft, so gibt keinen Beweis, dass es meinem Mandanten gehört. Wir wissen nur, dass er eine ähnliche Waffe besessen hat. Der Mörder kann die Waffe mitgebracht haben, Herr Andras Szapáry de Csikzentkirály selbst kann ein solches Stilett besessen haben. Vielleicht lag es am Tisch, und der Mörder hat eben die Waffe ergriffen, die seiner Hand am nächsten war. – Oder hat ein hohes Gericht Beweise, dass es anders war?"

Offenbar hat das Gericht solche Beweise nicht. Nach einigem Zuwarten sagt Gerstner:

161

„Dann können Mantel und Stilett nicht als Beweis dienen!"

Eine Weile herrscht Schweigen, denn niemand hätte dem Professor Gerstner, den alle auf der Fakultät als staubtrockenen Lehrer des Römischen Rechts kennen und als nichts anderes, eine solche Subtilität zugetraut. Aber vielleicht, denke ich mir, ist einmal dem Cicero oder dem Cassius Longinus ein ähnlicher Fall untergekommen, und er hat sich daran erinnert.

Der Schultheiß, der zuletzt recht rot im Gesicht gewesen ist, räuspert sich ein paarmal und lässt mich dann abführen, denn das Gericht will sich beraten. Professor Gerstner folgt mir. Trotz seiner brillanten Beweisführung ist ihm anzusehen, dass er nicht viel Hoffnung hat. Als wir allein sind, frage ich ihn nach seiner Meinung.

Er wackelt bedenklich mit seinem plutzerähnlichen[14] Kopf. Zwar rechne er nicht mehr mit einem Schuldspruch wegen Hochverrats, sagt er, der Profos wolle diesen Punkt sichtlich nicht weiter verfolgen; aber in der Mordsache schaue es halt schlecht aus für mich, und ob ich wegen einer oder beider Taten gehängt würde, sei nur von theoretischer Bedeutung. –

Ob ich nicht doch gestehen wollte? Es sei ja möglich, dass Andras mich angegriffen und ich mich nur verteidigt habe; dann sähe die Sache schon anders aus. Nach meiner Aburteilung werde er gern Petitionen um meine Begnadigung einbringen, bei Starhemberg, beim Herzog von Lothringen, bei Ihren Kaiserlichen Majestäten etc. Ihm seien Fälle bekannt geworden, wo man dem Verurteilten die Gnade gewährt habe, wieder und wieder an den gefährlichsten Unternehmungen teilzunehmen, bis ihn ein ehrenhafter Soldatentod ereilte. Ob das nicht etwas für mich wäre?

---

[14] Plutzer – österr. für Kürbis

Ich erwidere mit einer gewissen Festigkeit, dass ich auf Gnade und Soldatentod keinen Wert legen würde, da ich unschuldig sei.

Dann werden wir wieder in das Verhörzimmer gerufen, und der Schultheiß eröffnet uns, dass mangels Geständnisses eine Inquisition eingeleitet werde, bis zu deren Abschluss ich in Haft zu verbleiben habe. Gerstner protestiert; er bietet sich sogar als Bürge an, dass ich auch auf freiem Fuß dem Gericht jederzeit zur Verfügung stehe, er werde mich in seinem Haus in Arrest nehmen etc. Ich bin geradezu gerührt von seinen Bemühungen, doch das Gericht weist seinen Antrag im kurzen Weg ab. Das Verhör ist zu Ende.

Vier Rumorknechte nehmen mich in Empfang, die mich nicht gerade sanft behandeln, denn gerade mit der Rumorwache haben die Studenten schon grandiose Prügeleien ausgetragen, und dass ich Student bin, hat man ihnen gesagt. Zum Glück ist der Weg nicht lang; ich glaube, wir sind noch immer unterhalb der Burg, als eine eisenbeschlagene Holztür geöffnet wird. Dahinter ist ein Wachlokal, wo andere Steckenknechte mich in Empfang nehmen, meinen Namen in ein Protokollbuch eintragen und mich sodann in einen Kerker geleiten, der gut und gern als Abbild der Hölle durchgehen kann.

Der Gerechtigkeit halber muss gesagt werden, dass dem Wiener Stadtkommando wie auch dem Stadtrichter zu dieser Zeit der Platz für die Gefangenen auszugehen drohte. Alle wurden in eines der stinkenden Verliese gesteckt, von denen es in Wien einige gab, wohl in der Hoffnung, dass die Rote Ruhr sie dort schon dezimieren würde.

Ich bekomme einen Kotzen in die Arme gedrückt, dann wird die Kerkertür geöffnet. Drinnen erhebt sich ein Geheul wie von den Armen Seelen im Fegefeuer, und vom Geruch, der uns jetzt anweht, schweige ich besser. – Alle drängen herzu, jeder will etwas von der Wache: Der eine will einen Brief abgeben, der andere eine Beschwerde anbringen, der Dritte bettelt um Essen. Das alles in einem Sprachenwirrwarr wie zu Babel. Aber die Knechte hören gar nicht hin, sie stoßen mich hinein und schließen hinter mir.

Jetzt stehe ich in einem Gewölbe, das durch ein paar Kienspäne erhellt wird. Durch einige Luken fällt fahles Licht, ohne dass ich sagen könnte, ob es Morgen oder Abend ist. Überall liegen Menschen, aber still ist es deshalb nicht, denn nicht alle schlafen. Manche brabbeln vor sich hin und trenzen aus dem Maul, andere schreien oder beten, einige spielen Karten und fluchen unflätig. Ich muss ich mir gut überlegen, wo ich mich niederlasse. Gehört der Platz schon einem anderen, beziehe ich Prügel. Schließe ich mich den falschen Leuten an, ditto. Geht irgendwo die Ruhr um, kann ich mir dort die Infektion holen. Nahe beim Eingang scheint es gut zu sein, aber da stehen die Abortkübel, und die Luft um sie herum kann einen schwachen Mann schon umbringen.

Das nun wird mein Zuhause für mehr als eine Woche.

Weiter hinten sind ein paar, keine Türken, auch keine Kuruzzen oder Tataren; sie sehen aus wie Deutsche. Zu denen gehe ich und frage, ob ich bei ihnen bleiben darf.

„Was, a Türkenhund?" sagt einer, „und der will bei uns sitzen? Schleich di!":

Jetzt merke ich, dass ich immer noch den türkischen Mantel trage, ich versuche zu erklären, warum ich hier bin, aber ich erreiche nur, dass ich als Überläufer und Renegat beschimpft werde, der eigentlich erschlagen, wenn nicht sogar gespießt gehört.

Also sehe ich mich nach anderen Kerkergenossen um. Da sind drei Türken, mit ehemals rasierten, jetzt stoppeligen Schädeln. Zwei schlafen, einer ist wach. Ich weiß, dass nur solche Türken gefangen genommen werden, von denen man sich Lösegeld erwartet oder die ausgetauscht werden können; alle anderen werden erbarmungslos massakriert. Ich kann also hoffen, dass es sich nicht um arme Bozuk-Baschis sondern um Offiziere handelt. Als ich den wachhabenden Gefangenen in meinem besten Türkisch anrede, wird mir bereitwillig Erlaubnis erteilt, bei ihnen meinen Kotzen auszubreiten.

„Ich bin Kassim", sagt er, „hast du Geld?"

Ich musste gestehen, dass ich nichts hatte, ich war ja erst kürzlich ausgeplündert worden. Die Taler in meinen Stiefeln erwähnte ich nicht, weil ich die Türken noch nicht kannte. Kassim sagte, ohne Geld würde ich es schwer haben, denn die reguläre Verpflegung hier sei sogar für Schweine zu schlecht. Ihnen war es gelungen, einige Goldstücke in den Kerker zu schmuggeln, und dafür kauften sie jetzt durch die Wachen Käse, Zwiebeln, Knoblauch und gelegentlich ein Stück Ochsenfleisch, das dann für eine Suppe ausgekocht wurde, nachdem sich die Wachen ihren Teil abgeschnitten hatten. Kassim versprach mir auch, dass ich etwas davon bekommen sollte; falls ich aber nicht bezahlen könnte, müsse ich mich dafür verpflichten, die Abortkübel auszutragen, wenn die Reihe an ihnen war.

Als die beiden anderen wach sind, sage ich ohne Umschweife: Ben Othmanli degilüm – Ich bin kein Osmanli.

Da muss Kassim lachen. „Das habe ich schon an deinem Türkisch gemerkt. Bist du Arnaut, bist du Walacher?"

Die drei glauben, ich wäre Kriegsgefangener. Auf meine Eröffnung, ich sei kaiserlich, höre ich „Bismillah!" und „Bože moj!"(womit sie ihr Erstaunen ausdrücken), aber sie jagen mich nicht fort.

„Und warum trägst du dann diesen Fetzen?" will einer wissen.

„Ich war Gefangener der Türken und bin geflohen", sage ich.

„Und jetzt bist du wieder gefangen?"

„Es heißt, ich hätte einen Mann ermordet."

„Wer war der Mann?"

„Ich habe ihn nicht ermordet!" sage ich, aber damit errege ich nur Heiterkeit. Kassim sagt sofort:

„Wer war der Mann, den du nicht ermordet hast?"

Und die beiden anderen: „Auf welche Art hast du ihn nicht ermordet?" Und: „Hast du ihn nicht ermordet, weil er dich beleidigt hat? Wie ist man draufgekommen, dass du ihn nicht ermordet hast?" Et cetera, Ihr wisst schon. Zu sagen, dass man unschuldig ist, heißt gegen die Etikette des Kerkers verstoßen.

Also bestehe ich nicht darauf, denn sie würden mir ohnehin nicht glauben, und als Mörder genieße ich ihre Hochachtung. Auch ihre Gastfreundschaft genieße ich, aber in ein paar Tagen muss ich zu Geld kommen und für sie Essen kaufen, sonst bin ich auf mich allein gestellt, und dann ist mein Leben nicht viel mehr wert als tags zuvor.

Die drei waren Spahis, das heißt Panzerreiter, ähnlich unseren Kürassieren. Nur bekommen sie keinen Sold wie bei uns, sondern Land. Der Sultan hatte Kassim mit Grundbesitz beschenkt, wofür der im Kriegsfall eine Anzahl Reiter zu stellen hatte. Er hätte selbst gar nicht in den Krieg ziehen müssen, denn er war nicht mehr jung und hatte sich im Frieden viel Speck angefressen, aber er war durch Missernten in Schulden geraten und konnte nicht genügend Reiter anwerben. So ritt er mit in den Krieg, als sein eigener Spahi. Bei dem Versuch, die Kaiserlichen aus der Praterinsel zu werfen, war er in Gefangenschaft geraten, weil er mit seinem Bauch nicht schnell genug in den Sattel kam. Die beiden anderen waren ihm zu Hilfe geeilt und gleichfalls gefangen worden. Was mit dem Rest seiner Truppe geschehen war, wusste er nicht. Eine Zeitlang war mein Freund Hüseyin-Agha sein Kerkergenosse gewesen, bis er ausgetauscht worden war; Kassims eigener Rang war zu gering für einen Austausch.

Kassim erklärte mir, wer aller den Kerker bewohnte. Außer ihm und seinen Spahis gab es noch eine Gruppe von Tataren, Mirzas allesamt, die bei Purgstall im Mostviertel gefangen worden waren, als sie auf einem Raubzug schlechte Wache hielten und von den Kürassieren des Regiments Dünewald überrascht wurden (wo Garelli so gern dabei gewesen wäre). Dann eine Anzahl Ungarn, die der Herzog von Lothringen hier abgeliefert hatte, bevor er sich auf das andere Donauufer zurückzog. Und schließlich die Deutschen, teils Deserteure und Überläufer, teils Wiener Verbrecher, die auf ihr Urteil oder ihre Hinrichtung warteten und nichts mit dem Krieg zu tun hatten. Eine Ecke des Raumes war denen vorbehalten, welche die Ruhr bekamen; wer nicht überlebte, wurde in einer anderen Ecke gelagert und musste von den Gefangenen weggeschafft werden, wegen der *contagion* eine höchst unbeliebte Aufgabe.

Jede Gruppe hasste die anderen; die drei Türken waren bereits einmal überfallen, ihres Essens beraubt und übel zugerichtet worden, ob von den Deutschen oder den Ungarn, wussten sie nicht. Auf Hilfe der Tataren konnten sie nicht zählen, dafür hatte der Großwesir den Tataren-Khan zu oft verspottet und beleidigt. So hatten die drei für die Nacht einen Wachdienst eingerichtet, an dem auch ich mich beteiligen sollte.

Ich war todmüde und hungrig, aber die Nacht neigte sich dem Ende zu, und an Schlaf war nicht zu denken. Als meine Türken und die Tataren ihr

Morgengebet begannen, erhob sich sofort im ganzen Kerker höhnisches Gelächter; dann stimmten die Deutschen ein katholisches Lied an, und die Ungarn ein kalvinistisches, und der Tag begann mit einer wüsten Kakophonie. So sei es täglich, meinte Kassim, man gewöhne sich daran mit der Zeit.

33.

Ihr habt mich gefragt, worüber ich mich mit den drei Türken unterhalten habe, und ob man sich überhaupt mit Türken über irgendetwas unterhalten könne. Nun, ich bin in Konstantinopel mit Türken meines Alters recht gut ausgekommen, wie Ihr wisst. Aber davon abgesehen waren die drei gar keine richtigen Türken. Kassim hieß Ismetbegovitsch, war also Bosnier. So ein Name erzählt eine Geschichte: Irgendein Vorfahre von ihm war Türke geworden und hatte den Namen Ismet angenommen. Dann hatte derselbe sich im Dienste des Sultans bewährt und war zum Beg erhoben worden, also zum Grafen oder zum Gouverneur. Und als Erinnerung an seine bosnische Herkunft hing jetzt noch das – witsch an seinem Namen. Die beiden anderen waren Christen, vom serbischen Glauben. Ich hätte mir unter den Umständen keine besseren Gefährten wünschen können als die drei. Wir unterhielten uns über viele Dinge, und bei unseren Gesprächen gelang es mir, oft für Stunden, den unleidlichen Gestank des Kerkers und das wüste Gebrüll meiner Mithäftlinge zu vergessen.

Denn am folgenden Tag werden sie redselig. Sie stecken voll der abergläubischsten Geschichten, die alle noch von der ersten Belagerung herrühren. Vierzigtausend ihrer Leute sollen dabei als Märtyrer gefallen sein! Und einer ihrer Helden, ein Tscherkesse, sei auf seinem Schlachtross tief in die Stadt eingedrungen und dann erst erschossen worden. Der Kaiser Ferdinand habe dem Toten sogar ein Monument setzen lassen! Ich versichere den dreien, dass es in Wien kein Monument für einen Türken oder Tscherkessen gebe, aber sie glauben mir nicht recht.

Ich will wissen, warum die beiden Christen nicht schon längst zu uns übergelaufen sind.

„Ah", sagen sie, „wir hängen an unserem Glauben. Der Sultan lässt uns beten, wie wir wollen, aber ihr Österreicher wollt uns katholisch machen, ihr schickt uns die Franziskaner und Jesuiten, die uns bekehren sollen. Und wenn wir nicht wollen, geht es uns wie den Ungarn!"

„In jeder ungarischen Stadt, die dem Kaiser gehört", sage ich, „gibt es zwei Kirchen, eine deutsche und eine ungarische. Das heißt, die Kalvinisten haben ihre Kirche so gut wie die Katholischen, sie ist nur ein bisschen kleiner."

Daraufhin kommen sie mir mit dem Fall von Konstantinopel, sie reden davon, als wäre es gestern geschehen und nicht vor was weiß ich wie vielen Jahren.

„Wie Mehmet der Andere Konstantinopel belagert hat", sagen sie, „da wollten die Lateiner den Griechen nur helfen, wenn sie ihren Glauben aufgeben und dem Papst huldigen. Hätten sie das getan, gäbe es unsere Religion nicht mehr, aber unter dem Sultan blüht und gedeiht sie."

Damit könnten sie Recht haben, und so rede ich von etwas anderem. Die Unternehmung, bei der ich von den Kaiserlichen befreit oder vielmehr neu gefangen worden bin, interessiert sie ohnehin mehr als die Religionsfrage. Als ich ihnen von den Schätzen des Kaisers erzähle, zu denen ich Hüseyin-Agha führen sollte, nicken sie einander zu und murmeln etwas vom Goldenen (oder Roten) Apfel. Sie wissen also mehr als ich, genau wie der Tschausch oder Marco Antonio, aber sie wollen nicht recht heraus damit. So sage ich:

„Hört mir zu. Draußen wird es bald zur Entscheidung kommen. Der Herzog von Lothringen und die Verbündeten haben die Donau überschritten und rücken auf Wien vor. Es wird eine Schlacht geben, und wie immer die auch ausgeht, es wird danach gleichgültig sein, ob ich das Geheimnis kenne oder nicht. Vielleicht überlebe ich nicht, vielleicht überlebt keiner von uns. Erzählt mir also vom Goldenen Apfel."

170

Nach einigem Überlegen und Zwirbeln seines Schnurrbarts antwortet Kassim:

„Es liegt nicht viel daran. Ich will es dir sagen."

Und damit will ich für heute schließen. Gönnt mir das bescheidene Vergnügen, erst in meinem nächsten Brief das Geheimnis des Goldenen Apfels zu lüften. Ich verbleibe etc. ...

34.

olgendes sagte mir Kassim, während die beiden Raitzen näher rückten, um besser zu hören:

„Kara Mustafa Pascha ist Großwesir und Serasker. (Serasker, verehrte Tante, ist bei den Türken ein Generalissimus, er hat so viel Macht im Feld wie der Sultan selbst). Der Großwesir soll den Krieg für den Sultan führen und ihm die Länder Leopolds als neue Provinz erobern. Nun wird herumerzählt, dass der Großwesir andere und größere Pläne hat; gewiss, er will Wien und so viel wie möglich von den Ländern des Kaisers erobern, aber nicht für seinen Herrn. – Er will sich selbst zum Sultan machen!"

„Unmöglich", sagte ich, „Wenn er das tut, schickt ihm Sultan Mehmed den Henker."

„Es ist aber so. Deshalb will er ein Königreich Ungarn zwischen dem Reich der Pforte und seinem Sultanat haben. Das soll von diesem Ungarn Tököly regiert werden."

„Aber was hat das mit den Schätzen des Kaisers zu tun, die vermutlich längst in Passau sind, zusammen mit dem Kaiser?" frage ich.

„Als die Armee in Stuhlweißenburg war – dort wo der Kriegsrat gehalten wurde, – da hat der Großwesir einen Traum gehabt. In diesem Traum hat ihm Allah offenbart, dass nur die Schätze des Kaisers ihm die Macht geben werden, sein Sultanat zu erobern und zu erhalten, gegen den Kaiser und gegen den Sultan."

„Aber weiß er denn nicht, wie gering diese Schätze sind? Der Kaiser kann ja kaum die Armee besolden, wie will Kara Mustafa davon sein Riesenheer erhalten?"

„In diesem Traum", sagt Kassim, „ist es nicht um Geld gegangen, sondern um den Goldenen Apfel!"

Um den Goldenen Apfel! Was soll das?! Ich weiß wohl, dass für die Türken der Goldene Apfel ein Sinnbild der Welt ist, die es zu erobern gilt. Der Zuruf der Sultane an die Janitscharen bei der Thronbesteigung lautet regelmäßig: Auf Wiedersehen beim Goldenen Apfel! Und wenn meine türkischen Freunde und ich ein Wettrennen gemacht haben, hieß es: Wer ist Erster beim Goldenen Apfel! Seit ihren Niederlagen in jüngerer Zeit begnügen sich die Türken damit, im Goldenen Apfel Wien zu sehen und nicht mehr den gesamten Erdball.

So wie jeder in Wien habe ich geglaubt, damit wäre die goldene Kugel unter dem Kreuz des Stephansturms gemeint. Hier endet aber alle Logik, denn wenn der Großwesir die haben will, muss er zuvor Wien haben, und wenn er Wien hat, dann braucht er den Goldenen Apfel nicht mehr. Das sage ich Kassim.

„Der Großwesir", sagt Kassim, „meint nicht den Goldenen Apfel auf eurer Moschee. Er meint den, den der Kaiser in der Hand hält."

„Den Reichsapfel? Das Symbol des Reiches?"

„Ja! Wenn der Großwesir ihn hat, dann gehören ihm die Länder des Kaisers und Wien dazu. So hat es ihm Allah gesagt, und darum muss er ihn haben. Denn mit seiner Streitmacht allein wird er es nicht zustande bringen."

Da ist was dran. Der Großwesir hat bereits bewiesen, dass er kein guter Feldherr ist. Er hat kein schweres Geschütz mitgenommen, er hat viel zu viel auf die Ungarn und die Franzosen gehört, er hat den Tataren freie Hand gelassen, die so manches vernichtet haben, was seine Armee gebraucht hätte, er hat sich ohne Not den Khan zum Feind gemacht, und er hat nichts getan, um die Verbündeten am Donauübergang zu hindern. Ein Stück Magie ist da dringend vonnöten.

„Und warum meint Kara Mustafa, dass der Kaiser den Reichsapfel in Wien zurückgelassen hat?" frage ich. (Dass der wahre und alte Reichsapfel gar nicht in Wien aufbewahrt wird, sowenig wie die Reichskrone, sage ich ihm nicht.)

„Der Kaiser ist geflüchtet", sagt Kassim, „nachdem ihn schon fast die Tataren gefangen hätten. Da hat er Angst bekommen, und damit er besser laufen kann, hat er nur wenig Gepäck mitgenommen. Der Goldene Apfel ist noch in Wien!"

Seine Kameraden nicken zur Bestätigung.

Daran ist so viel wahr, dass der Kaiser tatsächlich noch zu Anfang Juli hinter Perchtoldsdorf auf die Jagd gegangen ist, während die Renner und Brenner schon an der Leitha, also gar nicht weit weg, furchtbar gehaust haben; die Angst vor den Tataren hat das Kaiserpaar später in der Tat geplagt, und das war der Grund, warum die Majestäten aus Wien geflohen sind, bis Linz und dann weiter bis Passau. Das hat sie aber nicht gehindert, alle Kronschätze und Reichsinsignien mitzunehmen.

Ich: „Dann sage mir, warum dieser Goldene Apfel ihm den Sieg verleihen soll."

Kassim sieht sich um, ob ihm jemand von den anderen Völkerschaften zuhört; er flüstert jetzt fast: „Es ist doch der Goldene Apfel, den der Magier gemacht hat, – Euer Kaiser, du weißt schon, der in seinem Schloss die Al-Chimia betrieben hat und Gold machen konnte."

Jetzt verstehe ich. Er meint weiland Kaiser Rudolf den Anderen, aber obwohl der in Prag wohl viele seltsame Dinge getrieben haben mag, hat er sicher nicht seine eigenen Kronjuwelen fabriziert.

„Glauben bei euch alle daran?" frage ich, „was ist mit den Offizieren, den Paschas?"

„Warum soll man nicht glauben? Allah hat zum Großwesir gesprochen! Wird Allah ihn belügen? Außerdem – wer Kara Mustafa widerspricht, setzt seinen Hals aufs Spiel. Vielleicht hast du von Ibrahim Pascha gehört, dem Kommandanten von Ofen. Er hat Kara Mustafa widersprochen, beim Kriegsrat in Ungarn. Daraufhin hat er in Ungarn bleiben müssen, und wenn Wien fällt, bekommt er nichts von der Beute. Und dabei ist er ein alter Soldat und verheiratet mit der Schwester des Sultans!"

Kassim konnte nicht wissen, dass dieser Ibrahim Pascha mit seinen Truppen bereits als Verstärkung ins Feldlager vor Wien befohlen worden war; Kara Mustafa hat ihn und einige andere Paschas nach der Niederlage als Sündenböcke erdrosseln lassen. Im Übrigen kann ich auch heute noch nicht beurteilen, ob Kassim recht hatte oder nur ein Gerücht nachredete. Wenn der Großwesir ein Sultanat für sich wollte, so war er ein Hochverräter und sein Hals schon damals keinen Kreuzer mehr wert. Die weiteren Ereignisse sprechen dafür, denn wie Ihr ja wisst, Tante, hat Kara Mustafa Pascha weder den Goldenen Apfel des Kaiser Rudolf noch den vom Stephansturm bekommen, und das Jahresende hat er auch nicht mehr erlebt …

35.

$\mathfrak{I}$n der Nacht – ich glaube, es war meine sechste in diesem Höllenkreis – fallen die Ungarn über uns her. Graf Tököly mag Schützling der Türken sein; die beiden Völker aber lieben einander wenig. Meine Türken haben ein Messer und wehren sich damit mannhaft. Als ich von dem Geschrei endlich wach bin, ist der Tanz fast schon wieder vorbei, weil die Steckenknechte sich zwischen uns und die Ungarn gestellt haben. Es hagelt Stockhiebe und Fußtritte für alle, auch für mich, obwohl ich doch geschlafen habe. Jeder von den Türken blutet aus mehreren Wunden; Kassim sagt, er rechne nicht mehr damit, lebend aus dem Kerker zu kommen, es sei denn, dass es Allahs Wille sei.

Auch ich habe meine Bedenken, was mein Überleben betrifft, denn ich gelte jetzt als Türke oder, was schlimmer ist, als Türkenfreund, und von Ungarn wie Deutschen werde ich beschimpft und bedroht. Doch am Vormittag schreit an der Kerkertür einer meinen Namen und befiehlt mir, alle meine Sachen mitzunehmen, de facto also nicht viel mehr als meinen Kaftan und den Kotzen. Den Kotzen nehmen sie mir ab und die Fußketten auch, damit ein anderer daran seine Freude haben soll. Niemand kann oder will mir sagen, was mit mir geschehen wird. Das kann bedeuten, dass ich freigelassen werde, oder aber, dass ich auf kurzem Wege, wie es das Militär liebt, verurteilt und hingerichtet werden soll.

Meine Goldstücke gebe ich den Türken und werde von ihnen mit muselmanischen Segenswünschen verabschiedet. Die Wiener Malefikanten hingegen spucken vor mir aus, und ich sage ihnen zum Dank, sie dürften ruhig auf mich herabsehen – aber die Füße in der Luft und den Strick um den Hals.

Das macht sie fuchsteufelswild und mich vergnügt. Im Angesicht des Todes kann man sich schon an geringen Dingen erfreuen.

Aber ich werde weder freigelassen noch gehenkt. Wir treten hinaus, in den Innenhof der Burg, und ein paar Momente lang bin ich wie geblendet, denn eine Woche lang habe ich kein Sonnenlicht gesehen. Ein paar Steckenknechte von der Rumorwache erwarten mich; ein Fetzen wird mir um die Augen gebunden wie einem verdächtigen Überläufer oder Parlamentär, ich bekomme einen Strick um die Handgelenke und werde daran durch die Straßen gezerrt. Ich versuche zu erraten, welchen Weg wir nehmen, aber nach dem Graben verliere ich die Orientierung. Die Türken schießen gerade wieder, und ihre Kugeln und Brandbomben schlagen in die oberen Stockwerke und Hausdächer ein. Sonst hat ihre Artillerie ja nicht viel ausgerichtet, aber heute treffen sie und setzen ein paar Dachstühle in Brand. Der Schaden ist nicht groß, denn die Schindeln sind ja auf Befehl Starhembergs abgenommen worden. Aber Mauerwerk, Glasscherben und brennende Balken kommen von oben, und mehr als einmal suchen meine Bewacher in einem Haustor Unterschlupf vor diesem Segen und lassen mich blind und mit gebundenen Händen auf der Straße stehen. Ich lobe ihren Heldenmut und bekomme dafür ein paar Rippenstöße, dass mir der Atem stockt. Überhaupt habe ich in den letzten Tagen so viel Prügel bekommen wie in meinem ganzen bisherigen Leben nicht, meine paar Raufereien in Galata und Olmütz und gelegentliche Abwatschungen durch meinen Vater eingerechnet.

Das alles ist aber lange nicht so schlimm wie meine Befürchtungen, was mein neues Zuhause betrifft. Ich bete, es möge nicht das Amtshaus oder Malefikantenhaus in der Rauhensteingasse sein, denn von dem erzählt man sich in Wien Wunderdinge. Dort soll die Redensart: Sitzen, bis man schwarz wird, zur Wahrheit werden, weil den Gefangenen noch zu Lebzeiten das Fleisch von den Knochen fault und sich dabei schwärzlich verfärbt.

Kurz nach dem Graben können wir nicht weiter, weil sich Menschen uns in den Weg stellen, die weder mir noch den Knechten freundlich gesonnen sind. An den Stimmen merke ich, dass es sehr junge Menschen sind. In der Stadt gab es damals viele elternlose Kinder, fast so wie nach dem Großen Krieg vor vierzig Jahren. Der Kardinal Kollonitsch hat sie aus seiner Privatkasse unterstützt, aber auch er konnte keine Wunder wirken, und so haben sie sich zu Banden zusammengeschlossen und die Leute bestohlen und überfallen. Einer solchen Bande sind wir über den Weg gelaufen.

Nur geht es denen hier nicht um Geld oder Essen – sie wollen mich! Denn sie sehen wohl meinen Aufzug, bestehend aus Kaftan und rasiertem Schädel, und vermeinen nicht anders, als dass ich ein Türke bin und ihr Dorf niedergebrannt und ihre Eltern ermordet habe. Und an dem Höllenfeuer über ihren Köpfen trage ich wohl auch Schuld. Dass ich geblendet und gefesselt bin, also eine leichte Beute, muss ihnen wie ein Geschenk des Himmels erscheinen. Ich beteuere in meinem besten Wienerisch meine Unschuld, doch das hilft mir gar nichts, denn so wie im Kerker heißt es jetzt, ich wäre ein Überläufer, ein Verräter oder gar ein Spion – als ob ein Spion türkische Tracht tragen würde!. Kleine Hände krallen sich an mir fest, und ich bekomme wiederum Hiebe, die ich nachgerade schon gewohnt bin. Ich habe eine böse Vorahnung, wie das enden wird. Vorbilder gibt es ja genug: So etwa einen Sonderling, der wegen einer kulinarischen Vorliebe „Baron Zwiefel" genannt wurde; als gleich zu Beginn der Belagerung das Schottenkloster brannte, hat der alte Narr mit einer Pistole in die Flammen geschossen, um das Feuer abzutöten, wie er sagte, aber die Leute haben seine Art Humor nicht goutiert und ihn dafür umgebracht.

Schon haben sie mich am Mantel gepackt und wollen mich irgendwohin schleppen, wo das Erschlagen besser von statten geht; die Stockknechte befehlen, den Weg freizugeben, aber mit geringem Eifer; sie werden wohl gleich das Weite suchen – da gelingt den Türken ein Volltreffer, für den ich den Richtkanonier abküssen möchte: Eine Brandbombe kommt geflogen, heulend wie ein Besessener, schlägt in nächster Nähe in ein Dach ein und zündet im rechten Moment, bei der türkischen Munition eine Seltenheit. Doch diese hat wie ein Blitzschlag ein Haus in Flammen gesetzt und den halben Dachstuhl in die Gasse herabgestürzt. Ich kann die Hitze fühlen, und der Mörtelstaub benimmt mir den Atem. Alles schreit nach einer Eimerkette, meine Bewacher sind auf und davon, und so hindert mich keiner, die Augenbinde abzustreifen. Jetzt kann ich sehen, aber ich sehe nichts, weil so viel Staub in der Luft hängt, dass man sich in einem Sandsturm glaubt. Ich nütze den Augenblick und verschwinde sofort in einem Hausflur. Zu meinem Glück ist es ein Durchhaus, und ich verlasse es auf der anderen Seite. So schnell ich kann, renne ich zur Grünangergasse. Ich habe seit Tagen einen leeren Bauch und fliege geradezu dahin. Wären meine Hände frei, ginge es noch schneller. Die Leute auf der Gasse sehen mich verwundert an, aber keinem fällt es ein, mich aufzuhalten.

In meiner Dachkammer angekommen, suche ich mir ein Messer, verspreize es fest in einem Mauerspalt und schneide mir daran den Strick um meine Handgelenke durch. Ich habe mich seit vielen Tagen nicht mehr waschen können; ich kann es auch jetzt nicht, denn der Weg zum nächsten Brunnen ist mir zu gefährlich, aber stinken ist christlich, das verrät mich nicht; wichtiger sind meine Kleider. Ich gehe von einem der verlassenen Dienerzimmer zum anderen, breche Türen auf und durchwühle Truhen, bis ich gefunden habe, was ich suche: einen Rock, der mir leidlich passt, so dass ich das Türkengewand endlich abwerfen kann. Auf meinen Kahlkopf kommt ein Schlapphut, und jetzt ist zu hoffen, dass mich keiner mehr für einen Türken hält und dass die Knechte von der Rumorwache mich nicht erkennen, falls ich ihnen begegne.

Aber wohin soll ich mich jetzt wenden? Man sucht nach mir, innerhalb der Stadtmauern und außerhalb auch. Ich bin wie eine Ratte im Käfig, und meine einzige Zuflucht ist die Universität und das Studenten-Corps. So sitze ich die halbe Nacht in meiner Kammer und glaube wieder und wieder, das Getrampel der Wachen auf den Stiegen zu hören; wären sie wirklich gekommen, hätte ich mich über die Dächer salviert.

Dafür habe ich eine prächtige Aussicht über das Kriegsgeschehen. Das Bombardement hat aufgehört, doch die Türken schlafen heute Nacht so wenig wie ich; nach dem abendlichen Geheul, das sie Gebet nennen, wird es in ihren Lagern noch lange nicht ruhig, und ihre Feuer brennen die ganze Nacht.

Im Palais Reutthaler ist ein Kommen und Gehen wie nie zuvor; viele Menschen und ganz besonders Ratsherren scheinen heute Nacht den Doktor Avanessian zu konsultieren. Einige Fenster sind erleuchtet, und immer wieder öffnet sich ein Torflügel, um jemanden ein- oder hinauszulassen. Vielleicht packt der Doktor auch schon seinen Ranzen. Dass seine Gehilfin von ihrem letzten Botengang nicht heimgekehrt ist, muss ihm nicht geringe Sorgen machen, denke ich.

Doch da höre ich Marschtritt und halblautes Kommandieren. In der Grünangergasse nähern sich von links und rechts zwei Reihen Musketiere mit Laternen und brennenden Lunten und bilden vor dem Portal ein Carré. Ein weiterer Trupp kommt anmarschiert, mit ihnen einige Herren in Schwarz. Sie

180

betreten das Palais, und bald sieht man hinter allen Fenstern Licht. Nach einer Weile werden die Besucher des Palais' heraus getrieben wie eine Herde Schafe, und das Carré nimmt sie in Empfang. Einige der Arretierten wollen remonstrieren – so nach der Manier „Weiß Er nicht, wer ich bin!?" –, werden aber von einem Offizier rasch zum Schweigen gebracht.

Dann wird Kommando gegeben, und der menschliche Pferch samt den darin Eingeschlossenen setzt sich in Marsch. Das alles sehr rasch und sehr leise.

Starhemberg hat also zugeschlagen, wenngleich nicht so brachial, wie Garelli es sich erträumt hat, denn wie ich später erfahren habe, hat man hat nur die Namen der Besucher festgehalten, sie selber aber laufen lassen. Das heißt, man hat Milde walten lassen. Doch so wie die Schlacht am Weißen Berge anno ´20 entschieden hat, wer in Böhmen groß werden soll und wer in alle Ewigkeit nicht, so haftet ab heute auch an diesen Namen ein Makel, und kein Träger dieser Namen wird es in den Erblanden jemals zu etwas bringen. Den Doktor habe ich nicht unter den Arretierten gesehen.

Aber auch auf den Hügelketten im Westen ging in dieser Nacht etwas vor sich. Lange Lichterketten wanderten auf und ab, und einmal stiegen Raketen auf. Kurz darauf antworteten Raketen vom Stephansturm. Etwas braute sich da zusammen, und es konnte nicht anders sein, als dass die Verbündeten endlich versammelt und bereit zur Schlacht waren.

Wenn ich noch irgendwelche Zweifel hatte, was der morgige Tag bringen würde, so war mir alles klar, als es grau wurde und die Turmuhren vier schlugen. Da begannen die Trompeten zu blasen, zuerst nur da und dort, dann an vielen Orten, bis die ganze Stadt von ihnen widerhallte. Dann wurden nah und fern die Trommeln geschlagen; dazu gesellten sich Kommandogebrüll und das Getrampel von tausend Gestiefelten.

An so einem Tag sucht man keinen entsprungenen Häftling! Also gehe ich hinunter, zur Bäckerstraße und hinein in die Universität. Auch hier schläft niemand mehr; der ganze Hof ist von Fackeln hell erleuchtet und voller Studenten, Hauptleuten, Obristen; keiner beachtet mich auch nur im Geringsten. Ungehindert kann ich die Treppe hinaufgehen, zum Rektorenzimmer, denn ich will mich ja beim Doktor Sorbait und bei meinem Hauptmann zurückmelden.

Aber der Doktor Sorbait spricht mit einem Gewappneten, der einen Morion unter dem Arm trägt, jenen Helm aus dem Großen Krieg, der nur mehr bei der Rumorwache in Gebrauch steht. Ich will mich schnell um die Ecke drücken, als der Doktor mich erblickt.

„Ah, der Herr Scholar Wohlfahrt", sagt er „man wartet schon auf Euch. Nun, jetzt wo Ihr da seid, kann der Herr Sergeant ruhig wieder gehen."

Der Herr Sergeant schaut mich an, als ob er vor dem Gehen noch seinen Haselstecken auf mir tanzen lassen wollte; aber vor dem Physikus hat er Respekt, und außerdem kommt ihm auf der Universität keine Macht zu.

Der Doktor Sorbait erklärt mir die Ursache des Unmuts des Sergeanten: Die Knechte hatten Auftrag, mich genau dahin zu bringen, wo ich jetzt auch bin – nämlich ins Pedellen-Haus der Universität. Hätten sie mir das gleich gesagt, wäre ihnen und mir viel Ungemach erspart geblieben. Dass ich ihnen entwischt bin, hat ihnen einen harten Rüffel und reichlich Spott eingetragen. Der Sergeant hat jedoch messerscharf überlegt, dass ich in meiner Lage wohl am ehesten in den Schoß der Alma Mater flüchten würde, und hat die ganze Nacht hier auf mich gewartet.

„Verzeih Er", sage ich zu dem Büttel „ich wusste ja nicht, wohin Er mich bringen sollte. Ich hatte Angst, ich käme in die Rauensteingasse oder in die Schranne oder gar auf die Tortur."

Das besänftigt ihn wenig, aber alles hat nun seine Richtigkeit; er bekommt die Unterschrift des Pedells auf ein Papier und trollt sich.

Jetzt wird uns gesagt: Das Regiment braucht heute jeden Mann. Denn die Verbündeten haben sich oben, auf den Bergen westlich der Stadt, gesammelt und rücken jetzt in breiter Front, vom Kahlenbergerdorf bis Hütteldorf, gegen die Türken vor. Die Polen lassen noch auf sich warten, werden aber mit Sicherheit dazu stoßen. Die Wiener Besatzung bereitet einen Ausfall vor, und dabei dürfen die Studenten nicht fehlen. Auch wäre es günstig, im Falle des Sieges als erste, oder jedenfalls noch vor den Polen, im Türkenlager zu sein, heißt es allgemein.

Während das Corps die Heilige Messe hört, darf ich mich waschen und rasieren und kann unter einigen Gäste, die es sich auf meiner Haut schon häuslich eingerichtet haben, mit den Daumennägeln ein Blutbad anrichten; ich bekomme auch ein wenig zu essen, denn ich falle fast um vor Hunger. Als ich wieder halbwegs einem Menschen ähnlich schaue, werde ich mit Degen und Gewehr ausstaffiert, das alles aber in Eile. Währenddessen erzählt mir Feige, dass mir der Galgen für das unerlaubte Verlassen der Stadt erspart bleibt, weil ich ja einen Überfall der Türken vereitelt habe. Dass dieser Überfall nur deshalb ins Werk gesetzt werden konnte, weil ich eben die Stadt verlassen habe, ist noch keinem aufgefallen, und ich werde mich hüten, diese Beobachtung anzubringen.

Als wir schon auf dem Weg zum Sammelplatz sind, richte ich es ein, dass ich neben dem Schultheiß marschiere. Er hat alle Würde und Strenge zusammen mit seiner Perücke abgelegt, er ist jetzt Soldat wie ich und berichtet mir, wie Andras zu Tode gekommen ist.

Andras hatte sich in Marusch verliebt. Die war klug genug, dass sie seiner Schönheit und seiner Leidenschaft widerstehen konnte, und sie war auch nicht für Geld zu haben. In dieser gänzlich ungewohnten Lage griff Andras zu dem äußersten Mittel, sich mit ihr zu verloben und ihr die Ehe zu versprechen. Das war nun mehr, als sie sich je erträumt hatte. Ein junger Adeliger, dessen Eltern große Ländereien im Königlichen Ungarn besaßen, wollte sie zur Frau – der Widerstand der Marusch schmolz dahin wie Schnee in der Sonne. Nachdem Andras mehrmals bekommen hatte, was er wollte, und Marusch bereits davon sprach, welche Vorhänge sie kaufen wollte, wenn endlich Frieden war, erfasste den Andras ein tiefer Abscheu vor der Ehe, und er machte auch kein Hehl daraus. Die Marusch (die, wie ich schon sagte, nicht zu den Menschern gezählt werden darf!) nahm die Trennung hin, ohne ein Wort zu sagen. Sie war aber in ihrer Ehre zutiefst gekränkt; an jenem Tag, an dem er sich mit mir versöhnen wollte, ging sie über die Hintertreppe in seine Kammer, traf ihn unter meinem Mantel schlafend an und erstach ihn. Wie sie zu meinem Gnadgott gekommen sein sollte, fragte niemand.

Er habe lange zum Sterben gebraucht, wird mir gesagt; und ich sei zu meinem Unglück dazu gekommen. Und herausgekommen sei die Sache folgendermaßen: Vor zwei oder drei Tagen, als man im Wirtshaus über den Mord redete, wurde die Marusch plötzlich vom heulenden Elend überkommen; sie beteuerte lauthals ihren Hass auf Andras und weinte zur gleichen Zeit Rotz und Wasser um ihn. Dass er kurz vor seinem Tod das Verlöbnis gelöst hatte, war inzwischen allgemein bekannt; Marusch wurde verhaftet und in der Schranne verhört.

184

„Das war das ganze Beweistum?" frage ich, „Die Heulerei eines Mädchens? Und sie soll einen Kerl wie Andras mit einem einzigen Stich vom Leben zum Tod gebracht haben?"

„Aber sie hat doch gestanden!", sagt der Schultheiß, „Der Freimann hat gerade erst angefangen, und schon hat sie alles zugegeben."

Mich überkommt ein tiefes Gefühl der Erleichterung – endlich hat sich meine Schuldlosigkeit erwiesen. Obwohl die Argumente für meine Schuldlosigkeit ebenso und vielleicht in höherem Maße für die Marusch gelten, frage ich nicht weiter. Es bleibt ohnehin keine Zeit für solche Dinge, denn schon sind wir am Sammelplatz, die Kompanien formieren sich, die Trommeln und Trompeten machen wieder Radau, und es geht hinauf auf die Bastei. Wir erhalten Munition und laden, die Lunten werden gezündet, und zum letzten Mal ziehen die Wiener Studenten ins Feld oder besser gesagt: Trümmerfeld. Noch sind die Stadttore verrammelt, und so klettern und springen wir über die Reste des Burgravelins hinab, wie die Gemsen in den Alpen. Auch vom Gedeckten Gang ist nicht mehr viel übrig, und der ganze Stadtgraben liegt voll von Überresten der Palisaden und der türkischen Unterstände; dazwischen klaffen tiefe Löcher von den Minensprengungen. Erst draußen, auf dem Glacis, haben wir Kolonne gebildet.

„Frisch auf, frisch auf, Soldaten,

Der Türk, der ruckt ins Feld daher,

zu Martis Tanz zu laden …"

So haben wir gesungen, aber der Türk ist keineswegs mehr ins Feld gerückt, denn die von der Stadtguardia haben kurz vorher einen letzten Sturmangriff der Janitscharen zurückgeschlagen und kümmern sich jetzt um die Gefallenen, die sie ausplündern, und um die Verwundeten, denen sie mit

185

Messern und Musketenkolben die letzte Ehre erweisen, ohne an Ranzion zu denken. So groß ist mittlerweile der Hass auf beiden Seiten, und wenn auch schon zu Anfang Ritterlichkeit selten war, so haben beide Parteien jetzt auch die viehischsten Gewohnheiten des Feindes übernommen und stehen einander in nichts nach.

Draußen stoßen wir auf keinen Widerstand. Nur der Tross der Türken, mit unzähligen Wagen und Maultieren, Pferden, Kamelen, aber ohne jede militärische Ordnung, zieht eilig in Richtung Sankt Marx ab, ohne uns viel zu beachten. Wir jubeln, denn das heißt, dass der Türk die Schlacht verloren gibt. Auf der anderen Seite könnte einem das Herz wehtun ob der Schätze, die da weggeführt werden. Aber wir dürfen den Tross nicht angreifen; nur allzu leicht verwandelt sich so etwas in allgemeine Plünderung, die Disziplin geht zum Teufel, und wenn dann die Spahis über uns herfallen, ist es unser Ende, das begreife sogar ich.

Und jetzt ertönt im Westen gewaltiger Schlachtenlärm; der Pulverdampf steht dick über den Brandruinen von St. Ulrich und über dem Roten Hof etc. Ich will Euch jetzt nicht den Verlauf der Entsatzschlacht vom 12. September schildern, ich habe ja nur gesehen, was um mich herum vorgegangen ist, und außerdem gibt es gute Darstellungen von Autoren, die zwar auch nicht dabei waren, aber vieles erfragt haben. Was ich aber gesehen habe, waren Haufen von christlichen Gefangenen, die von ihren Bewachern gnadenlos zusammengehauen worden sind – Frauen, sogar kleine Kinder, haben dran glauben müssen, weil die Türken sie nicht mitschleppen können und sich für ihre Niederlage rächen wollten. Manche waren nur verwundet und hätten wohl gerettet werden können, wenn man sich ihrer gleich angenommen hätte. Doch es gab auch viele, die jetzt frei und unversehrt waren und uns um den

Hals gefallen sind, wenn wir es zugelassen haben. Immer wieder haben sie gefragt, wie die Schlacht steht, ob der Türk wirklich flieht, ob wir von diesem oder jener Nachricht haben, ob wir ihnen zu essen geben können. Ein paar von uns verteilen ihre Brotrationen unter ihnen. Die ganze Ordnung löst sich auf; die Offiziere haben Mühe, unseren Haufen zusammen zu halten. Zudem verlangen viele, ins Hauptquartier des Großwesirs geführt zu werden, wo jetzt schon die schönste Plünderung im Gange sein muss. Unser Hauptmann weigert sich: Wir hätten gedeckte Stellung zu beziehen und auf das Eintreffen der Bayern zu warten, denen wir uns anschließen sollen, und nichts anderes. Die einen widersprechen, andere ergreifen die Partei des Hauptmanns, und es kommt mitten am Schlachtfeld zu einer Schreierei, ja fast zu einer Meuterei. Am Ende gibt der Hauptmann nach und befiehlt Marsch in Richtung Schmelz.

Ihr könnt Euch wohl denken, Tante, was ich in meiner Narretei tue. Bei Gelegenheit dieses Aufruhrs und ohne auch nur einen einzigen Türken erschossen zu haben, lege ich mein Rohr samt Gabel ab und laufe seitwärts aus der Kolonne, in Richtung der Wieden, weil ich hoffe, Mitzi noch zu erreichen, bevor auch sie nach Ungarn davon muss und ich sie vielleicht nie mehr sehen werde. Rund um mich sind Diener und Lakaien, die in wahnsinniger Hast Sachen zusammenpacken und auf Wagen oder Tragtiere aufladen. Sie beachten mich gar nicht, weil ich kein Gewehr trage und auch sonst nur wenig von einem Soldaten an mir habe.

Ich komme an dem großen Pferch beim Paulaner-Kloster vorbei. Der ist fast leer, denn dort liegen jetzt nur mehr die Gefangenen, die zu schwach zur Flucht waren, oder die von den Wachen ermordet worden sind; alle anderen sind mitgeschleppt worden oder geflohen. Mein Freund Ludschaj ist nicht zu sehen. Dafür galoppieren jetzt große Reiterschwärme nach Westen in die

Schlacht, viele Reiter mit aufgesessenen Bogenschützen oder Janitscharen hinter sich.

Dann bin ich wieder im Lager des Hüseyin-Agha, wo ich noch vor wenigen Tagen Gefangener gewesen bin. Aber wie sieht es hier aus! Die meisten Zelte sind schon abgebrochen, nur die Teppiche liegen noch am Boden. Bagagestücke sind zum Aufladen gestapelt, und in der Mitte dieses Wirrwarrs steht eine junge Frau in türkischer Kleidung, karmesinrot und grün, und scheucht ein paar Lakaien umher, mit gellender Stimme und in barbarischem Türkisch, aber mit Flüchen, die selbst meinen Freunden in Konstantinopel Achtung abverlangt hätten.

Ihre Lakaien sehen mich als erste; sie deuten der Frau etwas und zeigen auf mich. Die Frau wendet sich zu mir um.

„Was will der Herr?"

„Mitzi Thallinger", sage ich, „ich bin gekommen, um dich zu befreien."

„Woher kennt der Herr mein' Namen?"

„Aber ich bin doch dein großer Bruder", sage ich, „erinnerst du dich nicht?"

„Mei, des is lang her … Und warum will mi mei großer Bruder jetzt holen?"

„Ja, willst du denn nicht nach Hause, zu deinen Eltern?"

„Meine Eltern sind tot, und in Petersdorf hab i niemanden mehr. I kann net einmal die Wirtschaft übernehmen, weil i no net volljährig bin."

Unsere Begegnung verläuft also nicht so, wie ich es mir in meinen Träumen vorgestellt habe. Da ist mir nämlich die kleine Thallingerin um den Hals gefallen, ich habe sie zu mir auf ein Pferd gehoben (das ich nicht habe und auch nicht reiten könnte) und bin mit ihr zum Kärntner-Tor galoppiert, wo

188

mich ihre Eltern unter Freudentränen erwartet haben. Mehr und mehr habe ich das Gefühl, dass ich mich zum Narren mache.

Aber Mitzi ist wunderschön, viel schöner noch als in meinem Traum. Ihr Haar ist glänzender und ihre Lippen sind röter als von der Natur vorgesehen, und die Augen hat sie sich schwarz angemalt. Auch trägt sie einigen Schmuck und duftet herrlich. Sie ist kein Kind mehr. Hüseyin-Agha hat sie gut gefüttert und gepflegt und beim Aufblühen dieser Knospe einigen Vorschub geleistet, vor allem im Bett.

„Du willst doch nicht etwa bei den Türken leben?" sage ich.

„I werd' die Frau vom Hüseyin-Agha. Er hat schon a paar andere, aber i werd' sei Hauptfrau sein, des hat er versprochen – Und jetzt macht si der Herr besser davon, bevor ihn der Hüseyin erwischt. I dank' für die gute Absicht." Dann in Türkisch zu einem Lakaien: „He du, das ist ein Seidenteppich und kein Pferdekotzen, also gib gefälligst Acht etc. etc."

Ich bin wie vor den Kopf geschlagen, und das, wo der Schlachtenlärm immer näherkommt. Auf das unregelmäßige Geknalle der türkischen Musketen antworten schöne Salven der Verbündeten, und in das Allah Hu der Türken mischen sich schon deutsche und polnische Hoch-Rufe.

Plötzlich höre ich einen Reiter in scharfem Trab. Es ist einer von den polnischen Flügelhusaren. Der Name soll daher kommen, dass sie am Rücken und über dem Helm ein Gestell mit Adlerfedern tragen. Vielleicht tragen sie diesen Schmuck bei Paraden; ich habe nichts davon gesehen. Dafür aber hat dieser da sich ein Pantherfell umgehängt. Der Polenkönig hat fünftausend von ihnen eine Attacke reiten lassen, welche die Linien der Janitscharen durchbrochen hat; der hier dürfte sich auf der Beutesuche zu weit vorgewagt haben.

Als der Pole Mitzi sieht, stößt er einen Jubelschrei aus, und seine Beutegier geht in eine neue Richtung. Mit einem Sprung ist er vom Pferd, lässt seinen Pallasch fallen, wirft Pantherfell samt Zischägge ab und stürzt sich auf sie. Beide fallen sie zu Boden, aber Mitzi wehrt sich mit Nägeln und Zähnen, während der Husar ihre türkischen Pluderhosen und zur selben Zeit seine hirschledernen Reithosen herabstreifen will und deshalb keine Hand frei hat. Die Diener haben sich in die noch stehenden Zelte verdrückt, und ich weiß nicht, was ich machen soll. Im Grunde genommen könnte ich mich jetzt umdrehen und gehen, denn Mitzi hat mich zurückgewiesen, und ob sie einmal öfter *reverendo* geschändet wird, kann mir gleichgültig sein. Aber es zerreißt mir das Herz, sie unter dem tollen Husaren liegen zu lassen, und ohne viel nachzudenken gehe ich zu seinem Schlachtross und nehme den Streitkolben vom Sattelbaum.

Liebe Tante, mir ist es nicht gegeben, den Hektor zu machen, das ist nicht meine Natur, aber auf diesem Schlachtfeld wurde damals ein zweiter Wenzel geboren, dem der erste Wenzel staunend zusieht. Dieser neugeborene Wenzel also geht zu dem Husaren, der bei Mitzi schon fast im Sattel ist, zieht ihm den Kahlkopf vermittels der Skalplocke hoch und haut ihm den eisernen Kolben ins Genick, wie man auch einen Hasen abschlägt. Der Husar verdreht die Augen, sein ganzer Körper zuckt noch ein paar Mal, dann liegt er still, und während der alte Wenzel noch hofft, dass der Husar nur bewusstlos ist, weiß der zweite mit Genugtuung, dass er nicht mehr aufwachen wird.

„So is `s recht!" sagt Mitzi zu dem Leichnam, der noch auf ihr liegt, und windet sich halb unter ihm hervor.

Doch da kommen andere Reiter, aus derselben Richtung – wieder Husaren, und diesmal gleich drei! Sie haben ihre Lanzen noch nicht verstochen, grölen aber schon, als ob sie stundenlang gezecht hätten. Soeben haben sie die Zelte des Hüseyin-Agha entdeckt. Was werden sie tun, wenn sie ihren toten Kameraden finden?

„Los", sage ich, „leg dich wieder hin! Die spießen oder schinden uns, das ist das mindeste."

Mitzi begreift sofort. Geschickt schiebt sie ihren schmalen Körper wieder unter den Husaren, und schupft ihn mit ihren nackten Hüften, dass es aussieht, als ob sie beide *cum licentia* am Altar der Venus opfern würden. Dazu drischt sie mit ihren Fäusten auf seinen Kürass, dass es nur so scheppert, und beschimpft ihn mit allen Ausdrücken, die sie kennt.

Ich ziehe mich hinter ein Zelt zurück, denn vom neuen Wenzel ist nicht mehr viel zu spüren.

Die drei Polen verhalten, machen ein paar Bemerkungen über den *reverendo* nackten Hintern ihres Kameraden, der da durch die Bemühungen Mitzis auf und ab fliegt, und einer kitzelt ihn mit seiner Lanzenspitze in diesem Körperteil. Dass der Husar ungerührt weitermacht (wie ihnen scheinen muss), vermerken sie mit Anerkennung, sie geben ihren Rössern wieder die Sporen und verschwinden im Pulverdampf und dem Rauch der brennenden Wagen, auf der Suche nach anderen Schätzen.

Mitzi kommt wieder unter dem Toten hervor und zieht ihre Pluderhosen hoch.

„Dem is' es no immer net vergangen!" sagt sie verwundert (*cum honore*, Tante, das waren leider ihre Worte). Und sie hat noch etwas gesagt:

„Aber jetzt muass i dem Herrn wirklich danken."

Damit geht sie her zu mir, stellt sich auf die Zehenspitzen und drückt mir einen solchen Kuss auf den Mund, dass ich alles andere als brüderliche

Gefühle empfinde. Ich würde ihn gern erwidern, aber die Musketensalven kommen immer näher, und jetzt wird auch von der anderen Seite Feuer gegeben. Die polnischen Husaren kommen in Karriere zurück, aber es sind nur mehr zwei, und einer hängt mehr im Sattel als er sitzt; hinter ihnen tauchen Reiter auf, gefolgt von Semeni zu Fuß, die den Fliehenden noch ein paar Kugeln nachschicken. Drei Leiterwagen, jeder gezogen von vier Paar Ochsen, machen den Schluss. Einer der Reiter ist Hüseyin-Agha, und er will seinen Besitz in Sicherheit bringen.

Als er meiner ansichtig wird, zuckt seine Hand nach den Mordwerkzeugen, die an seinem Sattel hängen. Er zieht sie aber gleich zurück, denn sie ist dick verbunden und bereitet ihm sichtlich Schmerzen.

„Der kaiserliche Kammerdiener …", sagt er, und zu seinem Gefolge: „Bringt ihn endlich um!"

Sofort sind mehrere Jatagans blankgezogen, aber da ist Mitzi an seinem Steigbügel und redet eindringlich mit ihm, wobei sie bald auf mich, bald auf den toten Husaren zeigt. Hüseyin-Agha beugt sich zu ihr hinunter, hört aufmerksam zu und lacht sogar ein wenig; dann gibt er seinen Leuten ein Zeichen, die daraufhin ihre Waffen wieder versorgen.

„Ich höre, du hast meine Frau gerettet", sagt er auf Deutsch und neigt etwas den Kopf, „das verdient Dank. Aber bete zu Gott, dass wir uns nie mehr begegnen!"

Als ich merke, dass ich am Leben bleiben soll, werde ich übermütig. Ich sage:

„Und du bete, dass du den Zorn des Großwesirs überlebst!"– Und das sage ich auf Türkisch!

Hüseyin-Agha schaut mich an, als ob er mich fressen wollte.

„Also hat der Tschausch doch recht gehabt", sagt er, „wir hätten ihm seinen Willen lassen sollen, aber jetzt ist alles zu spät!"

Dann treibt er sein Pferd an, und ich fürchte schon, er will mich niederreiten. Doch er verhält ganz nahe an mir und sagt mit leiser Stimme:

„Der Misserfolg unseres kleinen Unternehmens hat Kara Mustafa Pascha in tiefe Verzweiflung gestürzt und den Janitscharen allen Mut genommen. Dass wir geschlagen sind, hat viele Gründe, aber du bist einer davon, ob du es glaubst oder nicht. Der Teufel soll dich holen, so wie er mich holen wird!"

Und damit wendet er, was ihn einige Mühe kostet, denn er kann ja nur eine Hand gebrauchen. Seine Lakaien haben inzwischen alles Gepäck ohne jede Ordnung auf die Leiterwagen geworfen; zuletzt klettert Mitzi auf einen der Wagen und setzt sich auf die höchste Kiste, wie eine schöne bunte Blume zum Schmuck. Der ganze Zug wendet und schließt sich der endlosen Karawane von Wagen, Reitern und Tieren an, die nach Osten flieht.

Das Pferd des Husaren haben sie mir gelassen.

Ich stehe da, in Gesellschaft eines toten Polen, und kann schon in der Ferne durch den Pulverdampf die Fahnen der Verbündeten sehen. Ihr könnt Euch denken, Tante, dass ich recht bald das Pferd in ein verschwiegenes Gehölz unten am Wienfluss geführt und von seinem Sattel und Zaumzeug alles entfernt habe, was den polnischen Adler aufgewiesen hat. Da ich gemerkt habe, dass unsere Seite auch ohne mich sehr gut mit den Türken fertig wurde, bin ich in dem Wäldchen geblieben, bis Ruhe war.

Als ich herausgekommen bin, das vormals polnische Pferd am Zügel, ist mir fast das Herz stehen geblieben. Denn ich war mitten unter Tataren, die so wie die Türken zuvor in Richtung Sankt Marx und Schwechat zogen. Es gab welche zu Fuß, aber die meisten ritten kleine zottige Gäule, trugen Pelzmützen und führten Bogen und Kilidsch, das ist der Säbel. Sie waren guten Mutes, schlugen die Sattelpauken und reichten einander Kalebassen zum Trinken von Pferd zu Pferd. Ich glaubte nicht anders als dass sich das Kriegsglück gewendet habe und sie mich jetzt mit ihren Pfeilen in einen Heiligen Sebastian beziehungsweise ein Stachelschwein verwandeln würden, aber sie lachten nur und riefen mir etwas zu. Was sie riefen, war unschwer als Spott zu erkennen, nur – ich verstand kein Wort, obwohl doch die Tataren eine Art Türkisch reden. Dann sah ich ihre Standarten und die Strohschnüre, die sie um den Arm trugen, und da habe ich erst begriffen, dass es Polen waren.

Denn Ihr müsst wissen, dass die Polen außer den Flügelhusaren noch andere Reiter haben, die Panczeri und die leichten Husaren, und die sehen nicht viel anders aus als die Spahi und die Tataren. Die Schnüre waren ein Zeichen, damit die Unsrigen sie nicht mit dem Feind verwechselten.

Zu der Zeit war auch das Zentrum der Türken, das der Großwesir persönlich befehligt hatte, geschlagen, die Schlacht vorbei und Wien befreit. Meine beutegierige Kompanie war schon auf halbem Weg zur Schmelz, als sie von einem Wojwoden samt Gefolge aufgehalten wurde, so hat man mir später erzählt. Der Wojwode erklärte ihnen, auf Befehl von König Sobieski sei den Polen der Vortritt bei der Plünderung zu lassen, denn sie hätten von allen das meiste geleistet. Die Stimmung wurde feindselig; ein paar der unsrigen legten die Musketen auf die Gabeln, und die polnischen Panzerreiter trabten mit gesenkten Lanzen an. Gerade noch rechtzeitig gab der Hauptmann Befehl zum Rückzug.

Trotzdem war auch in den nächsten Tagen noch genug da, so dass so mancher sein Glück dabei machen konnte. Der berühmte Goltschitzky zum

194

Beispiel hat sich die Säcke mit Kaffee ausgesucht, die ohnehin keiner erkannte oder haben wollte. Er hat dann einen gewissen Diodato, einen Armenier, damit beliefert, und der hat ein Kaffee-Haus eröffnet, das die Wiener geradezu gestürmt haben. Davor hat es Kaffee ja nur in der kaiserlichen Burg gegeben, wenn ein türkischer Gesandter zu bewirten war, aber jetzt ist er bald so beliebt wie das Bier. Der Goltschitzky hat nicht viel gehabt davon, er ist später als Dolmetscher zur Armee abgegangen.

Ich habe noch am selben Tag das Pferd einem Rittmeister von den Rabatta-Kürassieren um 50 Reichstaler verkauft – wenn man bedenkt, dass ein solches Pferd mindestens 70 kostet, war es für ihn wie für mich ein gutes Geschäft. Meinen Kameraden vom Studenten-Corps habe ich vorgemacht, ich hätte das Pferd einem Spahi abgejagt. Den Panzerstecher (das ist ein langer vierkantiger Degen), der noch am Sattel gehangen ist, habe ich meinem Hauptmann als Geschenk verehrt, und die Satteltaschen habe ich behalten.

Ich meine, für heute ist es genug des Hauens und Stechens. Ich verbleibe etc.

36.

Ihr wollt wissen, ob ich den Polenkönig gesehen habe. Nein, ich habe König Sobieski nie gesehen, aber alle haben von ihm geredet; er war der Held der Wiener. Er ist noch vor dem Kaiser in die Stadt eingezogen, er hat beim Hochamt in der Augustinerkirche sehr laut mitgesungen, er hat seinen Polen den Vorrang bei der Plünderung des Türkenlagers verschafft, kurzum er hätte kaum mehr tun können, wenn er die Absicht gehabt hätte, es sich mit dem Kaiser zu verderben, der kurz nach ihm eingetroffen ist. Aber das wollte er gar nicht, es fehlte ihm nur an Erziehung. Das zeigte sich bei dem Treffen der beiden Monarchen in der Nähe von Schwechat. Als Sobieski dem Kaiser gegenüberstand – oder eher gegenübersaß, denn beide waren zu Pferd, hob er die rechte Hand, als ob er den Hut ziehen wollte, und der Kaiser tat desgleichen. Sobieski aber zwirbelte sich nur den Schnurrbart, und so musste der Kaiser den Hut eher ziehen als er. Trotzdem war er höchlichst überrascht, als Seine Majestät ihn fortan recht kühl behandelt und den Kronprinzen gänzlich übersehen hat. Soviel aber hat er verstanden, dass es für Prinz Jakob keine Prinzessin aus dem Erzhaus geben würde, wie er gehofft hatte.

Der Doktor Avanessian war schon am Zwölften aus Wien verschwunden; man sagt, er habe sich der fliehenden Türkenarmee angeschlossen. Sein Haushofmeister und sein Gesinde sowie die Duenna Alessandras dürften an seinem Verrat nicht beteiligt gewesen sein, zumindest war es nicht zu beweisen, und sie wurden auch nicht behelligt.

Und das, meine geneigte Leserin, war dann mein Fazit aus der Wiener Belagerung und Befreiung: Ich war, summa summarum, Gefangener beider

Parteien gewesen, war mehrfach mit dem Tod bedroht worden, hatte mir den Starhemberg'schen Strick, die Kugel und die türkische Zersäbelung eingehandelt, und der einzige Mensch, den ich in diesem Krieg getötet hatte, war ein Verbündeter gewesen. Daneben hatte ich ausgiebig der Venus gehuldigt, wenngleich nicht mit einer Frau, während mir bei zwei echten Mädchen der Schnabel sauber geblieben war.

Ich habe also in dieser Belagerung nicht gerade mein Glück gemacht. Immerhin war ich klug genug gewesen, die Satteltaschen des toten Polen zu behalten, als ich sein Pferd verkaufte, denn sie waren schwer. Daran hatte ich gutgetan; in den Taschen fand ich nämlich über 500 venezianische Zecchini oder Dukaten! Ich glaube, dass der Reiter schon bei der Plünderung des Hauptquartiers von Kara Mustafa dabei war und einiges erbeutet hatte. Ich habe das Geld zunächst im Kamin meiner Dachkammer und später bei jenem Melchior Kohen deponiert, auf den auch Eure Anweisungen ausgestellt waren. Beides hat mir für den Rest meines Studiums ein sorgloses Leben ermöglicht.

In der Nacht des Zwölften Septembers hatte ich dienstfrei. Es gab nichts mehr zu tun, und ich hatte keine Lust, mich mit den anderen zu besaufen. Als ich so in meiner Dachkammer saß, kam mich der seltsame Gedanke an, ein letztes Mal ins Palais Reutthaler zu gehen, das jetzt verlassen und finster war. Das Tor war versperrt, und das Siegel des Stadtrichters hing davor. Aber da war ja noch die Eisentür, die ich vor kurzem so mühevoll blockiert hatte, und bald lag ich in der Schulerstraße im Dreck und holte ebenso mühevoll den Holzkeil aus dem Türspalt hervor, wobei ich mehrere Male den Besoffenen mimen musste, wenn echte Besoffene vorüber kamen. Denn es wurde an allen Ecken gefeiert, und es war so viel Gesindel von draußen gekommen, vor allem

Marodeure der verbündeten Armeen, dass man bald vor den Mauern sicherer war als innerhalb.

Die Stadt war mittlerweile illuminiert, so dass ich auch im Inneren des Palais' kein Licht brauchte. Viel war nicht mehr da: Die Leute des Starhemberg hatten alle Schriftstücke mitgenommen, welche mit der Verschwörung zu tun haben konnten, und danach war Gesindel eingedrungen und hatte gestohlen, was nicht niet- und nagelfest war; die Türken hätten es nicht besser vermocht. Erst danach hatte der Stadtrichter eingegriffen. Mich zog es ins Musikzimmer, das nicht weniger ein Schlachtfeld war als das übrige: Vorhänge und Bilder waren herab gerissen worden, die Fauteuils weggetragen. Die Laute war verschwunden, und das schöne Clavecin lag zerschlagen in einer Ecke. Ich wollte schon gehen, als ich einen Stapel Papiere bemerkte, der wohl weder die Obrigkeit noch das gemeine Volk interessiert hatte, denn es waren Noten. Ich sah sie durch und nahm zur Erinnerung die an mich, aus denen Alessandra und ich Musik gemacht hatten.

Als ich sie in meiner Dachkammer beim Kerzenlicht studierte, bemerkte ich auf dem Heft mit Musik aus dem Pomo d'oro eine Notiz in italienischer Sprache. Ich habe die Noten nicht mehr – sie sind bei meinem letzten Umzug verloren gegangen –, aber die Worte werde ich nie vergessen. Die Schreiberin hatte dem Notenpapier anvertraut, dass sie am Vorabend des zwanzigsten August 1683 gemeinsam mit ihrem geliebten Wenzel diese Arie zum ersten Mal fehlerfrei durchgemacht und danach die Nacht mit ihm verbracht habe; sie wisse nicht, was schöner gewesen sei. Sie bete, dass der Allmächtige ihren Geliebten beschützen und ihr erhalten möge, et cetera.

Ihr habt sicher schon gemerkt, dass ich einen schweren Verdacht gegen Alessandra hatte, was den Mord anging; nachdem ich ihre Liebesworte auf dem Notenblatt gelesen hatte, wusste ich noch weniger als zuvor, was ich denken sollte.

Ich verbleibe etc.

37.

Wir Studenten wurden noch einige Tage unter Gewehr gehalten, nicht mehr wegen der Türken, sondern wegen der Polen, die zwischen Mein und Dein nicht recht unterscheiden konnten. Dann durften wir ein letztes Mal feierlich über die Basteien marschieren und die Messe hören, bevor wir im Hof der Universität verabschiedet wurden, wo Graf Starhemberg viel lobende Worte über unsere Taten fand.

Ich übergab, was ich noch an Ausrüstung besaß, dem Waffenmeister, erhielt darüber eine Quittung, und meine Tage als Soldat waren vorüber.

Nach eingehender Überlegung befand ich aber, dass ich bei dieser Okkasion weit mehr geleistet hatte, als meine Soldatenpflicht erfordert hätte. So wie viele andere schrieb ich also an den Hofkriegsrat (der damals noch in Linz amtierte) und beantragte eine Belohnung für meine Tätigkeit im Dienst des Rittmeisters Garelli; ich vergaß auch nicht zu erwähnen, dass ich den Boten des Doktor Avanessian unschädlich gemacht hatte, sodass die Kommunikation zwischen den Verrätern in Wien und dem Großwesir empfindlich gestört war.

Ich habe bis dato keine Antwort darauf erhalten, und es wird wohl auch keine mehr kommen. Mit dem Garelli wollte ich ohnehin nichts mehr zu tun haben; als ich mich einmal nach ihm erkundigte, hieß es, er wäre zur Hauptarmee abkommandiert worden, die mittlerweile schon tief in Ungarn stand. Welcher Art dieses Kommando war, konnte ich mir leicht denken, denn als ich ihn das letzte Mal gesehen hatte, war er ohne Zweifel unter Arrest gewesen.

Der Marusch hingegen versuchte ich zu helfen, so gut es ging. Ein Besuch im Kerker wurde mir verweigert, weil ich kein Angehöriger des Mädchens war und auch nicht ihr Beichtvater oder Defensor. Ich hätte gerne ihre Defension übernommen, denn ich befand die Beweise gegen sie als dürftig; aber das ging nicht, weil ich noch kein Advokat war.

Als die Lage so war, dass sich die geflüchteten Bürger wieder heimtrauten, ging ich zu ihrem Defensor, dem Advokaten Silberbauer.

Der Advokat logierte im Haus „Zu den Zwei Schimmeln" auf der Brandstätte; obwohl er nur eine kleine Wohnung gemietet hatte, wie ich wusste, tat er so, als ob das ganze Haus ihm gehören würde, womit er Klienten vom Land wohl beeindrucken mochte. Das heißt, er kam mir schon auf der Treppe entgegen und führte mich dann in seine Kanzlei, wo er den Schreibtisch mit den Gesetzen unseres gegenwärtigen Leopoldus, dem Corpus Iuris Civilis und anderen Codizes geradezu gepflastert hatte. (Ich muss gestehen, dass ich es heute bei manchen meiner Klienten ähnlich mache.) Als ich ihm sagte, dass ich die Rechtswissenschaft studierte, dass ich jene Marusch gekannt hatte und eine gewisse Hochachtung vor ihr empfand, gab er mir bereitwillig Auskunft. Aber er wusste natürlich, dass vor der Inhaftierung der Marusch ich selber ein paar Tage lang im Verdacht gestanden hatte.

„Ja", sagte er, „die Margit Lakatos aus Ödenburg – man hat es eilig gehabt mit ihr, denn dieser Andras war Soldat, und seine Familie gehört zu den Kaisertreuen, ihre Besitzungen wurden verwüstet wie die der Esterhazy, und deshalb steht sie jetzt in der Gunst der Kaisers. Die Lakatos dagegen sind Ungarn und waren oder sind noch der Sache des Tököly zugeneigt; Marusch hätte also eine von den Malkontenten sein können! So hat man zur Peinlichen Frage gegriffen, damit es endlich ein Geständnis gibt."

„Und sie hat gestanden?" frage ich.

„Gewissermaßen. Das mit dem Geständnis war so: Sie wurde peinlich befragt: Hast du dieses Stilett dem Andras in den Leib gestoßen? — wobei man ihr das Stilett vors Gesicht gehalten hat. Und als sie den Mord – auf der Tortur! — einbekannt hat, hieß es, seht her, sie wusste sogar, mit welcher Waffe es getan wurde, daher sagt sie die Wahrheit. – Die Fragestellung war also nicht ganz so wie in der Constitutio Criminalis Caroli des Fünften oder Ferdinandi des Dritten vorgesehen. Aber was soll's – habt Ihr Zweifel an ihrer Schuld? Oder wisst Ihr mit Gewissheit, wer es getan hat – wart Ihr es etwa doch?"

„Das nicht", sage ich, „aber ich habe viel nachgedacht und halte es für möglich, dass der Anschlag in Wirklichkeit nicht dem Andras gegolten hat sondern mir, und dass der Mörder uns verwechselt hat. Der Mord geschah in der Kammer, in der auch ich zuvor gewohnt hatte, und nicht viele wussten, dass ich ausgezogen war."

„Aber wenn es so war – warum hätte man Euch umbringen sollen, und wer sollte es gewesen sein?"

So erzählte ich ihm von meinem Auftrag und von dem, was ich mir so zusammengereimt habe: Dass ich dem Dr. Avanessian und seinem Castrato wohl unbequem geworden war, und dass sie mich wegräumen wollten, bevor ich zu viel herausbekommen würde.

„Ich habe keinen Zweifel daran", sagte ich, „dass Alessandra ihn auf dem Laufenden gehalten hat. Ich habe ihr erzählt, dass ich in der „Goldenen Weintraube" logierte, und dass wird sie wohl dem Doktor verraten haben. Nach dem natürlichen Lauf solcher Dinge könnte es so gewesen sein, dass er die schmutzige Arbeit nichts selbst tun wollte und sich jemanden aus dem Gesindel in unserer Stadt gemietet hat, einen Musketier oder Strauchdieb …"

„Das ist weit hergeholt", meinte der Advokat nach einigem Nachdenken, „Ich würde viel eher annehmen, dass der Anschlag letzten Endes diesem Ungarn gegolten hat. Doch der eigentliche Zweck der Tat könnte gewesen sein, Euch zu diskreditieren – als Mordverdächtiger hättet Ihr alles Mögliche sagen können, niemand hätte Euch geglaubt. Daher Euer Dolch als Werkzeug. Eine plumpe Methode und leicht zu durchschauen, bei einem Militärgericht aber aussichtsreich. – Ihr habt die Waffe wohl am Hosenriemen getragen, wie es die meisten tun. Sobald Ihr bei einer Frau die Hosen habt fallen lassen, war der Diebstahl eine Kleinigkeit. Und Ihr habt doch die Hosen des Öfteren fallen lassen?"

„Das kann man wohl sagen", antworte ich, „aber lässt sich das zur Verteidigung der Marusch Lakatos vorbringen?"

„Ich fürchte nein", meinte der Advokat, „denn Ihr habt nur einen Verdacht, das Gericht aber hat ein Geständnis von ihr, das sie nach der ersten Peinlichen Frage zwar widerrufen hat, aber nicht mehr nach der zweiten; sie hatte gute Gründe, diesen Andras zu hassen, und außerdem hat sie etwas gewusst, was eben nur der Mörder wissen hat können, zumindest steht es so im Protokoll. Und Ihr wisst ja, mein künftiger Standeskollege: Confessio regina probationum. Auf gut Deutsch: Wenn man ein Geständnis hat, erspart man sich viel Arbeit. Ich meine, es nützt der Lakatos nichts, und es ist besser für Euch, dass diese Dinge, die Ihr mir erzählt habt, nicht zur Sprache kommen."

Also hat der Advokat nichts unternommen, und der Marusch erging es so, wie er es vorausgesagt hatte: Sie wurde schuldig erkannt und sollte zu Leopoldi des Jahres 1683 auf der Rabenstätte in der Roßau (das ist eine der Wiener Richtstätten) gehenkt werden; die Gnade des Schwerts erhielt sie nicht.

Aber vielleicht hatte der Advokat gute Gründe für seine Untätigkeit, denn es begab sich Seltsames – was, will ich demnächst berichten.

38.

Als ich nämlich einige Tage danach zur Universität gehe, fast durch die selben Gassen, in denen ich am 11 September gerannt bin wie ein gejagtes Wild, da begegnet mir der Doktor Silberbauer. Er tut, als ob es Zufall wäre, aber ich habe das Gefühl, dass er dort schon eine ganze Weile auf und ab spaziert ist. Nach einigem Gerede betreffend mein Studium sagt er beiläufig:

„Euch ist doch an der Marusch Lakatos gelegen?"

„Ja, gewiss", antworte ich.

„Und Ihr habt jetzt zwei Zimmer auf der Tuchlauben gemietet?"

„Wenn Ihr das ohnehin wisst, Herr Advokat, was fragt Ihr dann?" (Ich konnte mir damals dank Eurer Apanage und der polnischen Zechinen eine kleine Wohnung leisten.)

Aber er will noch mehr wissen – ob ich allein wohne, ob meine Zimmer zu ebener Erd' sind oder im Stock, ob ich einen Haustorschlüssel habe. Ich beantworte alles gewissenhaft, denn ich merke, dass er keine bösen Absichten hat. Am Ende sagt er:

„Was ich Euch jetzt sage, kann mich an den Galgen bringen, und Euch auch, wenn Ihr mir gehorcht. Aber wenn Ihr der Lakatos helfen wollt, dann bleibt heute wach und öffnet die Haustür, wenn geklopft wird. Und wenn Ihr einen Diener habt, gebt ihm frei. Wollt Ihr das tun?"

Ich merke, worauf er hinauswill, und mein Herz möchte zerspringen, vor Aufregung und vor Freude. Ich habe ihm versichert, dass ich heute Nacht wem auch immer öffnen werde, worauf der Doktor Silberbauer mir eine Reverenz gemacht hat und gegangen ist, ohne mehr zu sagen.

Was auch nicht nötig war. In dieser Nacht – es hat geregnet und geschneit – klopft jemand an mein Gassenfenster. Ich sperre sofort das Haustor auf, bevor meine Hausfrau im Stock zum Fenster rennen kann, wie sie es zu jeder Tages- und Nachtzeit tut. Ein kräftiger Mann, das Gesicht zwischen Hut und Halstuch kaum sichtbar, drückt mir eine Frau, die nur mit Mühe aufrecht stehen kann, in die Arme und bemerkt dazu:

„Morgen wird sie abgeholt."

Die Frau ist so dünn, dass ich meine, ein Kind zu halten, So schnell es geht, bringe ich sie ins Zimmer und setze sie auf einen Sessel.

„Marusch," sage ich „also haben sie dich laufen lassen."

Denn Ihr müsst wissen, dass unsere Obrigkeit nicht alle Kriminalfälle mit gleichem Eifer betreibt. So eine Hinrichtung kostet Geld, und die hohen Herren waren so wenig wie ich überzeugt, dass die Jurati recht geurteilt hatten. Am Wahrspruch hat sich nichts ändern lassen, und eine Begnadigung wäre untunlich gewesen. In Fällen aber, wo die Familie des Opfers kein großes Interesse an dem Mordfall nimmt, weil sie mit derartigem schon seit Jahren gerechnet hat, und wo die Familie der Verurteilten die Reichstaler fließen lässt, da kann es geschehen, dass einmal die Eisen so locker sind, dass die Delinquentin sie herunterbringt, und wenn dann auch noch die Kerkertür schlecht versperrt ist, kann es vorkommen, dass sie aus der Schranne entweicht.

Die Marusch war sehr schwach und hätte kaum weiter gekonnt als bis zu meinem Haus, das gewissermaßen ums Eck vom Hohen Markt war, wo die Schranne ist. Die Stadt zu verlassen, wäre in der Nacht ohnehin nicht möglich gewesen. Jetzt ist es darum gegangen, ihr ein wenig zu Kräften zu verhelfen.

Sie wollte sich waschen und dann schlafen. Ich musste ihr aber bei allen Verrichtungen helfen, denn sie war gereckt worden und konnte die Arme noch nicht höher heben als bis zur Schulter. Bei dieser Arbeit, die mir unter anderen Umständen großes Vergnügen bereitet hätte, sind mir die Tränen gekommen. Die Marusch war sehr schön gewesen, aber in der kurzen Zeit im Kerker hatte ihr Leib das Aussehen einer Pestleiche angenommen.

Am Ende hat sie ein wenig gegessen und etwas Rotwein getrunken, und ich habe sie in mein Bett gelegt. Sie hat dann geschlafen, aber böse geträumt und geweint und geschrien – ich will nicht erzählen, was –, so dass ich sie geweckt habe. Wir haben dann eine Weile miteinander geredet, und am Morgen ist sie wieder eingeschlafen und hat nicht mehr geschrien.

Gegen Elf war dann vor meinen Fenstern ein Wirbel. Ich habe schon befürchtet, dass uns die Rumorwache auf der Spur wäre, aber das war es nicht: Auf der Tuchlauben hatten sich zwei Karren ineinander verkeilt, und die Kutscher waren einander an die Gurgel gegangen. Sofort hat sich eine große Menge angesammelt, und in dem Radau hat es wieder bei mir geklopft, der Mann von gestern war wieder da, und die Marusch war plötzlich verschwunden wie ein Taler von der Hand eines Taschenspielers. Gleich danach hat der Wirbel auf der Straße ein Ende gehabt, die Karren konnten sich voneinander lösen, und die Kutscher haben sich eilends versöhnt. Kann sein, dass die Marusch jetzt auf einem der Wagen unter der Plache gelegen ist, ich weiß es nicht.

Soviel ich gehört habe, wurde der Akt ohne weitere Nachforschungen geschlossen, und die arme Marusch wird sich nur einige Jahre hüten müssen, den kaiserlichen Erblanden zu nahe zu kommen. Ich habe sie nie mehr gesehen.

39.

Ihr habt mir die berechtigte Frage gestellt, wie das Leben der Stadt nach diesen Ereignissen weitergegangen ist, und daran die Feststellung geknüpft, dass man doch nie mehr derselbe sein könne wie vorher.

Nun, es war erstaunlich, wie rasch Wien wieder zu seinem gewohnten Leben zurückfand. Wohl gab es Reibereien mit den einquartierten Soldaten, vor allem mit den Polen, die keinen Unterschied zwischen der Stadt und dem Türkenlager machten, weil beides zu plündern war; wohl mussten die Kriegsschäden repariert werden, wohl gab es zahllose Verwundete, Invalide und Kranke. Am schlimmsten dran aber waren die Kinder, die man zwar befreit hatte, die aber jetzt ohne Eltern oder Geschwister umherirrten und keine Hilfe fanden als beim Kardinal Kollonitsch. Widerwillig musste ich zugeben, dass die Entscheidung der Mitzi Thallingerin nicht unklug gewesen war. Denn im besten Fall hätte der Perchtoldsdorfer Stadtrat sie in die Pflege einer entfernten Verwandten eingewiesen, bis sie großjährig wurde, und in dieser Zeit den Hof ihrer Eltern durch einen *curator* verwalten lassen. So aber war sie die künftige Ehefrau und zweifellos *favorita* eines heißblütigen Polen, der bei den Türken sicherlich noch Bey oder Kaimakam (das heißt Graf oder Gouverneur) werden würde.

Die Studenten und die Menscher haben sich bald wieder zum Saufen getroffen, wie eh und je, nur waren es nicht mehr so viele wie vor der Belagerung. Die einen waren totgeschossen, andere lagen noch bresthaft im Spital oder waren so krummgehauen, dass sie nicht mehr studieren konnten. Man sollte ja meinen, dass Soldaten vornehmlich durch das Blei oder den Stahl des Feindes zu Schaden kommen, aber so war es nicht immer – bei manchen war es die eigene Ungeschicklichkeit im Verein mit dem Pulver oder einer Handgranate, und manche waren ganz einfach durch einen Steinwurf niedergestreckt worden. Die Türken waren nämlich Meister darin, Steine aufzuklauben, wenn sie keinen Schuss mehr hatten, und damit so sicher zu treffen wie mit ihren Musketen und Bogen.

Auch ein paar Mädchen waren Opfer des Krieges geworden, weil sie sich nämlich vom durchziehenden Kriegsvolk etwas geholt hatten und kuriert werden mussten.

Wir teilten nicht die tolle Freude des Volkes über den Sieg. Auch der allgemeine Spott über den Großwesir machte uns wenig Spaß, und nur selten haben wir das schöne Lied gesungen

„Türk, hiatzt hangt dir Schwanz und Feder

Wie ei'm nassen Gockelhahn,

Weil verdroschen wir dein Leder

Und dich abgetrieben ha'm …"

Ich wurde wieder in den Kreis meiner Kommilitonen und der Menscher aufgenommen. Wir redeten über dies und jenes, wie auch sonst, aber vom Krieg redeten nur manche, andere wollten davon nicht einmal hören.

Die Ermordung des Andras wurde nie erwähnt, und schon gar nicht gab es Disputationen darüber. Woraus ich schloss, dass man von meiner Unschuld nicht gänzlich überzeugt war und das Thema nur aus Höflichkeit vermied. Manche vertrauten mir unter vier Augen an, dass sie ohnehin nie an meine Schuld geglaubt hätten, andere wieder hatten von der Ermordung des Andras und meiner Haft erst im Nachhinein erfahren, als ich schon rehabilitiert war.

Mit weniger Zartgefühl äußerte sich die Corona über Andras selbst; er ging keinem ab. Die Marusch hingegen tat allen leid, vor und nach ihrer Flucht, doch wurde die Frage, ob sie nun schuldig war, in meiner Gegenwart nicht erörtert, denn wer sollte es getan haben, wenn sie unschuldig war? *Tertium non datur...*

Das bringt mich zu Eurer Frage, was die Marusch nach ihrer Flucht darüber erzählt hat. – Wir haben darüber nicht viel geredet, denn sie war noch sehr schwach und musste es zumindest für möglich halten, dass ich die Tat verübt hatte, denn ein tertium kam auch ihr nicht in den Sinn. Sie zeigte jedoch keinen Abscheu vor dem Verbrechen. Ich glaube, sie war ein heißblütiges und heftiges Mädchen, aber so wenig wie ich fähig zum Mord.

Nur war mir das damals recht gleichgültig, denn ich musste mich mit anderem herumschlagen. Es ist erstaunlich, wie viele Menschen, die während der Belagerung Großes geleistet hatten, danach plötzlich und ohne ersichtlichen Grund starben. Oder sie starben, als das Ende schon in Sicht war, wie unser Bürgermeister Liebenberg. Ich hatte nichts geleistet, doch ich wurde trotzdem krank und habe dadurch ein ganzes Semester versäumt, wofür ich um Verzeihung bitte. Es war nicht die Ruhr oder eine körperliche Erschöpfung sondern eine *melancholia*, die sich mir aufs Gemüt schlug. Gewisse Gedanken konnte ich einfach nicht loswerden; so erschien es mir unmöglich, dass ich so oft dem Tod gegenübergestanden und doch jedes Mal mit dem Leben davongekommen war. Könnte es nicht sein, fragte ich mich, dass wir noch die Belagerung hätten und ich soeben mit einer Mine in die Luft geflogen, mit Säbeln in Stücke gehauen, von einer Husarenlanze durchbohrt oder an einen Galgen gehängt worden sei und mir in meinen letzten Augenblicken nur erträumte, wie mein Leben weitergehen hätte können?

Es war eine Krankheit meines Verstandes, aber sie war in einigen Wochen vorüber, und bald zweifelte ich nicht mehr daran, dass alles was ich erlebte, auch wirklich mein Leben war – soweit wir Menschen die Wirklichkeit zu erfassen vermögen. Länger plagte mich aber mein Gewissen wegen Alessandras – nicht weil ich sie an die Türken verkauft hatte sondern wegen unserer begangenen Unkeuschheiten, die doch, wie es heißt, dem Herrn ein Gräuel sind.

Ich ging so weit, mir bei den Kapuzinern die Beichte abnehmen zu lassen. Was die Gelübde betrifft, die ich am türkischen Hinrichtungsplatz in meiner, wie ich glaubte, letzten Stunde getan hatte, konnte mein Beichtvater mich beruhigen. Es sei zwar nicht Christenart, mit Gott Geschäfte zu machen wie ein Jude, doch gewiss habe Er in meinem Herzen gelesen und verstanden, dass ich meine Versprechungen nicht kumulativ sondern alternativ gemeint hatte, weshalb nur die letzte zählte. Das war beruhigend zu hören, doch habe ich auch mein Höchstgebot an Gott nicht länger als etwa einen Monat lang eingehalten.

Des Weiteren beichtete ich dem Pater meine *affaire* mit Alessandra in allen Einzelheiten, und er meinte, wenn ich nicht wusste, mit wem ich es da trieb, sei es wohl Unzucht gewesen aber keine wider die Natur und mit fünfzig Vaterunser abgetan. Als ich ihm jedoch gestand, dass ich auch heute noch trotz Kenntnis aller Umstände – und gegen meinen Willen! – oft mit geheimer Lust an diese Stunden zurückdächte, wollte er alles ganz genau wissen, zeigte große Sorge um mein Seelenheil und riet mir dringend zur Kasteiung, angesichts meines jugendlichen Alters am besten in Form der Flagellation. Er ging so weit, mir die Anfertigung einer gottgefälligen Geißel zu beschreiben: Sieben Schnüre für die sieben Todsünden, in jeder Schnur drei Knoten für die

Dreifaltigkeit und so weiter. Wollte ich aber die Abtötung meines Fleisches nicht selbst vornehmen, könnte ich mich auch bei seinen Mitbrüdern gegen eine geringe Spende aushauen lassen, das bot er mir an. Welche Buße er mir letztendlich auferlegte, weiß ich nicht mehr, denn ich fand nie die Zeit dazu und vergaß schließlich ganz darauf.

Später unterhielt ich mich mit einem Studiosus der Theologie über die Empfehlung des Paters, wobei ich nur verschwieg, dass ich das Beichtkind gewesen war. Der angehende Gottesmann, ein großer Libertin, lachte herzlich darüber und meinte, dass primo von den Kapuzinern nichts anderes zu erwarten sei, und secundo bei Befolgung dieses Rats die ganze Hanfproduktion Frankreichs für Geißeln am französischen Königshof draufgehen würde. Das tröstete mich sehr, und ich schreibe es Euch so genau, weil ich hoffe, dass es Euch amüsieren wird. Auch kam mir allmählich der sündhafte Gedanke, dass Gott, wenn er schon die Existenz eines so herrlichen Menschenwesens zuließ, wie Alessandra es war, wohl auch alle Konsequenzen daraus gnädig ansehen müsse.

Jetzt sind Kaiserlichen und ihre Verbündeten auf einem Siegeszug begriffen. Die erste Belagerung von Ofen, im Jahre Vierundachtzig, hat der jüngere Starhemberg verpatzt, aber die jetzige wird wohl siegreich enden. Mit diesem Ausblick beschließe ich die Erzählung meiner nicht ganz so ruhmreichen Abenteuer und hoffe, dass Ihr, meine Tante, mit meinem Bericht zufrieden seid und etwas damit anfangen könnt.

Meine Geschäfte als Advokat gehen von Tag zu Tag besser, und ich kann nun damit beginnen, Euch durch den Melchior Cohen zurückzuzahlen, was Ihr für mich aufgewendet habt.

212

39.

Ich hatte gemeint, mein voriger Brief würde mein letzter sein. Darin habe ich mich geirrt, denn einige Dinge aus der Belagerung haben bis in die jüngste Zeit fortgewirkt.

So mein Gesuch um Belohnung, auf welches mir vor einigen Tagen, fast auf den Tag drei Jahre nach meinem Antrag, eine Resolution zuteilwurde, wenngleich nicht in Schriftform. Vielmehr hat man mich zu diesem Behufe in die kaiserliche Burg vorgeladen, wo mir ein Commissarius ein Schreiben des Hofkriegsrats mündlich eröffnete. Folgendes sagte mir, mannhaft aber nicht immer siegreich gegen sein Böhmakeln ankämpfend, der kaiserliche Beamte, wobei er von Zeit zu Zeit die Allonge-Perücke in ein Aktenbündel versenkte, um sich daraus Rat zu holen:

„Sein Gesuch stellt eine Impertinenz dar und ist abschlägig beschieden worden. Und Er hat darüber das Maul zu halten."

„Wollen der Herr Commissarius", sage ich, „gefälligst in einem anderen Ton mit mir reden und mich einer anderen Anrede würdigen. Ich bin mittlerweile Doktor beider Rechte und Advokat."

Jetzt schaut er auf: „War uns nicht bekannt! – Dann also, wie Herr Doktor belieben. Und bitte Platz zu nehmen. Zur Begründung sei Euch eingangs mitgeteilt, dass der Rittmeister Garelli sich in keiner Weise befugt war, Kundschafter oder Agenten einzustellen und dass Ihr solches eurem Obristwachtmeister hättet melden müssen."

„Wenn er es nicht durfte – warum hat der Rittmeister es getan?" will ich wissen.

„Der Rittmeister konnte nicht verwinden, dass man ihm nach seiner Gefangenschaft seine Kürassier-Schwadron nicht wiedergegeben hat, wofür der Hofkriegsrat allerdings gute Gründe hatte. Danach hat er mehrfach gegen das Reglement verstoßen, sich Insubordinationen geleistet und zuletzt begonnen, seinen eigenen Türkenkrieg zu führen. – Was nun den angeblichen Boten des Avanessian betrifft, die Gräfin Alessandra …, recte den Castrato Alessandro…, so seid Ihr nicht der Erste und sicher auch nicht der Letzte, der auf ihre … also auf diese Lügengeschichten hereingefallen ist. Gewiss ist Euch erzählt worden, dass der Avanessian den Castrato seinen Eltern gegen einen Schuldschein abgekauft hat?"

„Ja", sage ich, „das hat sie mir erzählt."

„Wir kennen die Geschichte, ist aber daran nichts wahr außer dem Schuldschein. Und waren es die Spielschulden des Castrato selber, welche zunächst von seinem Impresario sein' bezahlt worden. Den Schuldschein darüber hat besagter Impresario dem Doktor Avanessian verkauft, für einen Bruchteil der Schuldsumme, da die Einlösung sehr unwahrscheinlich war. Dafür musste sie – also er – der Geliebte des Doktors werden. Derselbige dürfte sich nämlich im Morgenland an verschiedene sodomitische Laster gewöhnt haben. – Auch ist jener Alessandro kein Graf und keine Gräfin sondern der Sohn armer Leute in Neapel, was nichts besessen hat als schöne Gestalt, gute Stimme und Eignung zur Musik. So hat man aus ihm einen Castrato gemacht und ihn zum Sänger ausgebildet. Leider hat Stimme nicht für die Oper gereicht sondern allenfalls für geistliche Musik, Motetten, Madrigale und solches. Im Übrigen ist er nicht mehr so jung, wie er sich mit viel Schminke und Kunstfertigkeit darzustellen beliebt."

„Und der Doktor …?"

Der Commissarius versenkte sich für einige Zeit in sein Aktenbündel, bevor er mir antwortete:

214

„Ist uns seit langem als Agent des Sultans bekannt. Schon vor zwanzig Jahren hat er die Stadt Candia ausgespäht, so dass die Türken sie den Venezianern wegnehmen konnten, und er hat noch an vielen anderen Orten Unheil angerichtet."

Ich darauf: „Dann war Alessandra – Alessandro – also sein Spießgeselle?"

Jetzt lacht er geradezu triumphierend: „Eben nicht! Der Castrato war kein Verräter nicht, sondern von Anfang bis Ende auf unserer Seite. Als der Doktor Avanessian an ihn das Ansinnen stellte, den Türken Nachrichten zu überbringen, meldete er dies sofort Seiner Exzellenz, dem Grafen Starhemberg, mit dem Bemerken, er befinde sich in einem schweren Gewissenskonflikt, da er zwar dem Doktor eine Art ehelicher Treue schulde, wenn man so will, andererseits aber doch Christ und kaiserlich gesinnt sei. Eine bestimmte Summe in Gold würde ihm die Entscheidung sehr erleichtern. Demselben wurde von Seiner Exzellenz geantwortet, dass seine Belohnung nicht in Gold bestehen würde, sondern einfach darin, dass man ihn nicht stante pede hängt. Das dürfte der Castrato begriffen haben, denn von da an überbrachte er alle Nachrichten des Doktor Avanessian dem Stadtkommando, dem Großwesir jedoch nur diejenigen, welche das Stadtkommando für dienlich erachtete oder gleich selbst verfasste, insonderheit des Inhalts, dass im Stadtrat eine starke Partei für die Türken wäre, welche die Kapitulation von Wien betreiben würde und dass solche unfehlbar noch vor Eintreffen der Verbündeten stattfinden werde. – Wobei letzteres natürlich nicht der Wahrheit entsprach, indem diese Partei nie die Majorität hätte erlangen können, und weiters Seine Exzellenz, der Starhemberg, einem *Accord* nie zugestimmt hätten und schon alle Vorkehrungen zur Arretierung dieser Stadträte getroffen hatten, bevor diese noch Verrat üben konnten."

215

„Und warum diese ganze Machination?" fragte ich, obwohl ich es mir denken konnte.

„No, der Sinn dieser Täuschung war natürlich der, dass der Großwesir in der Hoffnung auf Kapitulation erhalten werden sollte, so dass er keinen Generalsturm befehlen würde –"

Ich fiel ihm ins Wort: „Was ihm sehr lieb war, weil er nämlich bei Erstürmung der Stadt die Plünderung erlauben hätte müssen, bei Accord hingegen die ganze Beute hätte behalten dürfen!"

„Ganz recht", sagte der Commissarius, „und weil der Doktor Avanessian über beste Beziehungen verfügte und von vielen Dingen Kundschaft bekommen hat, bedurfte diese Intrige der strengsten Geheimhaltung, weshalb der Castrato Alessandro für jedermann, mit Ausnahme einiger weniger Herren des Geheimen Kollegiums, als Verräter am Kaiser und Freund der Türken zu gelten hatte. Die Wahrheit durfte niemand wissen, schon gar nicht der Doktor, aber auch nicht der Rittmeister Garelli und folglich auch Ihr nicht. Durch die Gefangennahme des Alessandro habt Ihr nur bewirkt, dass der Großwesir keinerlei Nachrichten mehr erhielt und ernstlich an einen Generalsturm dachte, der leicht zur Einnahme der Stadt und zum Misslingen des Entsatzes hätte führen können, weshalb Euch auch keinerlei Belohnung oder Unterstützung gebührt. Dass überdies durch Euch ein unschuldiger und kaisertreuer Christ in die türkische Knechtschaft überantwortet worden ist, sei nur nebenbei vermerkt. — Gezeichnet durch den Hofkriegsrat So und So. — Habt Ihr dazu etwas zu bemerken?" fragte der Commissarius.

„Ja", sagte ich, „ich wusste von alledem nichts, glaubte, dass der Rittmeister Garelli im Rahmen seiner Befehle handelte, und habe mir *cum licentia* den Arsch aufgerissen, um etwas zur Rettung der Stadt zu tun."

216

„Weswegen", erwiderte der Commissarius, „der Rittmeister Garelli auch vor ein Kriegsgericht gestellt worden, als einfacher Reiter zur Hauptarmee abgegangen und am neunten Oktober Dreiundachtzig bei Parkany gefallen ist." (Parkany, liebe Tante, war der Brückenkopf von Gran, das damals noch von den Türken gehalten wurde. Es wurde von den Kaiserlichen genommen, worauf Gran wenig später kapitulierte.)

„Wogegen Euch", fuhr der Commissarius mit Strenge fort, „solches erspart bleibt, so dass Ihr Euch glücklich schätzen und nicht einen Hofkriegsrat mit leichtfertigen Anträgen belästigen solltet. – Dass Versprechungen, was Rittmeister Garelli Euch etwa gemacht hat, null und nichtig sind, versteht sich von selbst. Und dass Ihr zur Verschwiegenheit über die ganze *Affaire* verpflichtet seid, und zwar bis an Euer seliges Ende, habe ich Euch ja schon gesagt. Gilt vor allem für Namen von Bürgern, was für Kapitulation waren! – Kaiserliche Majestät sind zur Milde geneigt und wollen nicht Rache nehmen."

Ich brachte lange Zeit kein Wort heraus – meine einzige Tat in der Belagerung, auf die ich ein wenig stolz war, hatte einen Menschen ins Unglück gestürzt und hätte beinahe noch größeres Unheil angerichtet!

„Ich habe noch eine Frage", sage ich endlich, „ich vermute, dass die Gräfin alles, was ich im Bett ausgeplaudert habe, dem Avanessian berichtet hat."

Der Commissarius macht eine wegwerfende Geste: „Nicht nötig – der Doktor war immer dabei."

„Wie darf ich das verstehen?" frage ich.

„No ja", sagt er „man hat geheime Tapetentür gefunden, sehr dünn, hört man alles durch. Und der Spiegel war venezianisch … von einer Seite Spiegel, von anderer Seite Fenster."

Auch das habe ich schon vermutet. Ich stehe auf, um zu gehen. Da fällt mir etwas ein.

„Eines noch", sage ich, „Herr Commissarius erinnern sich vielleicht an die Mordtat an dem jungen Grafen Andras Szapáry de Csikzentkirály im September Dreiundachtzig, mit dem ich eine Zeitlang die Stube geteilt hatte. Ich stand deshalb selber unter Verdacht. Nun glaube ich, dass der Avanessian jemanden bezahlt hat, der den Grafen ermordet hat, sei es, weil er ihn für mich gehalten hat, sei es, um den Verdacht auf mich zu lenken. Meinen Herr Commissarius, dass der Castrato von dem Anschlag wusste oder ihn sogar ausgeführt hat?"

Er muss ziemlich lange nachdenken, und ich setze mich wieder.

Er schaut auf. „So viel kann ich Euch sagen – dass dort, wo der Doktor und sein Castrato waren, immer wieder Leute auf seltsame Weise zu Tode gekommen sind – durch Gift, durch gemahlenes Glas – und auch durch den Dolch. Aber wer den Mord an dem ungarischen Grafen begangen hat, und zu welchem Zweck, das werden wir niemals mit Sicherheit herausbringen, das darf mir der Herr glauben."

„Wird man etwas tun, um sie – also ihn – zurück zu holen?"

Er schüttelt den Kopf: „Wo sollten wir da anfangen? Wir wissen ja nicht einmal, ob der Castrato sich dermalen als Mann oder als Frau darstellt. Und für den Hofkriegsrat existieren solche Menschen nicht, auch wenn sie sich noch so große Verdienste erworben haben. Am besten, Ihr vergesst das alles ..."

Es gab nichts mehr zu bereden, also machte ich eine Reverenz und wollte gehen. Doch da rief er mich zurück und sagte in milderem Ton als zuvor:

„Wir sind uns wohl *rationaliter* einig, dass nur Heiden glauben konnten, der Reichsapfel des weiland Kaiser Rudolf werde dem Großwesir den Sieg bringen,

218

und dass Euer Abenteuer in den Kellern der Hofburg daher bedeutungslos war."

Da war Hüsyein-Agha aber ganz anderer Meinung, denke ich mir, aber ich sage nichts. Er fährt fort:

„Doch ist sich der Hofkriegsrat bewusst, dass Ihr – wenngleich durch fehlgeleitetes Pflichtgefühl – in große Gefahr gekommen seid. Das bleibt aktenkundig, und auch, dass Ihr des Türkischen kundig seid und bei den Türken gelebt habt. Der jetzige Krieg wird noch lange hingehen, und falls Not besteht, wird man Eure Dienste als Dragoman in Anspruch nehmen."

Eine Nacht lang plagte mich mein schlechtes Gewissen um Alessandras willen, und es würde mich sicher noch länger geplagt haben, hätte mir der nächste Morgen nicht ein neues Wunder gebracht.

Denn da komme ich an St. Stephan vorbei und sehe, dass sich vor dessen Riesentor eine Menschenmenge angesammelt hat. Aus Neugier betrete ich die Kathedrale. In einer Seitenkapelle betet eine Gruppe von vielleicht dreißig Personen – Männer und Frauen, die Männer durchwegs mit geschorenen Köpfen. Alle tragen Skapuliere mit dem blau-roten Kreuz der Trinitarier, und Trinitarier knien neben ihnen. Ihr wisst sicher, dass der Trinitarier-Orden sich schon seit den Kreuzzügen um die Befreiung und die Rückführung Gefangener verdient macht, und diese Menschen hier sind bis vor kurzem Gefangene gewesen.

Allerdings sind sie nicht losgekauft worden, wie ich höre, – sie sind beim Fall von Ofen befreit worden, und diejenigen unter ihnen, die sich zu Mahomet bekannt haben, machen das jetzt rückgängig – bis auf die Beschneidung natürlich – und werden wieder in den Schoß der katholischen

Mutter Kirche aufgenommen. Ein Mönch verliest laut ihre Namen und sagt auch dazu, wenn es ein vormals Evangelischer ist, denn eine solche doppelte Bekehrung freut die Trinitarier ganz besonders.

Leider enden für die meisten damit auch die Wohltaten der Mönche; keiner hilft ihnen, im Heimatland Fuß zu fassen, das Haus zu bekommen, in dem schon andere sitzen, den Gatten oder die Gattin zurück zu gewinnen und was sonst noch zu tun wäre, wenn ein Mensch nach Jahren aus fremder Gefangenschaft heimkehrt. Viele von den Losgekauften oder Befreiten geraten in schlimmeres Elend, als sie es je in der Tartaria oder im Türkenland erlitten haben, und manche haben sich in ihrer Verzweiflung wieder dorthin aufgemacht, weil sie es dort besser gehabt haben.

Deshalb will ich mir auch das Spektakel nicht länger ansehen. Ich bin schon am Tor, als ich einen Namen durchs Kirchenschiff schallen höre, den ich schon fast vergessen habe:

„Die Maria Johanna Eulalia Thallingerin, von Perchtoldsdorf, katholischen Glaubens, aetatis duodeviginti, in captivitate tres anni, cum filia sua Miriam, nata in captivitate et nunc baptizata in nomine Marianne ..."

Da drehe ich aber rasch um, gehe zurück in die Kathedrale und warte das Ende der Zeremonie ab. Als die befreiten Gefangenen von den Mönchen zum Abmarsch aufgestellt werden, gibt es keinen Zweifel, wo die Gesuchte ist, denn ein kleines Mädchen beginnt jetzt lauthals zu greinen und wird von einer jungen Frau wieder beruhigt. Als ich diese junge Frau zuletzt gesehen habe, war sie in bunter türkischer Tracht, und jetzt trägt sie so wie alle anderen eine graue Kutte, aber ich erkenne sie sofort! Ihr Kind weint schon, es hat Hunger, wie es scheint, und die Tröstungen der Religion machen es nicht satt. Ich renne aus dem Dom zur nächsten Standlerin draußen und kaufe ein großes Stück Christwecken.

„Da, nimm, Marianne", sage ich, als ich wieder drinnen bin, „so was hast du bei den Türken sicher nicht bekommen."

Die Kleine reißt mir den Wecken fast aus der Hand, und Mitzi schaut mich mit großen Augen an.

„Der junge Herr Wohlfahrt", sagt sie, „wir begegnen uns aber auch an den merkwürdigsten Orten!"

Wir konnten nicht viel sprechen, denn ein Trinitarier hat mich bald weggestampert, aber so viel habe ich schon von ihr und von anderen herausgebracht, dass sie tatsächlich die Ehefrau Numero vier oder fünf des Hüseyin-Agha geworden ist. Der Renegat, vormals auf einem wichtigen Posten bei der Ofener Garnison, ist gleich zu Beginn der Belagerung gefallen, und sie ist mit ihrer Tochter beim Hauptsturm wie durch ein Wunder dem Tod entgangen, obwohl die Kaiserlichen wie von Sinnen waren und ohne Ansehen der Person alles umgebracht haben. Sie rechnet jetzt damit, in die Vormundschaft des Perchtoldsdorfer Stadtrates eingewiesen zu werden und bei einer ältlichen Verwandten ebenda zu wohnen, bis gewisse Fragen geklärt sind – etwa, ob sie durch die Ehe mündig geworden ist (sie und der Agha haben nämlich außer der muselmanischen Ehe auch eine christliche geschlossen) und was mit dem Besitz ihrer Eltern zu geschehen hat. –

Schon nächsten Sonntag soll ich hinaus zu ihr kommen und sie bei der Messe treffen; sie meint, dass sie in ihrer Lage einen Advokaten gut gebrauchen kann, weil sie sich mit der Leutgeb-Ordnung – das ist das Gesetz für die Gastwirte – nicht recht auskennt, und ich will gern tun, was ich kann!

Meine Tante, ich glaube, ich habe mein Versprechen erfüllt, Euch zu berichten, was ich in der Belagerung erlebt habe. Der jetzige Türkenkrieg hat eine günstige Wendung genommen und wird zweifellos mit einem Sieg der Kaiserlichen enden, wodurch das Erzhaus endlich jene Länder erlangen wird, die es bereits seit einhundertsechzig Jahren mit Recht beansprucht. – Und vielleicht wird auch in meinem Leben eine ähnliche glückliche Wendung eintreten. Es grüßt Euer Neffe etc. etc.

III.

NOTIZ DER GRÄFIN HENNINGSDORFF:

Aus: Travels of an English Gentleman in Turkey, Syria, Egypt & the Holy Land. London & Leyden 1687. Exzerpiert und übersetzt von mir selbst.

Mosul, im Juli 1686

Der hiesige Pascha hat einen weißen Eunuchen, der nicht nur an Schönheit und Charme jede Frau übertrifft sondern auch eine Engelsstimme besitzt und die Laute vortrefflich zu spielen weiß. Alle Weiber des Harems sind zu diesem in Liebe entbrannt und haben wechselnde affaires mit ihm, sagt man. Der Pascha lässt solches gern zu, weil ja keine illegitime Nachkommenschaft zu befürchten ist und im Harem Frieden herrscht, wenn die Sinneslust der Frauen befriedigt wird. Es heißt, dass dieser Eunuch am Altar der Venus mehr vollbringt als jeder ganze Mann. Daneben soll er auch die Favorita des Pascha sein. Als im Vorjahr den christlichen Sklaven die Auslösung und Befreiung aus der Knechtschaft angeboten wurde, hat dieser eine dankend abgelehnt.

Der Pascha lud mich und die anderen Herren ein, vergönnte uns jedoch keinen Blick auf seinen Liebling, sondern erlaubte uns nur, nach dem Abendessen seine Stimme zu hören.

Aus einer entfernten Ecke des Gartens erklang sie, gerade die Mitte zwischen einem Knaben und einer Frau haltend, – mit der wohlbekannten Aria der Proserpina aus dem Pomo d'oro des Antonio Cesti.

Entdeckte und zerstörte Mine der Türken unter der Kaiserlichen Burg zu Wien (Stich von Romeyn de Hooghe [1645-1708], erschienen 1684 bei Nicolaes Visscher).

ÜBER DEN AUTOR:

Dr. Harald Lacom war Richter und arbeitet derzeit als Dolmetscher und Übersetzer. Er hat Sachbücher zur österreichischen Geschichte geschrieben; das ist sein erster Roman (2013), der jetzt – mit unwesentlichen Korrekturen – neu aufgelegt wurde.

Weitere Werke des Autors

Niederösterreich brennt — Tatarisch-Osmanische Kampfeinheiten 1683. Geb. Ausgabe 2009,

Verlag Stöhr, 128 Seiten, derzeit vergriffen. ISBN-13: 978-3901208553.

Der osmanische Vorstoß von 1683 bedrohte ganz Europa. Während der Kampf um Wien sehr gut dokumentiert ist, blieb das Schicksal der Dörfer auf dem Gebiet des heutigen Niederösterreich und der Wiener Bezirke 2-23, bislang eher unbeachtet. Erstmals wird nun durch intensive Recherchen und penibles Studium sowohl inländischer als auch osmanischer Quellen ein Licht auf diese leidvolle Zeit geworfen.

Die Hainburger Hexenprozesse (1617 - 1624).

Geb. Ausgabe 2011, Phoibos Verlag, 147 Seiten, € 39,--. ISBN-13: 978-3200022096

Zu Anfang des 17. Jahrhunderts fanden in Hainburg a.d. Donau mehrere Hexenprozesse statt. Die beiden erhaltenen Akten werden hier erstmals im Wortlaut wiedergegeben. Der Autor führt den Leser tief in die bizarre Gedankenwelt der Hexen und Hexenjäger, bietet ihm aber auch einen Einblick in das bäuerliche Leben zwischen Donau und Leitha vor 400 Jahren.

Der Gefangene des Sultans

Österreichischer Milizverlag 2016, ISBN-13: 978-3-901185-56-4, 184 S.

Juli 1683: Die Armee des Großwesirs Kara Mustafa Pascha rückt auf Wien vor; die kaiserlichen Abwehrtruppen an der Raab weichen vor der Übermacht. Rittmeister De Martelli vom Elite-Regiment Dünewald wird mit siebzig Kürassieren zu einem Himmelfahrtskommando beordert – der Sicherung des Rückzugs gegen streifende Tataren. Schon am nächsten Tag gerät er in Gefangenschaft, für ihn der Anfang einer jahrelangen Odyssee durch die schlimmsten Kerker des Balkans bis in die Serails von Konstantinopel. – Aus den Aufzeichnungen des Rittmeisters, den Akten des Wiener Hofkriegsrates und zahlreichen europäischen und osmanischen Nebenquellen entsteht vor dem Hintergrund des beginnenden "Großen Türkenkriegs" das Bild eines aufrechten kaiserlichen Offiziers, der in Erfüllung seiner Pflicht Freiheit und Gesundheit dem Ruhm des Hauses Habsburg opfern musste.

Ranzion

Historischer Kriminalroman

BoD 2018, ISBN 978-3, 207 S.

Im Mai 1597 führt Martin, Juniorpartner im protestantischen Handelshaus der Reiningsberg, einen Warentransport durchs Waldviertel. Eine Geschäftsreise wie jede andere, meint er, denn Raubritter gibt es ja nicht mehr. Was sich als Irrtum erweist: Der Abenteurer Vargas, derzeit Verwalter von Oeltz, sieht eine Chance, diese verkommene Herrschaft zu sanieren; er bricht eine Fehde vom Zaun, wirft Martin in den Kerker und fordert eine exorbitante Ranzion. Er lässt Martin zwar bald frei, legt ihm jedoch einen Stahlkragen um den Hals, der sich vermittels eines Uhrwerks stetig verengt, so dass Martin drei Tage bleiben, um das Lösegeld zu bringen, bevor er erwürgt wird …

Doch niemand, nicht das Handelshaus, nicht Martins Frau, nicht die Geistlichkeit beider Konfessionen, kann oder will das Geld aufbringen. In seiner Verzweiflung geht Martin zu den Unehrlichen und Geächteten: Sein geringer Firmenanteil reicht aus, um flüchtige Bauern und desertierte Landsknechte, alles Strandgut des Bauernkriegs, in Sold zu nehmen. In einem blutigen Handstreich bemächtigen sie sich der Burg Oeltz, und Martin wird sein Martergerät los.

Dass damit seine Probleme erst beginnen und dass auch hinter seinem Kidnapping mehr steckt als bloßes Raubrittertum, kann er noch nicht wissen …